최치원

②

통찰의 지혜

최치원 ❷
통찰의 지혜

초판 1쇄 인쇄 | 2021년 01월 20일
초판 2쇄 발행 | 2021년 01월 27일

지은이 | 최진호
펴낸이 | 최화숙
편집인 | 유창언
펴낸곳 | 집사재

등록번호 | 제1994-000059호
출판등록 | 1994. 06. 09

주소 | 서울시 성미산로2길 33(서교동) 202호
전화 | 02)335-7353~4
팩스 | 02)325-4305
이메일 | pub95@hanmail.net|pub95@naver.com

• 저자의 허락을 받아 다음 저서에서 내용 일부를 인용했음을 밝혀 둡니다.
  최영성 校註 『교주 사산비명(校註 四山碑銘)』(도서출판 이른아침 2014. 3. 20 발행)
  최상범 엮음 『고운 최치원의 생애』(도서출판 문사철 2012. 11. 15 발행)
• 도서판매 수익금은 전액 최치원 인물기념관 건립에 지원됩니다. 사회복지법인 탑코리아 문화복지재단은 '한류
  성지인물기념관' 건립모금을 추진하고 있습니다. 기부한 금액은 세법에 의거 비용 처리되며 뜻있게 사용됩니다.
  (농협계좌 : 301-0027-4482-71 문의전화 : 010-4955-6400)

최치원 ②

통찰의 지혜

최진호 장편소설

집사재

최치원 ❷ 통찰의 지혜

최진호 장편소설

| 차 례 |

쌍녀분

장원 급제한 최치원의 첫 부임지는 양자강 동남쪽에 위치한 강남도 선주의 율수현宣州 溧水縣이었다. 황제로부터 발령장을 받은 치원은 부임지로 가기 위해 짐을 꾸렸다.

치원이 부임지로 떠날 때 현준스님과 함께 호몽이 따라나섰다. 평소에 치원에 대한 믿음이 각별했던 호몽의 어머니는 자신의 딸이 치원을 따라나서는 것에 대해 크게 반대하지 않았다. 더욱이 치원이 부임하는 강남도 선주(지금의 강소성 남경의 남대문 일대)에도 예하 상단이 있었기 때문에 상단 관리 차원에서 오히려 잘된 일이라 여겼다.

세 사람은 마차를 타고 먼 길을 돌아 마침내 포구에 도착했다. 마차에서 내린 일행은 다시 배를 타고 남쪽으로 흐르는 물길을 따라 유람을 하듯 자연 경관을 눈에 담으며 서서히 이동을 했다.

배에는 치원 일행 말고도 장사꾼들이 배 위 여기저기에 모여 있었다. 날씨가 좋았기 때문에 사람들은 배 위에서 마시고 먹으며 느

최치원 경행처

굿하게 누워 잠을 청하기도 했다. 물의 흐름이 제법 빠른 강은 폭이 넓어서 마치 바다처럼 망망하기까지 했다.

"강남은 장안보다 치안이 엉망이고 위계질서가 없는 곳입니다. 이번에 무슨 직책을 맡게 될지는 모르겠으나 무엇보다 질서 잡는 일에 앞장서셔야 할 것입니다."

호몽이 치원에게 다짐을 받듯이 말했다.

"자유분방한 곳이라는 뜻인데……. 왜 그렇습니까?"

유유히 흐르는 강물을 바라보던 치원이 시선을 거두어 호몽을 넌지시 바라보며 물었다.

"장안은 황제가 계신 곳이고, 교육과 문화가 발달한 곳이라 사람들도 예절이 바르고 도성 분위기 자체가 평온하다고 봐야 할 것입니다. 그러나 강남은 물자가 풍부하고 주로 장사하는 사람들이 모여서 거래를 하는 곳입니다. 그러다 보니 자연스레 먹고 마시고 놀고 흥정하는 사람들이 많아져서 도읍 전체가 소란스럽습니다. 심지어 퇴폐적이기까지 합니다. 젊은 관리로서 각오를 단단히 하셔야 할 것입니다."

치원의 곁에 다소곳이 앉아 있는 호몽은 마치 어머니가 되어 아이에게 훈육을 시키듯 조곤조곤 말하고 있었다.

"낭자, 너무 걱정 마십시오. 우리 치원이가 겉으로는 유해 보이지만 속은 단호합니다. 외유내강이지요. 거짓말과 불의를 보면 절대로 참지 않을 겁니다."

치원과 호몽의 대화를 유심히 지켜보던 현준스님이 엷은 미소를 지으며 나섰다.

"하지만 너무 강경하게만 하지 마세요. 그곳에는 잔인하게 살인하는 자와 무뢰한도 많습니다. 고향을 떠나 근거 없이 떠도는 젊은 낭인들도 많고 물건을 훔치거나 사람을 해치는 왈패도 많습니다. 어두운 밤에는 항상 조심해서 다니셔야 합니다."

호몽은 내심 치원의 신변이 걱정되었다.

"허허, 나는 지금 초임 발령을 받아 길을 떠나는 약관의 초급 관리입니다. 어린애가 아니라고요. 이럴 때 보면 호몽 낭자가 내 누님 같소. 어찌 보면 어머니 같기도 하고요."

치원이 짐짓 너스레를 떨며 호몽의 걱정스러운 마음을 달래고 있었다. 치원의 말에 호몽은 얼굴을 붉히며 일어나더니 뱃전을 향해 총총히 걸어갔다.

호몽의 뒷모습을 바라보며 현준스님과 치원은 호몽의 따사로운 마음에 감동을 한 나머지 진하게 풍기는 여인의 아름다운 자태를 함께 느꼈다.

"너도 이제 관리가 됐으니 과년한 호몽 낭자를 혼자 그냥 두어서는 안되지 않겠니?"

내심 호몽을 마음에 담아 두고 있던 치원도 막상 현준스님의 말을 들으니 쑥스럽기만 했다.

"형님도 참, 결혼은 혼자 합니까? 저 사람 뜻도 정확히 알아봐야지요. 또 제가 지금 수중에 가진 것이 있어야 제가 가지고 있는 연정을 저 여인에게 운이라도 떼지요."

"하기야, 뭐 지금 당장 결정할 일은 아니니까."

현준스님도 괜한 이야기를 꺼냈나 싶은 생각이 들어 서둘러 갈무리를 했다.

물길을 따라 계속 남하하던 배는 양자강과 만나는 포구에서 멈추어 섰다. 치원 일행은 짐을 꾸려 배에서 내렸다. 오랜 시간 배를 타고 온 터라 호몽의 낯빛이 어둡더니 이내 휘청거렸다.

그때 치원이 재빨리 몸을 움직여 호몽의 팔을 잡았다. 그러면서 호몽은 자연스레 치원의 어깨에 기대었다.

그 끝을 알 수 없는 강물을 따라 청둥오리 한 쌍이 힘찬 날갯짓을 하며 높이 날아가고 있었다.

풍채가 좋은 현령縣令 장웅은 정6품의 관리답게 관록이 녹아 있었다. 현의 모든 관리가 다 모이자 얼굴 가득 미소를 띠고 두 젊은 이를 앞으로 불러냈다. 이어 서기가 큰소리로 사령장을 읽었다.

"진사 최치원, 강남도江南道 선주宣州 율수현溧水縣 현위縣尉 종9품에 보함!"

"향시 진사 금표 이하 동문."

서기의 사령장 낭독이 끝나자 현령은 모두 앉게 한 후 젊은 두 신임 초급 관리를 위한 격려를 시작했다.

"우리 율수현은 수나라 개황開皇 11년에 설치된 강남 제일의 현입니다. 드넓은 강남의 벌판을 관리하고 거기에서 소출되는 엄청난 물량의 양곡과 물자들을 뱃길을 통해 황실과 여러 도읍에 공급하는 중요 교통중심의 요지란 말입니다. 이런 우리 현의 중요성을 조정에서도 이미 인정하고서 황제 즉위 원년에 빈공과에 장원 급제한 최치원 진사를 이곳으로 보내주셨습니다. 이는 우리 현의 영광이 아닐 수 없습니다. 또 한 사람은 우리 고장 출신입니다. 향시에서 진사가 되었고 나이 40이 될 때까지 우리 현을 위해 고생을 많이 한 사람입니다. 두 진사가 서로 협력하여 앞으로 임기 2년 동안 맡은 바 소임을 훌륭히 수행해 주기를 바랍니다. 두 사람의 소관 업무를 나누자면 최치원 현위는 치안과 재무의 일부를 맡고, 금표 현위는 재무 행정을 전반적으로 맡아 주기 바라오. 다시 말하면 우리 현은 방대하기 때문에 재무 행정도 방대합니다. 그러니 현지 사정에 밝은 금표 현위가 조세 행정과 징수 행위를 맡되, 조세

부과에 대한 백성들의 민원과 산출근거가 정확히 계산되었는지에
대해 최종적으로 점검하는 일을 최치원 현위가 도와주기 바라오.
특히 중앙에서 내려온 최치원 현위는 우리 지역의 치안을 잘 맡아
사고 예방에 힘써 주기 바랍니다."

현령은 몸을 꼿꼿이 세우고 두 신임 현위를 향해 다소 강렬한
눈빛을 보냈다. 그것은 마치 신임 관리에 대한 노련한 상급자의 매
서운 훈육과도 같았다.

현령이 나간 후 치원은 그제야 자리에 앉아 지친 몸을 달랠 수
있었다. 그러면서 눈앞에 놓인 문서들을 살피며 꼼꼼히 읽어 내려
갔다. 그때 단정히 앉아 벌써부터 일을 시작하는 치원을 물끄러미
바라보던 상급 관리들이 다가왔다.

"이 사람아! 부임하자마자 일을 그렇게 열심히 하면 되느냐. 대
충 설렁설렁해. 여기는 장안처럼 요란하게 행정을 하는 곳이 아니
야. 금표 현위와 적당히 상의해서 대충대충 해치워."

한 관리가 치원의 어깨를 툭 치며 말했다. 그 모습을 지켜보던
금표 현위가 피식 웃었다. 현위가 되기 전부터 현에서 업무를 맡아
해 왔던 금표 현위는 마흔 살이라는 장년의 나이답지 않게 체격도
당당하고 의욕이 넘치는 인물이었다.

"모르는 것이 있으면 나한테 물어보시오. 뭐 나이로 보면 내 아
우뻘도 못 되는데, 앞으로 친하게 지내 봅시다. 아마 오늘은 일을
보지 않아도 될 거요. 우리를 위한 연회가 있는 날이니까, 모두 저
녁 먹고 놀 일만을 생각할 테니까."

금표가 치원을 향해 눈을 찡긋거리며 밖으로 나갔다. 치원은 홀연히 사라지는 금표의 뒷모습을 멀뚱히 쳐다보며 곰곰이 생각했다. 가만히 분위기를 보니 금표의 말이 맞는 것 같았다. 보아하니 이들은 백성들이 찾아오면 적당히 구슬려 돌려보내고, 꼭 해야 할 일만 대충대충 하면서 시간이 가기만을 기다리는 것 같았다.

유시(오후 5~7시를 말함)가 되기도 전에 모두 일손을 놓고 슬금슬금 빠져 나가기 시작했다. 그들이 간 곳은 장강이 내려다보이는 경치 좋은 객점이었다. 치원이 이들을 따라 안으로 들어가니 이미 자리가 마련되어 있었고 얌전하게 생긴 여인들이 맛있는 음식상을 차려 놓은 상태였다.

얼마 후 현령이 도착했다. 잠시 일어나 현령에게 예를 갖춘 뒤 그들은 기다렸다는 듯이 먹고 마시기에 여념이 없었다. 시간이 흐르며 상이 수없이 바뀌고 관리들 모두 대취한 상태였다.

혀가 꼬부라져 말도 제대로 못 하고 다리가 뒤엉켜 걸음도 제대로 못 걸을 지경인데도 그들 일행은 자리를 옮기더니 또 다른 객점으로 향했다.

이번에는 강줄기가 훤히 보이는 풍광이 좋은 곳이었다. 현령의 좌우에는 젊은 여인들이 붙어 앉아 술을 따라 올리며 온갖 아양을 떨었다. 삼십 명이 넘는 관리들 옆에 사십 명이 넘는 여인들이 붙어 시중을 들고 있었다. 참으로 질펀한 술자리가 오랫동안 이어졌다.

악공들이 풍악을 울리고 무희들이 춤을 추었는데 그 분위기는 사뭇 낙양과는 천양지판이었다. 같은 술자리라도 낙양에서는 시를 짓고 여유를 부리며 문화적인 분위기에서 운치있게 술을 마셨는데, 이곳에서는 여인들이 옷을 절반쯤 벗고 난잡한 모습으로 술잔을 날랐다.

그런 여인들의 가랑이 사이로 음탕한 사내들의 손이 들어갔다 나오기를 반복했다. 그러면 여인들은 몸을 배배 틀며 갖은 아양을 떨어 댔다.

사내가 손을 더 깊숙이 넣으려고 하면 여인은 사내의 전대에 손을 대고는 기다란 혀를 놀려 사내의 귓속을 파고들었다. 게슴츠레한 눈으로 입을 벌리고 있던 사내는 전대를 풀어 있는 재물을 모두 여인의 치마폭에 쏟아붓는다. 그리고는 아주 익숙한 솜씨로 여인의 옷을 벗긴 후 음탕한 행위를 즐겼다.

"이 사람아, 옆에 있는 어여쁜 여인을 그렇게 가만히 모시고만 있으면 어쩌나? 그래서야 원, 저 여인이 서러워서 오늘 밤에 잠이나 제대로 잘 수 있으려나? 장원 급제한 진사도 사내는 사내야. 사내대장부라면 여자를 제대로 다룰 줄 알아야지."

치원을 가장 곤욕스럽게 하는 사람은 바로 곁에 앉아 질펀한 짓을 하고 있는 금표였다.

"뭐, 제가 맘에 들지 않겠죠. 뭐 제가 교양있고 품위있는 장안의 미인들과 같겠어요? 젊고 씩씩한 현위님, 제가 물러갈까요?"

그들을 무연히 바라보며 술만 따르고 있던 여인이 토라진 듯 받아쳤다.

"미안하오. 내가 이런 자리에 익숙하지가 않아서 그러오. 이해하여 주시오."

치원은 난감하여 어찌할 바를 몰랐다.

"아이고 손도 고와라, 여자인 내 손보다 훨씬 곱고 예쁘네. 이 손으로 붓을 잡고 글을 써서 황제 폐하 앞에서 장원을 하셨단 말이죠?"

여인이 치원의 손을 잡고 까르르 웃었다. 그러더니 이내 치원의 손을 잡아 순식간에 자신의 저고리 사이에 쏘옥 넣더니 젖가슴을 주무르게 했다.

순간 치원은 온몸이 굳어지며 무언가에 놀란 듯이 손을 덜덜 떨었다. 난생 처음 여인의 젖가슴을 만져 본 치원은 얼굴을 붉히며 어쩔 줄 몰라 하다가 슬그머니 손을 뺐다.

모두 그런 치원을 바라보고는 손짓을 하며 한바탕 크게 웃었다. 심지어 금표는 치원에게 보란 듯이 자신이 끼고 있는 여인의 가랑이 사이로 손을 집어넣더니 신음까지 토해대며 농익은 짓을 해댔다.

늦은 밤이 되어서야 치원은 북문상회의 예하 상단에서 마련해준 객사로 발걸음을 돌렸다. 술을 이기지 못한 치원은 오는 내내 다리가 풀리고 속도 편치 않아 마신 술을 이기지 못하고 결국 객사 옆에서 먹은 것을 모조리 토하고 말았다.

우연히 이 광경을 보고 놀란 현준스님이 수건에 물을 묻혀 치원을 닦아 주며 등을 두드려 주었다.

"오늘 처음 입관入館한 사람을 이 지경으로 만들어 놓으면 도대체 어쩌자는 건지. 이기지도 못하는 술을 주는 대로 받아 마시는 사람은 또 뭐야. 앞으로 체력을 어떻게 유지하시려고 그러세요? 네? 현위님! 아이고 이 현을 다스리고 부하들을 감독해야 할 현령은 뭐하는 작자며, 상급 관리들은 도대체 뭐하는 작자들인지!"

호몽이 안타까운 듯이 가슴을 치며 치원을 나무랐다. 그리고는 현준스님과 함께 간신히 치원을 객사 안으로 데리고 들어가 눕힌 후 호몽은 근심스러운 얼굴로 치원을 내려다보며 이마에 맺힌 땀을 조심스럽게 닦아 주었다. 그리고는 한참 동안 한숨을 쉬더니 밖으로 나갔다.

치원은 어제 저녁 아무렇지도 않았다는 듯이 아침 일찍 일어나 호몽이 정성스레 차려준 밥상에 앉아 밥 한 그릇을 다 비웠다. 호몽은 그런 치원을 향해 배시시 웃으며 점심밥을 보자기로 단단히 쌌다. 치원은 그런 호몽에게 감사의 뜻으로 고개를 숙인 후 보따리를 들고 현으로 나아갔다.

현청에 도착하니 어제와는 달리 모두 근엄한 표정을 짓고는 서책을 뒤적이고 있었다. 그때 옆구리에 보따리를 끼고 들어오는 치원을 향해 금표가 의아한 표정을 지었다.

"그 부잣집 상회 따님이 그렇게 싸주시던가? 이 사람아, 관리가 채신머리없이 점심 보따리를 들고 다니다니, 그것은 저기 서기에게 넘겨주고 이따가 날 따라와 봐."

금표가 씽긋 웃으며 말했다.

치원은 별 대꾸 없이 자리에 앉아 수북이 쌓인 문서들을 정리하며 훑어보고 있었다. 시간이 흘러 어느덧 점심을 먹을 때가 되었다. 금표가 치원에게 눈짓을 하더니 큰소리로 상관에게 보고했다.

"관아 좀 돌아보고 오겠습니다. 이 신참 현위를 훈련시켜야죠."

금표의 말에 현의 관리들이 모두 부드러운 눈빛을 보내며 고개를 끄덕였다.

'잘 훈련시키게. 세상물정 잘 모르는 사람을 잘 가르쳐서 일 잘할 수 있는 관리로 좀 만들게나.'

그들은 이렇게 눈으로 말하고 있었다. 금표는 커다란 자루를 챙겨 들고 나섰다.

"그게 뭡니까?"

치원이 그의 뒤를 따르며 물었다.

"차차 알게 될 거야. 그냥 따라와 봐."

그는 치원을 바라보며 씨익 웃어 넘겼다. 그리고는 큰길을 따라 무작정 걸었다. 길가에는 지역 특산품과 타국에서 건너온 물건들을 즐비하게 늘어놓고 행인들의 발걸음을 멈추게 하는 장사꾼들의 목소리가 끊이지 않았다. 그 무리를 뚫고 한참을 더 가자 네거리가 나왔고, 어린 아이들 장난감을 팔고 있는 젊은 장사꾼 앞에서 금표는 발걸음을 멈추었다.

"재미난 장난감 나온 거 있느냐? 우리 큰아들이 열두 살이라는 것은 알고 있겠지?"

금표는 그 젊은이에게 대뜸 소리를 질렀다.

"아, 알고 말굽쇼. 따님은 여섯 살이죠?"

젊은이는 금표를 보자 연신 굽실거리며 말했다.

"녀석, 기억력 하나는 좋구만. 아무튼 우리 아들이나 딸이 가지고 놀 만한 게 무엇이냐?"

그러자 젊은이는 만족스러운 듯 고개를 끄덕이는 금표에게 예쁜 노리개 하나를 건네주었다.

"새로 나온 노리개입니다. 따님이 기뻐할 겁니다."

금표는 그 장사꾼이 건네는 노리개를 자루에 넣었다. 그리고는 뒤도 돌아보지 않고 그냥 걸었다.

"왜 돈을 주지 않습니까? 저 사람은 장사꾼인데?"

놀란 치원이 금표의 옷자락을 잡으며 물었지만 그는 아무런 대답도 없이 걷기만 했다. 조금 더 걸으니 장터 입구에서 노인들이 모여 산나물을 팔고 있었다. 할머니들은 금표를 향해 모두 고개를 숙였다.

"나리, 성성한 더덕이 나왔습니다. 부인께 갖다 드리세요."

웬 노인이 금표에게 다가와 미소를 지으며 더덕을 들어 보였다. 금표는 더덕이라는 말에 발걸음을 멈추고 노인을 지그시 바라보았다.

"응, 더덕은 몸에 좋지. 우리 안사람이 요즈음 들어 좀 허약한데……."

말끝을 흐리는 금표에게 노인이 정성스럽게 싼 더덕을 건네주었다. 금표는 또 아무렇지도 않게 그 더덕을 받아 냄새를 한 번 맡아보고는 자루에 넣었다.

다음 행선지는 장터 안에 자리한 포목전이었다. 훤한 대낮임에도 불구하고 그 포목전은 색색의 종이로 바른 등을 켜 놓고 있었다. 그중에서 제일 큰 포목전으로 들어간 금표는 주인에게 치원을 소개했다.

　"이번에 새로 부임한 현위입니다. 장안에서 이곳으로 발령받아 오셨지요. 나야 향시에 겨우 붙어 진사가 된 사람입니다만, 이 사람은 2년 전에 실시한 황제의 어전시에서 장원을 한 수재입니다. 앞으로 크게 될 인물이에요."

　금표는 여주인에게 치원을 소개하는 내내 주위를 두리번거렸다.

　"아이고, 도골선풍道骨仙風이네요. 귀하게 생기셨어요. 아직 미혼이신가?"

　나이가 쉰은 족히 되어 보이는 포목점 여주인은 미소를 띠며 치원을 위아래로 살폈다.

　"총각이죠. 아주머니께서 중매 좀 서세요."

　금표가 너스레를 떨자 여주인이 생글거리며 웃었다.

　"여부가 있겠어요? 우리 강남에는 꽃 같은 대갓집 따님들이 수두룩해요. 우리 포목점 비단을 사 가는 대갓집 따님들만 따져 봐도 이백 명은 넘어요."

　포목점 여주인의 대답은 흐르는 강물처럼 시원시원했다.

　"에이, 기분이다! 멋쟁이 현위님이 오셨는데 관복 한 벌은 맞춰 드려야죠. 자 올라오세요. 이왕이면 몸에 꼭 맞게 잘 재서 보기 좋게 지어 드려야죠."

그러면서 여주인은 치원의 몸을 위아래로 꼼꼼히 살펴봤다. 그러나 치원은 부끄러운 나머지 발길을 돌려 얼른 그 포목점에서 나오고 말았다.

"아니, 왜 이러는 거야? 새로 온 관리에게 옷을 맞춰 주면 그 포목점 주인은 영광인 거야. 내가 아무 가게나 들어가나? 저 사람 가게의 천이 제일 좋은 거야. 서역에서 들어온 것도 있고 남방에서 올라온 것도 있고……."

치원의 갑작스런 행동에 당황한 금표가 치원의 옷자락을 잡아당겼다.

"저에겐 돈이 없습니다. 지금 입고 있는 관복으로 족합니다."

치원이 단호하게 말했다.

"원님 덕분에 나팔 분다고 이 사람아, 자네가 받아 입어야 내 것도 나오지! 아, 참 손발이 이렇게 잘 안 맞아서야……."

천연덕스럽게 웃고 있는 금표의 얼굴에는 아쉬움과 함께 안타까운 심정이 고스란히 배어 나오고 있었다. 골목을 나오자마자 금표는 내내 투덜거렸다.

포구로 발걸음을 옮기자 산더미처럼 쌓인 곡물들이 배에 실릴 차례를 기다리고 있었다. 곡물을 부치는 주인들은 금표를 보더니 모두 허리를 굽혀 인사를 했다.

"나리, 우리 곡물을 먼저 실어 주십시오. 열흘 후에는 반드시 장안에 닿아야 할 물건들입니다."

한 노인이 금표에게 달려오더니 허리를 굽히며 사정을 했다.

"어떤 곡물입니까?"

금표는 심드렁하게 물었다.

"남방 쌀이 이백 섬, 대두 오십 섬, 팥 스무 자루, 호두 열 자루 등입니다."

노인은 또 허리를 구부리며 애절한 눈빛으로 금표를 바라보았다. 그러자 금표는 씽긋 웃으며 부두 책임자인 건장한 사내를 불렀다. 씨름꾼같이 우람하게 생긴 사내가 다가오더니 금표를 향해 허리를 굽혔다.

"영감님 짐을 먼저 실어 드려. 대신 새로 오신 현위님을 내가 대접해야 되니까 적당히 알아서 좀 챙겨 놔."

그렇게 말하고는 치원을 데리고 포구가 내려다보이는 객점으로 향했다. 치원은 내심 못마땅했으나 어쩔 도리가 없어 묵묵히 금표의 뒤를 따랐다.

"아이고 현위님께서 웬일이십니까? 정식 발령을 받으셨다는 소문은 들었습니다. 영전을 축하드립니다."

뚱뚱한 주인이 뒤뚱거리며 달려와 금표 앞에 머리를 조아렸다. 금표가 치원을 소개했다.

"잘 부탁드립니다. 나리, 잘 부탁드립니다."

그 주인이 코가 땅에 닿도록 허리를 구부리자 치원은 또다시 얼굴이 달아올랐다.

"계집은 필요 없고 시원한 곡차하고 간단한 안주 몇 가지만!"

금표가 헛기침을 해대며 주인에게 말했다. 주인은 몇 번이고 굽실거리며 물러갔다. 그러더니 금세 곡차와 안주를 대령했다. 그러자 금표는 게슴츠레한 눈으로 장강을 바라보았다.

"나는 순리를 좇는 사람이야. 절대 무리를 하지 않아. 내가 먼저 달라고 하지는 않지. 그러나 다들 내놓게 돼 있어. 이 율수현 사십만 호의 세금이 내 손 안에 들어 있고, 이 강남의 이천 곳이나 되는 크고 작은 술집의 운명이 바로 내 손 안에 있지. 그뿐인가? 이 장강을 오르내리는 하루 삼백 척의 배가 다 내 허가를 기다리고 있지. 곡물이나 화물은 송장送狀과 맞느냐, 밀수품은 없느냐, 품질은 정확하냐, 확인을 해야 하네. 내가 불합격을 놓으면 제대로 실려 갈 물건이 없다 이거야. 내가 트집을 잡아 하루 이틀만 이 포구에 잡아 놓으면 그 사람은 장사를 다하는 거야. 최치원 현위, 자네 일 년 녹봉이 얼마나 되는지 아는가?"

금표가 실눈을 뜨고 치원을 위아래로 훑어보며 물었다.

"아직 잘 모릅니다."

치원은 눈에 힘을 잔뜩 준 채 금표를 똑바로 쳐다보며 말했다.

"우리 현은 부자현이라 일 년 녹봉이 자그마치 50석石(1석은 1가마니를 조금 넘는 분량)일세. 거기에 비단 두 필, 거마비 200냥이 나오네. 아마 자네가 지금 신세지고 있는 북문상회의 객주에 밥값을 충분히 내고도 남을 걸세. 하지만 우리 관리들은 그런 녹봉으로 사는 게 아니야. 나는 진사가 되기 전에 현의 서기로 들어와 십오 년 이상을 일했는데, 서문 밖에 집 두 채가 있고, 밭도 동문쪽 알짜배기 땅에 자리를 잡고 있지. 내일부터 절대로 밥을 싸오지 말게. 나와 함께 일하는 현위로서 궁상을 떨지 말라는 말일세. 한마디로 말하면 우리 현에 있는 모든 것은 우리 관리들의 것이라고 보면 되네. 시장에 들어가서 꼭 마음에 드는 것이 있으면 말을 하지 말고 그 물건을 잠시만 바라보고 있게. 눈동자를 움직이지 말고! 또 돈이 필요하면 이 포구에 나와 급한 화물을 붙잡아 놓고 트집을 잡게. 절대로 열 올리지 말고 아주 준엄하고 엄숙한 표정만 짓게. 그게 훌륭한 관리의 요령이지."

거침없는 말을 쏟아내는 금표는 닳고 닳은 관리 중 한 명이었다. 그때 문이 열리며 젊은 여인이 들어왔다. 화장을 얼마나 짙게 했는지 지분 냄새가 진동해 숨조차 제대로 쉬기가 어려웠다. 여인은 금표에게 다가가 앉으며 팔짱부터 꼈다.

"싫어, 싫어! 현위가 됐다고 날 이렇게 무시해도 되는 거야? 왜 왔으면서 부르지도 않는 거야."

여인은 코맹맹이 소리를 하며 금표의 품을 파고들었다.

"애랑아, 미안하다. 요즘 내가 현위로 승진되어 정말 정신이 없다. 매일 저녁 승진 인사받기가 정말 버겁구나. 이해해 다오. 근데 너 지금 잘 시간 아니니? 왜 나왔어?"

금표가 여인의 엉덩이를 토닥이며 부드러운 목소리로 달랬다.

"지금 잠이 문제야? 자기가 왔다고 하는데? 근데 저 분이 같이 일하실 새 현위님이야?"

여인이 허리를 돌리며 갖은 교태를 부렸다.

"그래. 근데 너 저 미남한테 관심 있어?"

"아이, 나야 일편단심이지. 우리 가게에 새로 온 낭랑이라는 앳된 애가 하나 있거든? 들어오라고 할까?"

금표가 치원을 지그시 쳐다보자 치원은 눈을 부라리며 자리에서 일어났다.

"아이고야, 싫다고 하신다. 나도 가 봐야겠다."

금표도 도망을 치듯이 달려 나와 치원의 뒤를 따랐다. 객점을 나온 두 사람은 이후에도 몇 군데에 더 들렀다. 현청으로 들어갈 때쯤 금표의 커다란 자루는 이곳저곳에서 받은 이런저런 물건들로 가득 찼고, 그 모양이 마치 두꺼비 배처럼 불룩하게 튀어나와 있었다. 금표는 그것을 자신이 잘 아는 주막에 맡겨 놓았다.

"치원 현위, 당신은 오늘부터 마음만 잘 먹으면 금방 돈을 벌 수 있게 돼. 자, 생각을 해 봐. 당신은 치안 담당이다 이거야. 우리 율수현의 밤은 바로 당신의 밤이야. 모든 치안에 관련된 일은 밤에 일어나기 때문에 당신은 관복만 받쳐 입고 딱 나타나기만 하면 근무를 하는 것이 된다 이거야. 이 현에는 규모가 큰 술집만 이천 개가 넘어. 그 집에 치안 순시를 왔다고 하며 그냥 예고 없이 들어가기만 해. 그럼 모든 게 해결 될 수 있어. 당신은 근무를 철저히 해서 좋고, 그 사람들은 인사드릴 기회가 있어 좋고 일거양득 아닌가."

금표의 달콤한 말이 치원은 귀에 상당히 거슬렸다.

"술집에서 한참 영업이 잘 될 때 그냥 불쑥 들어가서 '여기 수상한 놈 오지 않았나?' 딱 이 말 한마디만 던지고 나오라 이거야.

그러면 주인들이 쫓아 나오면서 찔러 줄 거야. '제발 저희 집은 찾아오지 마세요. 저희들이 알아서 매월 바치겠습니다.' 바로 이렇게 돼 있다 이거야. 그때 나도 함께 가면 더 좋고."

치원이 어리둥절한 눈빛으로 쳐다보자 그는 더욱 신이 난 듯 계속 지껄였다. 치원은 앞이 캄캄했다. 그날 밤, 객사로 돌아온 치원은 잠자리에 누워 하루 동안 있었던 일을 현준스님에게 모두 털어놓았다.

"이 나라도 국운이 다된 것 같구나. 말단 관리들이 그렇게 부패하고 토색질을 일삼으면 죽어나는 것은 백성들이 아니겠나. 우리 치원 진사가 부모님 곁을 떠나고 이역 땅에 건너와 장원 급제를 한 것은 이런 치사한 먹이사슬을 얻기 위함이 아닐 터인데…… 나무아미타불~!"

현준스님도 한숨을 쉬며 깊이 탄식했다. 이튿날도 치원은 밥을 보자기에 싸 들고 다니며 자기 자리에 앉아 먹었다. 수레를 타면 꼭 수레꾼에게 삯을 주었다. 작은 음료수라도 마시고 나면 탁자 위에 동전을 놓고 나왔다. 하루의 공무를 끝낼 때에는 공무 수행표를 정확하게 써서 부현령의 책상 위에 올려놓고 나왔다.

그런 치원을 바라본 금표도 이런 치원의 행실을 보며 차츰 몸조심을 하고, 매일 들고 나오던 커다란 자루도 어디론가 치워 버렸다. 현청의 사람들도 그런 치원을 두려워하면서 차츰 존경의 눈길로 바라보기 시작했다.

강물을 따라 흐른 시간은 추운 겨울을 지나더니 이내 포근한

봄으로 접어들었다. 그 사이 치원에게는 많은 일이 일어났지만, 그때마다 치원은 노련하게 일을 해결하며 현의 관리들로부터 찬사를 받았다.

치원은 뱃길을 따라 강북으로 올라갔다. 이제 호몽도 장안의 집으로 돌아가고, 업무에도 차츰 익숙해지고 있었다. 어느 날 국자감 동문인 장씨를 만날 목적으로 돛을 단 배를 타고 강줄기를 따라 유유히 흘러가는 동안 모처럼 따사로운 햇살을 맞으며 봄꽃의 향기에 흠뻑 취해 주위 풍경을 둘러 보던 중 나지막한 언덕에 있는 봉우리 두 개를 보고 시선이 고정되었는데 누구인지는 모르지만 애타는 목소리로 자기를 찾는 듯했다. 옆에 있던 포졸에게 물었다.

"저기 보이는 두 개의 커다란 봉우리는 무엇인가?"

"현위 나리, 저기에 커다란 두 개의 봉우리는 묘입니다."

"누구 묘인가?"

치원이 고개를 들어 포졸이 가리키는 곳에 시선을 던졌다.

"묘한 전설이 함께 묻혀 있는 묘입니다. 쌍녀분이라고 여자 둘이 묻혀 있는 무덤입니다. 몰락한 양반집 자매라고 하는데 무슨 곡절이 있는 듯한데 내용은 잘 모르겠습니다."

치원은 자신을 부르는 소리에 이상한 느낌을 받고 한 번 둘러보고 가자고 하며 배를 쌍녀분 쪽에 대라고 하였다. 포졸은 매우 흥미로운 표정을 지으며 노를 저었다.

무덤은 거친 억새풀에 싸여 있었고 초입에 다 지워져 가는 쌍녀분이라는 글이 새겨긴 팻말 하나가 서 있었다. 팻말에는 간단한

쌍녀분

내력이 새겨져 있었다.

'지조 있는 선비의 두 딸로 잘 자랐으나 때를 잘못 만나 억울한 일을 당하니 그 슬픔이 지하에 전해지고 그 한이 하늘에 맺혔도다. 지나가는 과객은 잠시 위로하고 갈지어다.'

치원이 뒷짐을 지고 선 채 비문의 내용을 찬찬히 훑어보았다. 그때 치원의 관복을 보고 쌍녀분묘 근처 밭가에서 돌을 골라내던 아낙이 달려왔다.

"높으신 나리, 잘 오셨습니다. 비록 죽은 자의 무덤이지만 한이 많지요. 글을 많이 배우셨을 테니 극락왕생할 수 있는 글이라도 지어 위로를 해 주십시오. 구천에 떠도는 억울한 영혼들이 감사할 것입니다."

아낙은 금세라도 울음을 터뜨릴 듯한 기세로 치원을 향해 연신 허리를 구부리며 사연을 아뢰었다.

"이 무덤의 사연을 아십니까?"

한동안 말없이 아낙을 쳐다보던 치원이 입을 열었다.

"저 같은 무지렁이가 뭘 알겠습니까? 하지만 이곳에 사는 사람들은 예로부터 전해오는 이야기를 들어서 압니다. 아주 귀한 양반집 딸이었다는데 나쁜 놈들한테 끌려가서 봉변을 당하고 자결한 뒤 여기에 묻혔답니다. 그 후 이 여인들의 한이 서린 이 마을에는 흉년이 자주 들고 원인 없이 사람이 죽기도 했습니다. 그래서 마을 사람들이 관청을 찾아가 제사라도 지내 줄 것을 몇 번이고 고했지만 쉽게 받아들여지지 않았습니다."

아낙으로부터 쌍녀분에 얽힌 이야기를 소상하게 들은 치원은 참으로 난감했다. 아낙의 소원대로 글 몇 줄을 써줄 수도 있지만, 그보다 먼저 이 여인들에 관한 억울한 사연부터 파악하는 것이 급선무라는 생각이 들었다.

치원은 아낙을 위로하고 서둘러 현으로 발걸음을 옮겼다.

다음 날, 치원은 어제 동행했던 포졸을 은밀히 불렀다. 쌍녀분이 생긴 이후로 마을 백성들의 민심이 흉흉했던 사실에 관한 모든 것을 은밀하게 파악해 소상히 보고하도록 했다. 그리고 치원은 이제 어떻게 해야 할 것인가를 곰곰이 생각하기 시작했다.

그런데 문득, 몇 년 전에 만났던 최승우가 머릿속에 떠올랐다.

국자감에서 공부를 하고 있을 때 종남산에서 득도를 했다는 최승우가 느닷없이 찾아와 자신에게 했던 말이 다시 한 번 생각났다.

'당나라 황실 및 관리는 물론 지방 관리들마저 부정부패가 날로 심해져 백성들의 생활고는 더욱더 악화되고 있다. 이러한 백성들의 어려움을 알게 된 소금장수 왕선지가 난을 일으켰다. 이를 본 백성들이 분연히 일어나 왕선지를 적극 지지하고 나섰다. 이는 신라도 마찬가지다. 성골과 진골들의 아집이 심해지고, 그들의 독선과 횡포가 극에 달하며 당나라와 같이 부정부패가 점점 심해지고 있다.'

최승우로부터 이러한 이야기를 들은 치원은 과거 시험을 위해 공부를 해야 하는 이유와 앞으로 어떻게 해야 '나라와 백성을 위할 것인가' 하는 문제를 놓고 깊은 생각에 잠겼었다. 그러다가 어느 순간에 이르러 마음속에서 용솟음치는 뜨거운 기운을 느끼며 '처정관동행處靜觀動行 심소심락법心笑心樂法'이라는 문구를 주문처럼 외웠던 기억을 떠올렸다. 그러면서 치원은 이를 몸소 실천할 때가 되었음을 직감했다.

'내가 직접 쌍녀분에 대한 현장 조사를 해야겠구나!'

치원은 몇 날 동안 쉬지 않고 마을을 돌아다니며 백성들에게 직접 이야기를 듣고, 또 현에 돌아와서는 옛날 문서들을 뒤적여 두 여인에 대한 억울한 사연이 있었는지를 조사했다.

그때 치원의 명을 받고 조사를 했던 포졸이 돌아왔다. 은밀히 전하는 포졸의 이야기를 들어 보니, 얼마 전 아낙네에게 들었던 이야기와 치원이 직접 조사한 내용이 모두 일치하는 것이었다.

두 여인의 억울한 사연은 이미 긴 세월이 한참 지나 법률적으로는 어떠한 조치를 해줄 수 없는 노릇이었다. 하지만 치원은 이들의 원한이라도 풀어 주어야겠다는 생각과 앞으로 다스릴 백성들의 희망과 꿈을 실현시켜 주기 위해서 우선 죽은 영혼을 시로 위로해 줌으로써 살아 있는 백성들에게 앞으로 이보다 더한 대덕과 복을 짓겠다는 자신의 백성 사랑을 알리는 것이 중요하다고 생각하였다. 그리하여 포졸에게 일러 쌍녀분이 훤히 내려다보이는 곳에 자리를 마련하고 정성스럽게 제사를 지낼 수 있도록 만반의 준비를 하라고 당부했다.

쌍녀분을 다시 찾은 치원은 밤이 깊어지자, 인적이 없는 틈을 타 정성스럽게 하늘에 고하는 제를 올렸다. 제사가 끝나자 곁에 대기해 있던 포졸이 얼른 자리를 깔아 주었다. 치원은 가지고 온 지필묵을 꺼내 단정한 자세로 앉아 시를 써 내려갔다.

> 아름다운 유년의 뜰에서 티 없이 자란 자매여
> 그 영혼은 맑고 두 자매의 정은 끝이 없었네
> 집안에는 웃음소리 가득하고 어버이의 사랑은 끝이 없었네
> 마을 사람들 모두 입 모아 자매를 칭찬하였네
> 곱기도 하여라 착하기도 하여라
> 아 사랑스럽고 복스러운 자매여
> 어느 잘난 소년 있어 이들을 모셔 갈꼬

모두 기다리며 축복하였더니

아 무슨 연유로 졸지에 세상을 등지었는가

고혼이 되어 구천에 매달린 채

억울함을 호소하며 이승의 하늘을 떠나지 못 하네

아 뉘 집 두 여인이 여기에 무덤으로 남았을까

적막한 저승 원한의 세월은 몇몇 해였던가

그날 밤, 제를 올린 후 시를 쓰고 나서 치원은 쌍녀분이 보이는 이씨 집성촌 마을 끝에 있는 초현역招賢驛이라는 객관에서 묵게 되었다. 객관의 늙은 하녀가 저녁상을 치우고 나자 황초가 바람에 일렁이고 칼끝 같은 그믐달이 스러지면서 치원은 쏟아지는 잠을 이기지 못했다.

그때 문이 조용히 열리면서 단정한 차림의 두 여인이 술상을 들고 들어왔다.

"그대들은 뉘시오?"

치원은 자꾸만 처지는 눈꺼풀을 부비며 큰소리로 외쳤다. 그러나 두 여인은 말없이 상을 내려놓고 다소곳이 예를 다해 큰절을 올렸다.

"혹시 그대들은?"

치원은 놀란 나머지 말을 제대로 잇지 못했다. 그때 한 여인이 나서며 조용히 말했다.

"현위님, 놀라지 마십시오. 저희들은 좀 전에 현위님께서 위로의 시로 달래 준 쌍녀분의 자매입니다. 예를 갖추어 소녀들의 억울함을 아뢰고자 하오니 들어 주십시오."

"무슨 사연이신지 말씀해 보시오."

그제야 치원이 안심을 하며 여인들을 바라보았다.

여인 중 한 명이 나서며 말했다.

"제가 언니인 팔랑이라 하옵니다. 우선 제가 술 한 잔 권해드리고 싶사옵니다. 부디 받아 주시기 바라옵니다."

치원은 그 여인이 따라 주는 술을 받아마셨다. 독하지 않으면서 그윽한 향과 달콤한 맛이 느껴지는 술은 이승에는 없는 것으로 생각되었고 부드럽게 넘어가며 기분까지 황홀해졌다.

"현위님, 저는 동생 구랑이라 하옵니다. 제 잔도 받아 주십시오. 처량하게 죽은 이의 무덤을 만들어 주었다는 소문을 듣고 호기심과 장난삼아 찾아온 사람들도 있었고 지나가며 저희 자매를 오해하여 손가락질하는 사람들도 많았습니다만 현위님처럼 진심을 담은 시로 저희 자매를 위로해 준 분은 없었습니다. 현위님은 정말 백성의 아픈 곳을 진심으로 헤아려 주시는 목민관이십니다."

이번에는 동생이 술을 따랐다. 치원은 두 번째 잔을 받아들었다.

"그래, 어찌 그리 억울한 일을 당하셨소? 억울한 사정이 무엇이오?"

치원이 잔을 비우며 물었다.

"저희들은 장강 북쪽에 있는 회남의 선비 집에서 다복하게 자란 자매였습니다. 그런데 어느 명절 날, 지나가던 소금장수들이 그

마을에 묵었습니다. 그 소금장수의 두목은 힘이 좋고 돈도 많은 사내였습니다. 돈을 듬뿍 내놓으며 저희 집 사랑방에서 하룻밤 묵기를 청하였습니다. 저희 아버님은 초시에 합격하신 선비였기 때문에 과객의 청을 무시하지 않고 사랑방을 내주었습니다. 그날 밤 술을 마시며 자기들끼리 마작 판을 벌인 그들은 교묘한 수단으로 아버지를 끌어들였습니다. 딱 한 판만 하고 일어서신다고 하신 아버지는 그만 밤을 새우셨습니다. 새벽에는 이미 집문서와 밭문서가 몽땅 그 소금장수 두목 손에 넘어가 있었습니다. 소금장수는 울며 매달리시는 저희 어머니에게 아주 관대한 듯한 웃음을 띠며 말했습니다. '좋소, 집문서와 밭문서는 내주겠소. 대신 저 두 딸을 내게 주시오, 내 데려다가 잘 먹이고 비단 옷 입혀 높은 집 규수를 만들어 금의환향시켜 주겠소.' 그래서 부모님은 울며 매달리는 우리 자매의 요구를 받아들이지 아니하고 잃어버린 집문서와 밭문서를 되돌려받는 것에 순간 눈이 멀어 소금장수의 말에 속아넘어가서 그 소금장수 두목이 한 말을 진실한 것으로 믿고 저희 자매를 넘겨주고 말았습니다. 그 후 저희 자매는 그 징그러운 사내에게 농락당하다가 소금장수들에게 돌아가며 몸을 더럽히고 결국 강남에 이르러서는 만신창이가 된 저희 자매를 술집에 넘겨버렸습니다. 청루에 팔려 밤마다 취객들에게 시달리던 저희 자매는 도저히 고통을 견딜 수가 없었습니다. 우리 자매는 여자로서의 삶은 고사하고 인간으로서의 최소한의 삶 자체가 너무나 욕되고 힘들어 결국 삶을 포기한 채 장강으로 나가 몸을 던지게 된 것입니다. 다음 날 강기슭에 걸린 저희 자매 시신을 어느 선비가 거두어 거기에 묻어 주고는 쌍녀분이라는 팻말을 걸어 주었지요."

언니의 말을 들은 치원은 저절로 한숨이 나왔다.

"현위님, 오늘 저희들은 현위님의 전도 시를 받고 구천을 떠돌다가 이곳으로 내려와 이렇게 기쁜 마음으로 현위님을 뵙게 되었습니다. 또 한 가지 앞으로 일어날 중요한 사실을 알려 드리기 위해서 염치 불구하고 나타난 것입니다. 저희들을 이곳으로 끌고 왔던 그 소금장수 패들은 그 후로도 시골 외딴 마을을 찾아다니며 외딴 동네에 머무르면서 아예 외부 사람은 출입을 못하게 하고, 동네의 반반한 장정들은 자신들의 부하로 만들고, 순진한 시골 처녀들을 마음껏 농락하다가 도읍으로 끌고 나가 내다 팔았습니다. 또 시골 부자들의 돈을 소금장수가 갖은 수단을 동원하여 모두 털어 가짐으로써 재력과 세력이 여러 지방으로 점점 커졌습니다. 이 사실을 관에 고하자, 그들은 오히려 관리들을 태연히 매수하고 나중에는 매수한 관리들을 겁박하며 세력을 확장했습니다. 뿐만 아니라 이제는 쇠를 다루는 대장장이 장수들과 힘을 합쳐 무기를 만들고 우매한 농민들을 속이고 선동하더니 이제는 스스로 장군이라고 칭하며 황조에 반기를 들어 백성을 위한다는 명분으로 스스로 난을 일으켰습니다. 현위님, 그 도둑떼의 두목을 언젠가는 만나게 되실 것입니다. 현위님께서 그자를 만날 때에 저희 자매는 힘을 보태드릴 것입니다. 현위님이 고국으로 돌아가신 후 신라 또는 새로운 나라에서 반드시 실천되어야 할 사회제도 개혁 하나를 말씀 올리겠습니다. 저희 자매가 구천을 떠도는 영혼이 되어 보고 느낀 것 중 국가에서 개인 간의 재산문제로 형벌을 주는 것을 금지시켜야 된다고 봅니다. 재산문제로 형벌을 받거나 저희 자매같이 노비가 되어 주인이 시키는 대로 인질로 끌려다니다가 자결한 사례를 하나 말해보겠습니다. 재물을 많이 가진 갑돌이라는 사람과 갑순이라는 사람이 공동지분으로 사업을 시작하게 되었습니다. 사업이 잘되어 나날이 번창하자 갑돌이는 공동사업체를 독차지하기 위해서 고을 현감에게 많은 뇌물을 주고 포섭하여 갑순이가 재물을 빼돌렸다고 현감에게 허위 고소하였습니다. 현감을 찾아간 갑돌이는 갑순이에게 무거운 형벌을 주고 또한 두 번 다시 재기할 수 없도록 노비로 매매될 수 있도록 청탁했습니다. 그러므로 재물거래에 있어서는 공권력으로 신체적 형벌을 주지 못하도록 제도개선이 반드시 마련되어야 합니다. 저희 자매도 소금장수 두목의 노비가 되어 고통을 견디지 못하고 자결했다고 하소연한 사실을 현위님도 이미 들어서 알고 계시지 않으십니까? 개인간 재물거래에 대해서는 국가에서 개입해서는 아니 되며 또한 형벌을 주어서도 아니 됩니다. 그리고 노비로 삼는 제도를 반드시 금지시켜 주는 사회제도 개혁을 간절히 청탁드리오니 글로써 왕에게 고하여 이 시대는 물론 후 시대까지도 반드시 실천하도록 청원해 주시기 바랍니다. 구천에서 기를 모아 현위님을 언제나 힘껏 돕겠습니다. 저희가 드릴 말씀은 모두 말씀 드렸으니 이제 저희 자매가 추는 춤을 감상하시고 편히 주무십시오."

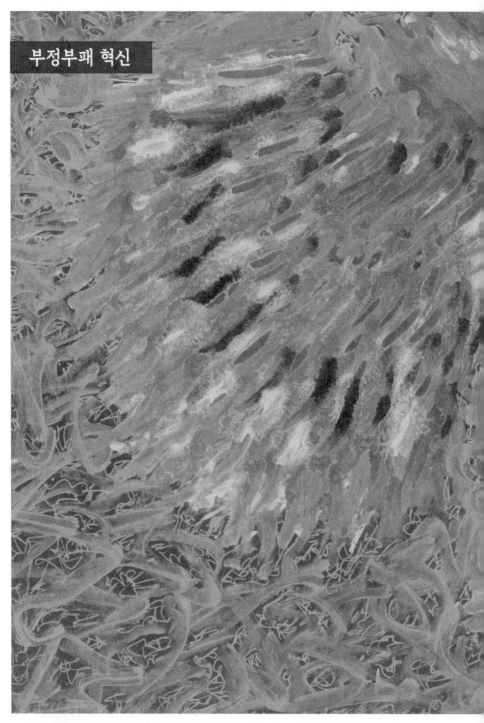

부정부패 혁신

부정부패 혁신의 중요성을 형상화한 이미지. 최치원이 첫 관직을 맡고 있을 무렵 당나라는 곳곳에서 부정부패가 만연돼 있었다. 결국 그 썩은 물은 '황소의 난'을 부추기며 당나라를 파국으로 몰아갔다.

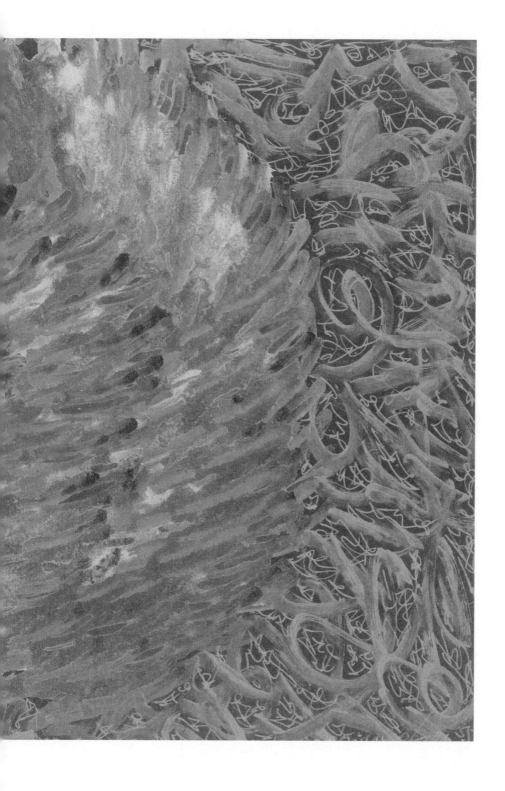

동생의 말이 끝나고 두 자매가 춤을 추려고 준비하자 어디서 들려오는지 알 수 없는 현묘한 가락 소리가 울려왔다. 가락에 맞춰 자매는 춤을 추기 시작했다. 서리서리 춤사위를 펴고 또 폈다. 치원은 지금까지 한 번도 들어 보지 못한 그 가락에 몸이 두둥실 뜨는 듯했다. 정신은 한없이 몽롱하고 황홀했다.

이윽고 가무를 끝내고 자매는 조용히 치원을 향해 무릎을 꿇고 큰절을 올린 후에 하늘로 올라갔다.

이튿날, 치원은 관원을 데리고 다시 쌍녀분을 찾아가 봉분 앞에 장지를 깔고 지난밤 꿈에 나타났던 팔랑과 구랑을 떠올리며 그녀들과 주고받았던 이야기를 시로 써내려가기 시작하였다. 마치 술에 취한 듯하였고 붓에 먹물을 묻히니 손은 저절로 돌아가 시가 술술 풀려나갔다.

글로 쓴 내용은 먼저 두 자매의 혼령을 위로하는 8수를 지었고 이어서 언니인 팔낭자와 동생인 구낭자가 치원과 서로 화답하며 9·10수를 지었다. 마지막으로 치원이 두 자매의 극락왕생을 기원하는 11~15수로 마감되었다.

1수
뉘 집 두 여인 무덤인지 몰라도
적적한 저승에서 봄을 원망하기 몇 해더냐
그 모습 공중에 걸리고 물가에는 달빛 어리며
이름도 모르는 무덤 위엔 잡초만 무성하네

향긋한 정 꿈속에서라도 나누어 본다면
긴 밤 뒤척이는 나그네 위안 되겠네
외로운 관사에서 비와 구름 만나듯이
그들과 더불어 내내 낙천신을 읊어 보자

誰家二女比遺墳 수가이녀비유분 寂寂泉扁機怨春 적적천편기원춘
形影空留溪畔月 형영공유계반월 姓名難問塚頭塵 성명난문총두진
芳精徜許通幽夢 방정성허통유몽 永夜何妨慰旅人 영야하방위여인
孤館若蓬雲雨會 고관약봉운우회 與君繼賦洛川神 여군계부낙천신

2수
유혼은 한스러움 떠나 외로운 무덤에 의지하며
복숭아빛 뺨 버들눈썹 봄을 맞이했네
학을 타고 삼신산(봉래산, 방장산, 영주산) 길 찾아가기 어려우며
봉황이 공중으로 날아 먼지 되었네
세상살이 그때에는 손님에 부끄러웠는데
오늘 낯모르는 사람에게 애교 부리네
시에 내 뜻 알리는 게 매우 부끄러워
돌아올 시 한 수에 한 가닥 걱정이네

幽魂離恨奇孤墳 유혼이한기고분 桃臉柳目猶帶春 도검유목유대춘
鶴駕難尋三島路 학가난심삼도로 鳳飛空墮九川塵 봉비공타구천진

當時在世長羞客 당시재세장수객　今日含嬌未識人 금일함교미식인

深愧試詞知妾意 심괴시사지첩의　一回延首一傷神 일회연수일상신

3수

오가는 그 누군가 길가 무덤 보살피며

난경 원앙금침은 먼지가 다 되었네

한 번 죽고 사는 것은 하늘의 운명이거늘

꽃 피고 지는 것은 인간 세상의 이치이네

매번 진녀가 되고파 능히 고을 버리고

사랑도 시샘도 못 배운 여인이었네

구름이 비 만난 꿈으로 양왕처럼 모시련만

천만 가지 생각에 정신만 잃어가네

往來誰顧路傍墳 왕래수고노(로)방분　鸞鏡鴛衾盡惹塵 난경원금진야진

一死一生天上命 일사일생천상명　花開花落世間春 화개화락세간춘

每希秦女能拋谷 매희진녀능포곡　不學任姬愛媚人 불학임희애모인

欲薦襄王雲雨夢 욕천양왕운우몽　千恩萬憶損精神 천은만억손정신

4수

이름을 감춘다고 이상하다 생각 마오

외로운 혼을 세상 사람들이 두려워하랴

마음속 일들을 말하고자 하오니

잠시라도 친하길 허락하소서

莫怪藏姓名 막괴장성명   孤魂畏俗人 고혼외속인
欲將心事說 욕장심사설   能許暫相親 능허잠상친

5수
외로운 무덤가에 우연히 지어준 시 제목
어찌 선녀가 속세 일을 묻는 기회가 되었느냐
취금으로 말미암아 경화마저 요염하여
붉은 소매 옥나무 봄을 머금고 있네
이름 몰래 숨겨 속세의 나그네 속이며
예쁘게 다듬은 글 솜씨 시인을 괴롭히네
오로지 그대와 더불어 환소코자 애태우며
천령 만신에게 빌고 비나이다

偶把狂詞題孤墳 우파광사제고분   豈期仙女問風塵 기기선녀문풍진
翠襟猶帶瓊花艶 취금유대경화염   紅袖應含玉樹春 홍수응함옥수춘
偏隱姓名欺俗客 편은성명기속객   巧裁文字惱詩人 교재문자뇌시인
斷腸唯願倍歡笑 단장유원배환소   祝禱千靈與萬神 축도천령여만신

6수
파랑새는 끝없는 사정을 알리며

잠시 서로 추억에 두 줄기 눈물 흐르네

오늘 밤에 선녀를 만나지 못한다면

남은 삶 버려서라도 땅속에 들어가리

靑鳥無端報事由 청조무단보사유 暫時相憶淚雙流 잠시상억누쌍류

今宵若不逢仙質 금소약불봉선질 判劫殘生入地求 판겁잔생입지구

7수

향기로운 밤에 다행히 잠시나마 만났건만

어인 일로 말없이 가는 봄을 대하려나

진나라 실부인 줄은 알았네만

본디 식부인지는 몰랐다네

芳逍行得暫相親 방소행득잠상친 何事無言對暮春 하사무언대모춘

將謂得知秦室婦 장위득지진실부 不知元是息夫人 부지원시식부인

8수

긴 하늘 금빛 물결 눈에 가득 들어오니

천 리 근심 걱정 곳곳마다 같구나

金波滿目泛長空 금파만목범장공 千里愁心處處同 천리수심처처동

하고 치원이 정성스럽게 시를 지었다. 그러자 바람소리와 함께 처량하지만 똑똑한 목소리로 시답을 말하면서 쌍녀분의 하나인 팔낭자가 고하였다.

헤맬 옛길 없어도 바퀴 그림자 움직이며
봄바람이 불지 않아도 계수나무 꽃 피웠네

輪影動無迷舊路 윤영동무미구로 桂花開不待春風 계화개부대춘풍

이어서 구낭자가 지었다.

삼경이 지나니 둥근 달빛 더 희어지고
헤어져야 할 생각에 오로지 가련할 뿐이네

圓輝漸皎三更外 원휘점교삼경외 離思偏傷一望中 이사편상일망중

이어서 치원이 9수를 지었다.

9수
연색 펼쳐질 때 비단 장막 갈라지며
홀 모양에 비추는 곳 옥 빛깔 환하네

練色舒時分錦帳 연색서시분금장 珪模映處透珠瓏 규모영처투주롱

이어서 팔낭자가 지었다.

　　인간 멀리 떠나니 애간장 끊어지며
　　황천 아래 외로이 잠드니 애달프기 한없네

　　人間遠別腸堪斷 인간원별장감단 泉下孤眠恨莫窮 천하고면한막궁

이어서 구낭자가 지었다.

　　늘이 항아는 꾀가 많아서
　　향기 나는 대궐 버리고 선녀 궁궐에 이르렀네

　　每羨嫦娥多計巧 매선항아다계교 能抛香閣到仙宮 능포향각도선궁

이어서 치원이 10수를 지었다.

　　10수
　　그대의 말을 들어 보니 현명하지 못하구려
　　관습에 따른 인연으로 잠자리해야 하네

聞語知君不是賢 문어지군부시현 應緣慣與女奴眠 응연관여여노민

팔낭자가 그 시에 이어 끝을 이었다.

바람직하지 못하게 미친놈한테 시집가서
억지로 잡혀 실없는 말 땅 위 신선에 욕하네

無端嫁得風狂漢 무단가득풍광한 強被經言辱地仙 강피경언욕지선

치원이 화답시를 지었다.

11수
오백 년 만에 오신 어진 어른 만났으니
장차 오늘 밤의 기쁨이 쌍으로 잠자겠구나
꽃다운 마음 미친 손님 친하다고 괴이타 마오
일찍이 봄바람 향해 귀양 온 신선이라네

五百年來始遇賢 오백년래시우현 且歡今夜得雙眠 차환금야득쌍면
芳心莫怪親狂客 방심막괴친광객 曾向春風占謫仙 증향춘풍점적선

12수
북두칠성 첫 바퀴 돌아 밤은 자꾸 지새우는데

이별 인사 하려니 난간에 눈물 흐르네

이로써 천 년간의 한을 매듭지으려 하나

꾸밈없이 찾아온 것 깊은 밤 기쁨이라네

星豆初回更漏闌 성두초회갱누란　欲言離緒淚欄干 욕언이서누난간

從玆便結千年恨 종자편결천년한　無計重尋五夜歡 무계중심오야환

13수

기운 달 창에 비치니 붉은 뺨 싸늘해지고

새벽바람 소매 흔드니 눈썹이 찡그려 지네

그대와 헤어지자니 걸음마다 애간장 타며

비가 구름으로 되기 만큼 꿈꾸기 어렵겠구나

斜月照窓紅臉冷 사월조창홍검냉　曉風飄袖翠眉攢 효풍표유취미찬

辭君步步偏腸斷 사군보보편장단　雨散雲歸入夢難 우산운귀입몽난

14수

처음 들린 길 달려가니 또 나루터 헤매나니

풀에 묻힌 구리 언덕 천고에 한 되었네

꽃피는 금곡에는 하루아침 봄날이며

완조 유신은 모두 보통 사람이라네

진시황 한무제도 선골은 아니었으며

그 당시 아름다운 만남 뒤따르기 어려워라

후대에 남긴 이름 가히 슬픈 길이었고

유유히 왔다가는 홀연히 가버렸네

구름과 비는 알다시피 늘 머무른 것 없는데도

내 여기 와서 두 여인 만났네

아득한 초나라 양왕의 구름 비 꿈같아라

대장부여, 대장부여

왕성한 기운으로 여자의 한을 쓸어 주어

앞으로 요사스런 여우 사연은 없을 거라네

始聞達路又迷津 시문달로우미진　草沒銅臺千古恨 초몰동대천고한

開花金谷一朝春 개화금곡일조춘　玩肇劉晨是凡物 완조유신시범물

秦皇漢帝非仙骨 진황한제비선골　當時嘉會香難追 당시가회향난추

後代遺名徒可悲 후대유명도가비　悠然來忽然去去 유연래홀연거거

是知雲雨無常柱 시지운우무상주　我來此地逢雙女 아래차지봉쌍녀

遙似襄王夢雲雨 요사양왕몽운우　大丈夫大丈夫 대장부대장부

壯氣須除兒女恨 장기수제아여한　莫將心事戀妖狐 막장심사연요호

15수

뜬세상의 영화는 꿈속의 꿈이니

흰 구름 깊은 곳에 몸 편안하리라

浮世榮華夢中夢 부세영화몽중몽 白雲深處好安身 백운심처호안신

    치원은 지금까지 일어났던 일이 신비스러워 잠이 오지 않았지만 두 눈을 감고 잠을 청하였다.

    쌍녀분 자매에게 시를 써서 위로해 주는 덕행을 베풀고 난 후 이곳 백성들로부터 구전으로 전해져 오던 쌍녀분에 대한 두려움과 근심 걱정 같은 것이 갑자기 사라졌으며 또한 흉흉한 민심이 없어지고 홍수피해도 일어나지 아니하여 다른 어느 곳보다 백성들 상호간 서로 신뢰하고 상부상조함으로 인하여 풍년이 들어 살기 좋은 고장으로 되었다.

강남 아가씨와 도사

　최치원이 쌍녀분 자매를 위해 위로의 시를 지어 주었다는 사실이 이곳 백성들의 입을 통해서 이웃 고을까지 소문이 일파만파로 전파되었다. 백성들 사이에 최치원 현위가 눈으로 볼 수 없는 죽은 사람의 영혼에게 시를 지어 주는 것을 보고 살아 있는 사람에게는 얼마나 더 잘해 줄 것인가를 꿈꾸게 되었다.

　치원이 강줄기를 거슬러 순시를 하며 쌍녀분에서 기이한 체험을 하고 돌아온 지 삼개월이 되던 어느 날, 이른 아침부터 현령이 관리들을 모아 놓고 일장 훈시를 했다.

　"요즘 치안 상태가 매우 불안합니다. 우리 율수현은 아직은 큰 문제가 없습니다만 지금 전국이 소란스러운 전운에 싸여 있다는 것은 여러분이 더 잘 알고 있을 것입니다. 황공하옵게도 황제 폐하께서 즉위하시던 해에 복주濮州(하남성)에서 소금장수의 우두머리인 왕선지王仙芝가 난을 일으켰습니다. 소금장수들이 세를 형성하고 자기들 멋대로 값을 매기기 때문에 왕실에서 세금을 조금 올리

구화산

자 거기에 불만을 품고 반역의 깃발을 들었습니다. 현령이 특히 강조한 것으로 이번에는 원구寃句(산동성 조현 북부)에서 황소黃巢라는 소금장수가 농민들을 선동하여 또 난을 일으켰습니다. 농민들과 함께 난을 일으켰으니까 지금 우리 황국에는 동쪽에 황소라는 반역 무리가 있고 또 서쪽에 왕선지라는 반란의 원조가 있는 셈입니다. 특히 치안을 담당하는 최치원 현위는 포졸들에게 일러 순찰을 자주 해서 수상한 자들이 없는지 있는지 잘 살펴서 매일매일 보고하시오."

모두 수군거리며 자리로 돌아갔고, 참으로 세상이 묘하게 돌아가니 관리들 서로 간에 몸조심하자는 말들을 나누었다.

왕실에서는 환관들이 득세하여 어린 황제를 조종하고 각 지역의 관찰사들이나 장군들은 모두 자신들의 세를 불리면서 백성들을 착취하고 있었다. 백성들은 난에 시달리고 관리들의 착취에 피를 빨리며 이중 삼중의 생활고에 시달렸다. 치원은 그릇된 정세를 한탄하며 깊은 시름에 잠겼다. 그때 금표가 치원에게 다가와 어깨를 툭 치며 현령이 찾는다는 말을 전했다.

"무슨 일입니까?"

"좋은 일이야. 우리 관아 끝에 구화산九華山이라는 명산이 있는데, 그 산에 제법 큰 산장을 가지고 있는 선비가 있지. 우리 고을에서는 아주 문명을 날리고 있는 유명한 대문인이야. 누각의 현판이나 거각의 상량문은 도맡아 쓰는 명필이자 시인이었네. 아마 오늘도 현령 영감님에게 주려고 산에서 딴 꿀통을 들고 왔을 텐데 자네 것도 있을 거야. 그 사람이 지금 현령님 방에 와 있어. 장원 급제를 한 자네를 한번 보고 급제하는 비결이 무엇인가를 얻으려고……."

금표가 치원을 향해 눈을 찡긋하고는 크게 웃었다. 치원은 금표의 웃음을 뒤로 하고 자리에서 일어섰다. 현령의 방문을 열고 들어서니 점잖고 기품이 있어 보이는 사내가 현령과 다정스럽게 대화를 나누며 웃고 있었다.

"이 분은 우리 고을에서 문명이 아주 높은 대시인이오. 두 사람은 학문이 높으니까 금방 친해질 수 있을 거요."

현령이 치원에게 선비를 소개하자, 그는 자리에서 일어서더니 치원을 향해 허리를 굽혔다.

"구화산에 살고 있는 두순학杜荀鶴(당나라 시인 846~904)이라고 합니다. 우리 현에 장원 급제하신 현위께서 오셨다고 하여 장원 급제하신 수재의 얼굴을 뵙기 위해 왔습니다. 부끄럽게도 이 사람은 열 번 넘게 시험을 봤지만 번번이 낙방을 했습니다."

너스레를 떨던 두순학이 치원에게 자리를 내주었다.

"아, 그게 마음먹은 대로 됩니까? 급제라는 것도 운이 있어야 하고 하늘이 도와야 하는 일이죠."

현령이 그를 위로하고 나섰다.

"학문이나 시를 짓는 창작력하고 과거에 합격을 하는 것은 별개의 일이 아닌지요? 제가 이곳에 오기 전에 낙양에 머물기도 했습니다만 그곳에서 뵌 나은이라는 시인은 저보다 스물네 살이나 연장이시고 인격도 훌륭하시며, 필명이 강동을 흔들고 있습니다만 그분 역시 존함을 횡橫에서 은隱으로 고치시기 전까지 무려 열 번 이상이나 낙방하였다고 저에게 말한 적이 있었습니다. 시인께서도 무슨 비법을 써 보시지요."

치원이 자리에 앉으며 두순학을 물끄러미 바라보았다.

"아니! 그 유명하신 나은 시인과도 교유가 있었습니까? 아, 강동의 시인 나은 선생을 만나셨다니 역시 장원 급제자는 다르십니다."

치원의 말을 듣고는 현령과 두순학 모두 깜짝 놀라고 말았다.

"저도 현위님과 교분을 트고 싶습니다. 그리고 급제를 위해 무엇인가 비방을 구하려고 먼 길을 무릅쓰고 찾아왔습니다. 현령님을 졸라 현위님을 뵙게 된 것입니다. 부끄럽게도 저는 현위님보다 열 살이나 연상입니다. 나이 많다고 탓하지 마시고 친구처럼 대해 주십시오."

두순학이 무릎을 모으며 치원을 올려다보았다.

"형님으로 모시겠습니다. 무슨 비방을 얻고 싶으십니까?"

치원도 공손하게 말하자 두순학은 얼굴을 붉히며 뒷머리를 긁어 대는 시늉을 했다.

"이것은 제가 산속에서 힘들여 따온 토종꿀입니다. 한 통은 현령님께 올렸고 한 통은 이렇게 현위님께 드리고자 합니다."

두순학은 나뭇잎으로 정성스럽게 싼 꿀단지를 건넸다. 치원이 난처한 기색을 보이자 현령이 받아 두라고 고개를 끄덕였다. 치원은 하는 수 없이 두순학이 건네는 꿀단지를 조심스럽게 받았다.

"언제 한번 제 산장으로 모실 테니, 오실 때 그것 좀 가져다 주십시오."

"그것이라니요?"

"저…… 황제 폐하 앞에서 과거 보실 때 쓰셨던 붓 가운데 제일 작은 놈 하나만."

한참 동안 뜸을 들이던 두순학이 쑥스러운 듯 고개를 푹 숙이며 붓 이야기를 꺼냈다.

"그거라면 제가 기꺼이 드릴 수 있습니다. 걱정 마십시오."

치원이 고개를 한껏 젖히고 웃으며 말했다.

얼마 후 두 사람은 산장에서 만났다. 두순학은 정성껏 차린 술상을 내오더니 동생보다도 어린 치원을 상좌에 모시고 깍듯이 대했다. 그러더니 자신이 먼저 글을 써 치원에게 올렸다.

손님이 왔다는 말을 듣고 아이에게 돈도 주지 않고 술부터 사오라고 재촉하였네
최 현위님은 서재 앞에 학창의를 입고 어설피 서 있는 두순학을 깍듯이 모셨네
두 사람 시냇가에 이르러 달을 읊으며 고기잡이 배에 오르네
구화산의 나이 든 친구와 마음이 맞으니
관직의 높고 낮음을 따지지 않고 감히 시 한 수를 바치네

祗聞留客敎沽酒 지문유객교고주　未省逢人說料錢 미성봉인설료전
洞口禮星披鶴氅 동구예성피학창　溪頭吟月上漁船 계두음월상어선
九華山叟心相許 구화산수심상허　不計官卑贈一篇 부계관비증일편

"시풍이 아주 사실적이며 솔직하십니다. 또 형님은 명필이시네요. 가까운 장래에 급제하실 것입니다."

시를 다 읽은 치원이 공손하게 말했다. 두 사람은 술잔을 나누며 형제의 의를 맺었다. 치원이 미리 가져갔던 붓을 내놓자 두순학은 세모로 만든 그 붓을 황홀한 눈빛으로 바라보았다.

"아, 이 세모필로 어전시에서 당당히 장원 급제를 하셨단 말이죠? 이런 선물을 주시니 저는 무엇을 드려야 할까요? 아무튼 답례는 서서히 준비하기로 하고요. 우선 송구스러우나 현위님께서 이 강남에 오셔서 느끼신 점을 시 한 수 써 주십시오. 이 선물은 저희 집 가보로 간직하겠습니다."

치원이 고개를 끄덕이며 붓을 들어 순식간에 시 한 수를 지었다.

강남의 풍속은 방탕하여 기르는 딸이
교태 있고 가냘프네
천성은 바느질하는 것을 부끄러워하니
분단장 마치고는 악기만 조율하네
배운 것은 고상한 노래가 아니요,
춘정에 많이 이끌린 것이라네
스스로 일컫기를 꽃다운 얼굴이요,
청춘 시절 길이 이어진다 하네
도리어 이웃 여자 비웃나니 하루 종일
북을 놀리며 베 짜느라 몸을 수고롭게 하지만,
비단옷은 네게 돌아가지 않으리라

江南蕩風俗 강남탕풍속　養女嬌且憐 양녀교차련
性治恥針線 성치치침선　妝成調管弦 장성조관현
所學非雅音 소학비아음　多被春心牽 다피춘심련

自謂芳華色 자위방화색 長占艶陽年 장점염양년

却笑隣家女 각소린가녀 終朝弄機杼 종조롱기저

機杼縱勞身 기저종로신 羅衣不到汝 라의부도여

두순학은 강남녀江南女라는 치원의 시를 받아 들고 깊은 한숨을 쉬었다.

"비단옷은 네게 돌아가지 않으리라의 구절은 제 폐부를 찌릅니다. 이상하게도 우리 강남은 도읍으로 가나 농촌으로 들어가나 남녀가 부박합니다. 베 짜고 농사짓는 일을 천하게 여기고, 땀 흘리고 일하는 것을 부끄럽게 여깁니다. 밤이 되면 여인들이 한결같이 화장을 하고 어디론가 나갑니다. 물론 홍등가로 가서 돈을 버는 여자들도 있겠지만 여염집 여인들도 길가에 앉아 차를 마시며 즐기고 노래하기를 좋아하고, 심지어 남녀가 부둥켜안고 춤추는 것이 유행입니다. 이거 아무래도 말세의 징조인 것 같습니다."

그러면서 두순학은 혀를 끌끌 찼다.

"나라의 기강이 이렇게 해이해져 있으니 도처에서 도둑들이 떼를 지어 일어나고 있지 않습니까?"

치원이 세태를 한탄하며 연신 한숨을 내쉬었다.

"그러게 말입니다. 백 년 전에 왕건王建(성당 때의 시인766~832) 시인도 탄식하지 않았습니까?"

"양주의 야시장을 보고夜看揚州市 지은 한탄시가 있지 않습니까?"

"바로 그겁니다. 현위께서 한 번 읊어 주시죠."

야시장에 온갖 등불이 푸른 하늘을 비추고
술집과 기생집에는 손님이 북적거리네
지금은 결코 태평한 시대가 아닌데도
곳곳에서 오히려 가무 소리만 밤새도록 들리네

夜市千燈照碧雲 야시천등조벽운 高樓紅袖客紛紛 고루홍수객분분
如今不似時平日 여금부사시평일 猶自笙歌徹曉聞 유자생가철효문

치원은 눈을 지그시 감고 왕건 시인의 시를 암송했다. 치원의 시 낭송 소리에 심취한 두순학은 입이 마르도록 치원을 칭찬하며 술을 권했다. 그날 밤 두순학의 산장에서 우주 속 허공의 달빛을 감상하며 잠을 청할 때 치원의 머릿속은 온통 처연한 생각으로 가득 찼다. 장원 급제를 하고 높은 뜻을 이루기 위해 당나라 곡창 지대의 중심 지역에 관리로 발령받아 근무하면서 보고 느낀 것은 부정부패뿐이었다.

관리들은 백성들의 고혈을 쥐어짜는 데에만 온통 신경을 쓰고 있었고, 여인들은 모양을 내고 가무를 즐기는 데에만 시간을 허비하고 있었다. 손끝에서 피가 나도록 길쌈을 하고 베를 짜는 여인들은 그것을 걸쳐 볼 엄두도 내지 못한 채 비단옷을 만드느라 연신 땀방울만 흘려 댈 뿐이었다.

이곳 백성들 대부분이 쌍녀분의 자매처럼 모두 가슴에 한을 품고 거리와 산촌을 헤매고 있었다. 치원은 열두 살 어릴 때 손가락에 꽃반지를 만들어주고 재미있게 사귀었던 여자 친구 보리가 신라 땅에서 가혹한 나날을 보내고 있을 거라고 문득 생각하니 가슴이 쓰리고 아팠다.

열두 살 어린 나이에 바다를 건너와 밤잠을 못 자며 남보다 천 배의 공부를 했고, 장원 급제를 한 후에도 당나라의 문화를 공부하고 시인들과 소통하느라 고향땅 서라벌에 계시는 부모님을 뵙고자 한번도 찾아가지 못했다. 또한 관리로서 발령받아 소임을 다하느라 여념이 없다 보니 정작 자신이 떠나온 고국의 보리 소식을 듣고도 자신이 할 수 있는 것은 아무것도 없다는 생각이 들어 보리에게 미안한 마음이 새록새록 되살아났다.

'도대체 지금 보리는 어찌 되었을까?'

불을 보듯 뻔한 일이다. 역적의 딸로 몰려 열여덟 꽃다운 나이로 짓밟혔을 것이다. 야수와 같은 놈들에게 갈기갈기 짓밟혔을 것이다. 그리고 노비라는 신분을 목에 걸고 이리저리 끌려 다닐 것이다. 홍루로 끌려갔는지, 청루로 끌려갔는지…….

치원은 아무것도 해줄 수 없는 자신이 한없이 원망스러웠다. 보리의 소식을 전해 주며 뜨거운 눈길로 자신을 바라보던 최승우가 천장에서 한심하다는 듯 내려다보고 있는 것만 같았다. 치원은 쉽게 잠을 이루지 못하고 뒤척이다가 새벽녘에야 겨우 잠이 들었다. 그때 산장 밖에서 웬 사내의 우렁찬 목소리가 들렸다.

"게 누구 없느냐? 누구 없느냐?"

사내의 목소리가 산장을 흔들자 두순학이 신발을 끌고 황급히 나갔다. 잠에서 깬 치원도 옷을 주섬주섬 입고는 그를 따라 나갔다.

"아이고, 도사님! 어인 일로 이렇게 일찍 오셨습니까? 도대체 어디에 다녀오시는 길이십니까?"

두순학이 사내 앞에 허리를 구부리며 공손히 말했다.

"아, 도사에게 오고가는 길이 따로 있나? 동가숙서가식東家宿西家食이라네. 하루는 여기서 자고 하루는 저기서 묵고 때로는 구름을 타고 달리고 또 때로는 학을 불러 훨훨 날다 오느니 어흠, 어찌 이리 배가 고플꼬? 술이나 한 사발 내오시오."

사내가 큰소리로 말하며 성큼성큼 안으로 들어갔다. 그가 말을 하고 움직일 때마다 어찌나 당당한 행색이던지 산장이 들썩들썩 했다. 치원은 그 낯선 사내의 숨소리와 행동거지가 눈에 거슬리는 것이 영 마음에 들지 않았다.

"최 현위! 인사하시죠. 우리 구화산에서 제일 유명한 여용지呂用之 도사님이십니다. 학을 타고 구름을 부리시는 분입니다."

뒤꼍으로 나가 몸을 씻고 머리를 맑게 한 후 방으로 들어온 치원에게 두순학이 그 사내를 소개했다. 치원을 바라보는 사내의 눈빛이 심상치 않았다. 흰자위를 움직일 때마다 거울 면을 움직이는 것처럼 괴이한 빛살이 일렁이고 광기가 번득였다. 사내의 시선은 마치 단검으로 급소를 찌르는 것처럼 치원을 아프게 했다.

"일찍이 도사 우홍휘牛弘徽선사님으로부터 도술을 익히셨고, 그 도술이 높아 과거와 먼 미래를 내다보시는 분입니다. 현위님의 미래에 대해서도 도사님께 여쭤 보는 것이 좋을 것 같습니다. 아, 이쪽 분으로 말씀드리면 우리 현에 근무하시는 현위님으로서……."

어색한 분위기가 길게 이어지자 내심 불편했던 두순학이 그 사내에 대해 더 상세히 알려 주며, 또 그 사내에게 치원을 소개하려 했다. 그러자 사내는 두순학의 말을 무 자르듯이 단번에 막아 버렸다.

"최치원! 신라 사람? 흠, 글깨나 하는 친구지. 하지만 구상유취라……. 아직 젖비린내를 벗지 못했지."

사내는 치원과 눈도 마주치지 않은 채 비아냥거렸다.

"여 도사님, 왜 이러십니까? 아침부터 취하셨습니까? 아, 처음 뵙는 현위님께 이렇게 무례하게 나오시면……."

사내의 말을 듣던 두순학이 매우 난처한 표정을 지으며 사내를 말렸다.

"아, 내 막내 동생뻘도 안되는 애한테 그럼 뭐라고 말해야 되나? 장원 급제하신 수재님이라고 굽실거리기라도 해야 된단 말인가? 그것도 신라 촌놈한테? 난 당나라 도사야. 이따위 촌놈한테 굽힐 이유가 없지."

사내는 막무가내였다.

"여 도사님, 높은 도인답게 좀 차분하게 말씀하세요. 우리 집에 오신 손님입니다. 아, 내가 귀히 모신 빈객이라고요."

두순학은 황급히 술을 권하면서 사내를 달랬다. 사내는 두순학이 따라 준 술잔을 단숨에 비웠다.

"초면에 미안하오. 내 성질이 지랄 같아서 실례가 많았소. 아무튼 지금은 내가 먼 길을 달려와 피곤하기도 하고 지쳐 있으니 이따가 밤에 봅시다."

여용지는 그제야 치원의 어깨를 툭 치며 빙그레 웃었다. 연거푸 술잔을 비운 여용지는 그대로 쓰러져 코를 골기 시작했다. 코 고는 소리가 어찌나 요란했던지 산장의 대들보가 들썩들썩할 정도였다. 치원은 방에 있기가 민망하여 개울로 나갔다.

"저 양반이 좀 괴팍한 데가 있습니다. 용서하십시오. 뭐 소문에 의하면 불로장생하는 약을 만들 수도 있다고 하고, 사주나 관상을 어찌나 잘 보는지 사람의 일생을 내다볼 수도 있다고 합니다. 주문을 외면 귀신도 물러나는 도사라고 합니다. 한 번씩 바람처럼 나타났다가 바람처럼 사라지는 분이니까 너무 마음에 두시지 마시지요."

금세 뒤따라 나온 두순학이 변명을 늘어놓으며 치원을 위로했다. 하지만 치원은 그 사내가 뇌까린 말들이 머릿속을 떠나지 않았다.

'신라 촌놈, 젖비린내……'

치원은 조용히 눈을 감고 작은 돌 사이를 비집고 유유히 흐르는 물소리에 귀를 기울였다.

여용지는 저녁이 다 되어서야 겨우 일어나 마루 끝에 앉았다. 입을 벌릴 때마다 술 냄새가 진동을 하고 몸을 움직일 때마다 산사람 특유의 풋내가 훅 끼치는 바람에 가까이 다가가기가 아주 곤

혹스러웠다. 두순학이 얼른 부엌으로 달려가 닭고기와 돼지고기를 듬뿍 담은 바구니와 함께 술상을 내놓았다. 여용지는 씨익 웃더니 조금의 망설임도 없이 또다시 게걸스럽게 먹고 마셨다.

"최치원 현위, 당신은 이곳에서 머지않아 떠나야 할 것 같소."

여용지가 닭다리를 뜯으며 치원을 향해 알 듯 모를 듯한 말을 뇌까렸다.

"그야 뭐, 임기가 다 됐으니까."

치원도 마음속이 편치 않아 날이 선 어투로 받았다.

"그러면 제 앞날이 어떻게 되겠습니까?"

"구만 리 장천을 날아야 할 기러기의 꿈이 크기는 한데 어깨에 달린 것은 참새의 날개라……. 현위 신세도 참 처량하구려. 그래서 황제에게 시詩나 부賦를 올려 천거를 받을까 아니면 단번에 높이 오를 박학굉사과博學宏詞科(지금의 5급 공무원에 해당하는 고급 공무원 시험)에 응시하기 위해 입산을 해야 할까. 기로에 서 있구만?"

여용지는 치원을 쳐다보고는 씨익 웃으며 닭다리에 붙은 살점을 뜯어 먹느라 정신이 없었다. 그의 말을 듣는 순간, 치원은 망치로 뒤통수를 얻어맞은 것처럼 휘청거리며 그 자리에서 옴짝달싹할 수가 없었다. 자신의 심중을 단숨에 꿰뚫는 그 사내를 향해 이상한 수치심마저 느꼈다.

'아니, 이 자는 정말 사람 마음속을 꿰뚫어 보는 진짜 도사란 말인가.'

치원은 종남산에서 본 종리권선사와는 달리 또 다른 알 수 없는 마력에 이끌리고 있음을 감지했다. 할 말을 잃고 망연자실한 채 앉아 있는 치원에게 두순학이 술을 권했다. 두순학이 따라 준 술잔을 단숨에 비운 치원은 그제야 속이 웬만큼 뚫리는 느낌을 받았다.

"일단은 입산하여 공부를 해 보시오. 당신의 총기라면 박학굉사과 정도는 2년 안에 합격할 것이오. 이런 촌구석에서 허송세월할 필요가 없지. 당신 같은 수재라면 당당한 방법으로 승부를 겨뤄야지. 암, 천재는 천재답게 승부를 해야지."

여용지는 입가의 술을 손등으로 쓱 닦아내며 말했다. 처음으로 진지하게 말을 건네는 그를 향해 치원은 비로소 마음을 열었다.

"도사님, 그렇다면 제가 어찌하면 되겠습니까? 저의 앞길을 한번 봐 주십시오."

치원은 간절한 눈빛으로 여용지를 바라보았다.

"오늘 밤 자시(오후 11시~새벽 1시)에 우물가로 나오시오. 목욕재계하고!"

그는 또 농을 던지며 남은 술잔을 기울였다. 그러더니 이내 치원을 바라보고는 누런 이를 드러내며 히죽거리고 웃었다. 깊은 산속의 밤공기는 몸서리치도록 차가웠다. 여름의 끝자락이기는 하지만 옷 속을 파고드는 바람 탓에 저절로 몸이 움츠러들었다. 더구나 여기저기서 들리는 괴기스러운 소리가 귓전에 맴돌아 으스스한 느낌마저 더하고 있었다.

두견이나 부엉이들이 이리저리 날아다니며 거친 울음소리를 토해내고, 나뭇가지를 흔들어 대며 크고 작은 원숭이들이 기이한 소

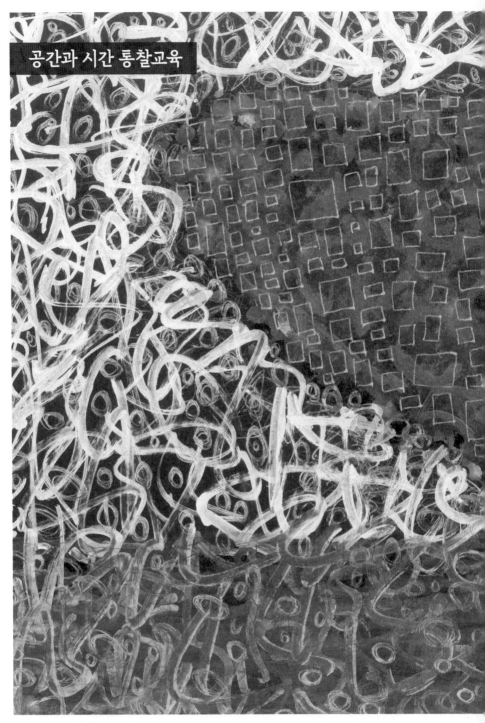

공간과 시간 통찰교육

공간과 시간적 통찰 교육이 얼마나 중요한가를 형상화한 이미지. 최치원은 약관의 첫 관직에서 억울하게 죽은 자매의 원혼까지 달래주는 선정을 베풀어 당나라 백성들로부터 많은 존경을 받았다.

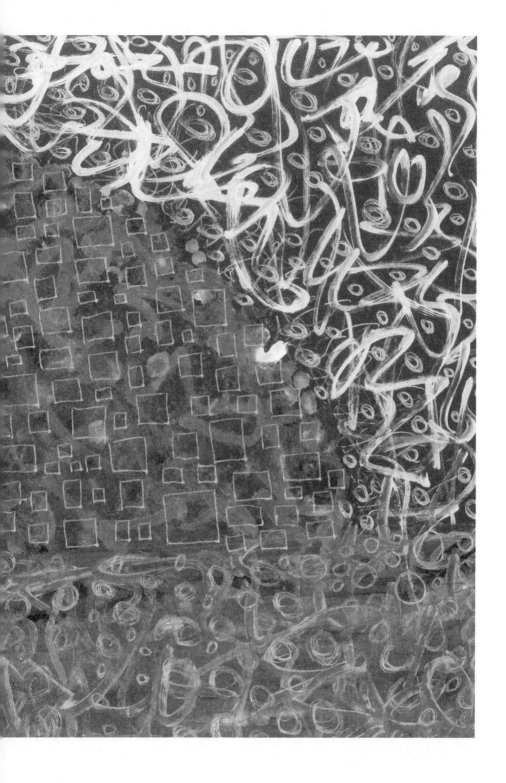

리를 짖어댐에 따라 온몸에 소름이 돋을 지경이었다. 그것은 마치 어린아이가 울부짖는 것처럼 처연하면서도 사람의 속을 후벼파는 듯한 끔찍한 소리였다. 널따란 바위에 앉아 몸과 마음을 가다듬고 있는 여용지는 낮에 술을 마실 때와는 아주 다른 모습이었다.

하얀 옷에 검은 모자를 쓴 그는 우물가를 열두 번 돌고 나서 무릎을 꿇더니 이내 북쪽을 향해 주문을 외며 신령에게 무엇인가를 받고자 하는 염력 의식을 시작했다. 그는 고개를 들어 하늘을 우러러 바라보며 한참 동안 장중한 주문을 외웠다. 얼마 후, 이윽고 자리에서 일어서더니 미리 준비한 커다란 함지박에 물을 받고는 양 팔을 벌려 하늘을 향해 기도 드렸다. 그리고 큰소리로 외쳤다.

"북두칠성님이시여, 이제 하강하시옵소서."

여 도사가 북쪽 하늘을 향해 마치 살아 있는 사람을 맞듯 정중한 몸짓을 하자 놀랍게도 함지박의 물 위에는 별의 모습이 나타났다. 그냥 눈으로 보기에 초롱초롱한 별들이 그 일렁이는 함지박의 물속에 아주 선명한 모습으로 떠오르며 빛을 발하기 시작했다.

꼭 무엇이 하강하는 것처럼 바람이 일며 몸을 오싹하게 만드는 찬기운이 뻗치면서 함지박의 물결을 흔들었다. 치원은 추위와 기괴한 기운 때문에 몸을 떨었다. 두순학도 한기를 느끼는 듯 온몸을 떨었다. 곧이어 여 도사의 찌렁찌렁한 말소리가 찬기운을 갈랐다.

"현위 최치원은 들거라! 너는 신라인으로 감히 당나라에 건너와 두 가지의 분에 넘치는 광영을 얻었도다. 그 하나는 당나라가 이웃 나라에 살고 있는 현자를 찾아내기 위해서 이웃 나라 사신이나 상인들을 통하여 현자가 있는지 은밀히 알아보고 있었다. 그러던 중 신라에 아주 위대한 현자가 될 수 있는 자가 살고 있다는 소문을 들은 당나라 조정은 현자가 실제 존재하고 있는지 확인하기 위하여 당나라 시험관에게 네 가지의 시험문제를 가지고 신라 조정을 방문하여 시험문제를 신라 조정에 제시하였다. 첫 번째 문제는 당나라 시험관이 가져온 크기와 모습이 똑같이 생긴 말 두 마리 중 어미 말과 자식 말을 찾아내라는 것이었다. 두 번째 문제는 통나무 토막 하나를 제시하고 통나무의 뿌리 쪽을 구분하라는 것이었다. 세 번째 문제는 뱀 두 마리 중에서 암컷과 수컷을 구별하라는 것이었다. 네 번째 문제는 나무상자 속에 들어 있는 것이 무엇인가를 알아 맞추라는 것이었다."

신라왕은 조정회의를 열고 대신들 중에서 이 문제들을 알아 맞출 사람이 있느냐고 물어보았으나 아무도 선뜻 나서지 못하고 대신들 서로서로 눈치만 보고 있었다. 한참 동안 시간이 지난 다음 대신 중 한 사람이 서라벌 미탄사 근처에 신동 최치원이 살고 있다는 소문을 들은 적이 있다고 왕에게 고하였다.

왕은 즉시 신하에게 하명하여 최치원을 이곳으로 데리고 와서 시험을 보도록 하였다. 왕명에 의하여 이제 겨우 열두살이 된 최치원은 아무런 내용도 모르고 신라 조정에서 나온 사람의 안내를 받아 입궁하여 당나라 시험관을 알현한 후 시험을 치르게 되었다.

당나라 시험관은 최치원을 보고 4가지 시험문제를 줄 것이니 모두 알아 맞추면 당나라 조정에서 너를 현자로 인정하고 국자감에 입학허가를 즉시 허락한다고 하였다. 신라 조정은 당나라 시험관이 신라 조정에 제시한 4가지 문제를 치원에게 서면으로 다시 제시하였다.

시험문제를 받은 치원은 망설임도 없이 대답하였다.

"첫 번째 문제에 대하여 말에게 여물을 주면 먼저 먹는 말이 자식 말이고, 두 번째 문제에 대하여는 나무토막을 물통에 담갔을 때 물 속 아래쪽으로 기우는 곳이 뿌리 쪽이고, 세 번째 문제는 뱀 두 마리를 보자기에서 풀어놓았을 때 많이 움직이는 것이 수컷이고, 네 번째 문제는 상자를 유심히 보고 있다가 '상자 속에는 병아리가 들어 있습니다.'"

시험관은 세 가지 문제는 맞추었으나 하나는 못 맞추었다고 생각했다. 당나라에서 출발 시 상자 속에 계란을 넣어 가지고 왔는데 병아리가 있다고 했기 때문이다. 최치원은 현자가 아니라고 판단하고 시험관이 최종 확인을 위해 밀봉된 상자를 서서히 열어 보니 병아리 한 마리가 나왔다. 시험관은 상자 속에 있는 것이 계란임을 확신하고 있었는데 병아리 한 마리가 나오자 당황했다.

시험관은 신라왕에게 시험문제를 모두 알아맞힌 최치원을 현자로 인정하겠다고 하였다. 또한 약속대로 최치원을 당나라로 데려가서 국자감에 입학시켜 학비를 면제시켜 주고 공부하도록 하겠다고 하였다.

또 다른 하나의 영광은 남들은 평생을 기울여도 얻을 수 없는 진사의 영예를 18세 젊은 나이에 단 한 번에 공개경쟁 시험을 거쳐 얻었고, 또한 당나라 최고의 현자들과 소통하였다. 20세 젊은 나이에 황실의 부름을 받아 현의 치안과 재무 업무를 담당하는 국가 일까지 감당하고 있는 것이었다.

"이 과분한 그대의 영광은 오로지 동방군자국의 정기가 이어져 내려오는 조상님의 음덕을 입은 탓이네. 대가야의 선조들이 북두의 꼭대기에 매달려 정성을 올리고 있으며 백제의 조상들까지 그대의 혈관을 타고 하늘에 호소하도다. 특히 모계의 혈통에 숨어 있는 백제의 음덕이 가상하도다. 이제 진사 치원은 때가 되었구나. 일단 관복을 벗고 산에 들어가 도를 닦으라. 도를 닦으며 하늘의 명을 기다리거라."

여 도사의 눈에서 내뿜는 기이한 광채가 밤하늘을 밝혔으며, 천하를 호령하는 듯한 장중한 목소리로 온 산야를 뒤흔들고 있었다. 치원과 두순학은 이 요상한 광경에 입을 다물지 못하고 넋을 잃은 채 연신 두 손을 비비며 굽실거렸다. 얼마 후 여 도사는 숨이 찬 듯 우물 쪽으로 가 작은 표주박으로 물을 떠 정신없이 들이켜더니 숨을 길게 내쉬었다.

"그런데 이게 웬일인가! 진사 최치원, 너는 이윽고 병란에 휩싸이게 되리라. 너는 과거시험에 나갈 수 없다. 그러나 관복을 입고 당성唐城을 거닐며 황제의 명을 수행할 수는 있으나 아, 네가 받들어 모실 상관은 창과 검을 수십만 개나 가지고 있는 대장군이로다. 손에는 붓을 들고 눈으로는 창검을 바라보니 마음이 불안

할 터……. 아, 하지만 최치원 너는 해낼 것이다. 실로 경이로운 일을……. 하늘에 있는 북두칠성이 온몸을 부르르 떨 만큼 큰일을 해낼 것이야. 아, 두렵고 떨리도다. 황제가 빛나는 황금을 내려줄 것이니 부복하거라. 최치원, 머리를 조아리거라."

다시 자리에 돌아와 호흡을 가다듬은 여 도사가 또 다른 예언을 시작한 것이다. 도사의 목소리는 갑자기 둘로 갈라지면서 남자도 아니고, 여자도 아닌 괴이한 목소리로 변하면서 차가운 밤공기를 뒤흔들었다. 그러더니 여 도사는 머리가 아픈 듯 이따금 머리를 감싸 안으며 우물 주변을 정신없이 돌기 시작했다. 치원과 두순학도 무언가에 홀린 듯 자기 자신을 의식하지 못한 채 도사의 뒤를 따라 분주히 움직였다.

도사가 빨리 걸으면 그들도 빨리 걷고, 천천히 걸으면 속도를 낮추어 보조를 맞추면서 마치 도사의 제자처럼 행동했다. 치원과 두순학은 그렇게 여용지의 뒤에 바싹 따라붙어 우물 돌기를 계속했다. 얼마나 시간이 흘렀을까. 한참 떨어진 마을에서 닭울음 소리가 들릴 무렵 그들은 비로소 모든 행위를 멈추었다. 그들은 모두 땀에 흠뻑 젖어 우물가의 돌을 붙잡고 헉헉거리며 숨을 몰아쉬었다.

"그런데 참 이상하군. 그 높은 장군 곁에 최치원 진사와 내가 나란히 서 있단 말이야. 참으로 괴이한 일이군. 구화산의 아들인 이 여용지가 왜, 신라 땅에서 굴러 온 동이족 최치원과 나란히 그 위대한 장군 밑에 서 있단 말인가. 아, 괴이하도다. 그러나 하늘은 그것에 대해 말씀해 주시지 않았어. 아, 답답한 일이로다."

여용지는 치원을 바라보며 혼잣말을 해댔다. 이윽고 먼동이 트고 닭울음 소리가 절정에 이르자 여 도사는 머리를 두 손으로 감싸 안은 채 우물가에 쓰러졌다. 그의 입가에는 무언가를 내뿜는 거품 같은 것이 가득 물려 있었다.

종리권의 제자들

치원은 현령의 소개로 구화산에서 당대의 명사 두순학을 만나고 기인 여용지에게서 자신의 미래에 대한 괴이한 예언을 들은 후 임지로 돌아와 맡은 바 임무를 열심히 수행하였다. 관료조직 내에서의 불합리한 관리들의 행각 때문에 몸과 마음이 몹시 괴로웠으며 끝없이 이어지던 과중한 업무로 인해 지친 몸과 마음을 정화하기 위해 현령에게 간곡히 청원하여 1년여의 휴직기간을 얻게 되었다.

이곳저곳 수행처를 찾아 심신 수행에 정진하던 현준스님과 호몽을 수소문하여 함께 만난 후 종남산 산사에 머무르고 계시는 종리권선사를 찾아뵙기 위해서 산사로 찾아갔다. 치원은 종남산의 종리권선사에게 삼배의 절을 올렸다.

"치원아, 그래 관리 생활을 해 보니 어떻더냐? 민생을 돌보고 국가를 위하여 봉사해 보니 보람을 느낄 수 있더냐?"

윗니가 거의 없어 입과 볼이 움푹 들어간 종리권선사가 비스듬히 앉은 채 치원을 바라보며 말했다.

"신라 땅을 떠나 이곳에 와 6년 동안이나 밤낮없이 공부했던 것은 과거시험에 급제를 하여 관리가 되어야겠다는 꿈과 목표가 있었기 때문입니다. 그러나 막상 하급 관리가 되어 강남에 가 처음으로 관청업무를 수행하다 보니 참으로 그 꿈이 허망하다는 것을 깨달았습니다. 관복을 입고 매일 현에 나가 백성들을 돌보는 일을 했지만, 결국 그것은 백성들을 괴롭히는 일이고 장사하는 사람들이나 서민들의 주머니를 훔치는 것이라는 것을 알게 되었습니다. 저는 제 녹봉 외에는 사사로이 돈을 챙긴 일이 없습니다만 제 주변의 모든 관리는 틈만 나면 부정을 저지르고 백성들을 괴롭히며 그들을 착취했습니다. 관리가 되었다는 것이 참으로 부끄럽게만 느껴졌습니다."

치원은 무릎을 꿇은 채 그간의 일을 소상히 아뢰었다.

"바로 그거야. 황제나 장군이나 높은 관리나 낮은 관리나 모두 주어진 권력의 위용을 자랑하지만 그들의 가슴속에는 오로지 더 높은 권력을 추구하는 마음, 재물을 모으고자 하는 마음, 백성들을 쥐어짜고 부정한 방법으로 재물을 얻고자 하는 마음으로 탐욕이 먼저 일어나게 되느니라. 관청에 오래 종사하다 보면 초심을 잃어버리고 주어진 권력을 함부로 사용하여 백성들을 괴롭히고 여인들을 취하고 부를 이루는 것을 목적으로 하여 생활하고 있지. 아마도 이 나라의 국운이 왕성하여 황제가 좀 더 현명한 판단과 통찰의 지혜가 뚜렷하게 정립되어 있다면 엄정한 사회 기강이 확

종남산 지상사

립되어 질서가 잘 유지되므로 조정대신들이나 고급 관리나 말단 관리들이 한결같이 그런 생각은 하지 않을 것인데……. 국운이 쇠하고 황제의 권위가 땅에 떨어지고 사회 기강이 해이해졌으니 그럴 수밖에 없지. 죽어나는 것은 백성이고, 백성을 보살피고 돌봐야 할 관리들이 탐관오리들로 변질되어 오히려 백성을 등치거나 고혈을 짜는 자들 때문에 나라가 부패되어 백성들의 마음이 나라를 버리게 되는 것이야. 결국 각지에서 반란을 일으키는 도둑의 무리들이 활개치고 있는 것이지. 천하제일의 당나라라고 하더라도 이제 국운이 다한 게야.”

선사가 조용히 눈을 감으며 고개를 천천히 끄덕였다.

"스승님, 정세가 수상합니다. 서쪽에서 일어난 반란군의 수괴 왕선지는 중원의 대부분을 차지하게 되었고, 동쪽에서 일어난 황소가 지금은 장강 일대까지 세력을 떨치고 있습니다. 왕선지와 황소는 누가 먼저 장안성을 함락시키고 황제의 자리에 오를지, 서로 내기를 하고 있는 실정입니다. 머지않아 이 종남산에도 그 도둑들의 말발굽 소리가 울릴 것입니다."

가만히 앉아 있던 여동빈이 작금의 정세를 한탄하며 선사를 올려다보며 말했다. 수행을 하며 바람처럼 구름처럼 이곳저곳을 누비던 여동빈은 치원과 현준스님이 종남산에 종리권선사를 만나러 왔다는 소식을 전해 듣고는 마고선녀와 더불어 한걸음에 달려왔던 것이다.

"그자들은 약속이나 한 것처럼 소금장수 출신이라면서?"

선사가 주위를 둘러보며 물었다.

"그렇습니다. 젊었을 때부터 해안가에서 소금을 받아 내륙에 내다 팔던 소금장수들입니다. 그자들은 전국의 지리를 손금 보듯이 환히 꿰고 있고 또 그들을 인도하는 현지인들은 대부분 농민군들이기 때문에 현지 사정에도 밝습니다. 관군들이 처음에는 이기지만 싸움을 끌면 끌수록 반란군들에게 지고 있습니다."

이번에는 마고선녀가 나서서 선사의 물음에 대답했다.

"이 황실은 그동안 너무 안일했지. 역대 황제들은 미녀들을 취해 밤낮없이 잔치나 베풀고 황음을 벌였고, 지방으로 나간 절도사나 현지 토호들이 실권을 행사하고 황실에 뇌물이나 바치면서 백성들을 쥐어짜 저마다 곳간을 채우는 일만 해 왔으니, 나라의 기운이 다한 거야. 어쨌든 치원이 자네는 앞으로 어찌할 겐가?"

운이 다한 당나라의 앞날을 걱정하며 탄식을 하던 선사가 치원의 의중을 떠보았다.

"종9품에 해당하는 말단 관리로는 힘의 한계가 있습니다. 정5품 이상은 돼야 아랫사람들을 독려하여 그릇된 것을 바로잡을 수 있는 힘을 얻을 수 있습니다. 정5품에 오를 수 있는 박학굉사과에 응시하여 힘 있는 관리가 되고자 합니다."

고개를 숙인 채 잠시 머뭇거리던 치원이 자신의 결심을 선사께 아뢰었다.

"그 시험에 합격하려면 최소 몇 년을 더 공부해야 되는가?"

"장원 급제한 치원의 저력으로 볼 때 앞으로 한 2년만 전심전력을 다해 공부하면 되지 않을까 합니다."

치원이 머뭇거리고 있자 현준스님이 대신 나섰다.

"그래, 치원의 이마에 있는 총기를 살펴보면 박학굉사과에도 2년 안에 합격할 수 있을 거야. 하지만 그 얼굴에 감추고 있는 말 못할 근심의 정체는 무엇인고? 그 근심이 있는 한 공부에 전념할 수 없을 거야. 치원아, 네 가슴에 묻어 두고 있는 비밀이 무엇인고?"

선사는 치원의 얼굴을 정면으로 바라보며 한참 살피다가 조용히 말했다.

"할아버지, 제가 고자질 좀 할까요?"

그때까지 치원의 곁에 다소곳이 앉아 아무 말을 하지 않고 있던 호몽이 나서면서 말했다. 사실 호몽은 아버지인 고 대인의 명을 받아 강남에 있는 예하 상단에 남아 있으면서 상단 일을 계속하려 했다. 그러나 단 하루라도 치원과 떨어져 있지 않으려는 호몽의 고집이 워낙 완강해서 결국 고 대인도 포기하고 말았다.

"고자질이라니?"

선사가 눈을 동그랗게 뜨고는 호몽을 빠히 쳐다보았다.

"이 사람은요, 신라 때부터 가슴에 담아 두고 있는 여자가 있었어요. 요즘 그 여자 생각 때문에 아무것도 손에 잡히지 않는대요."

호몽이 팔 끝으로 치원을 치면서 눈을 흘겼다.

"아니, 호몽처럼 아름다운 아가씨를 옆에 두고 치원이가 엉뚱한 생각을 해 왔단 말이야? 이거야 원, 아, 어디 내막을 좀 들어 보자꾸나. 그 신라 시절부터 가슴에 묻어 온 처자가 누구냐?"

선사가 큰소리로 웃으면서도 안타깝다는 기색을 보이며 물었다.

"스승님, 제 아우는 여자를 가슴에 묻어 둘 사람이 아닙니다. 저도 만나 본 일이 있습니다만 열두 살 때까지 신라 서라벌에서 서당에 다닐 때 친구로 만났던 훈장의 여식입니다. 총기가 있고 활발했던 소녀지요. 철없을 때 친구처럼, 오누이 지간처럼 자별하게 지냈었는데 불행한 일을 만나 지금은 천민 신분이 되어 안타까운 처지에 놓였습니다. 치원이보다 한 살이 어리니까, 지금 스물 한 살이 된 처자입니다."

부끄러운 마음에 고개를 숙이고 있는 치원을 대신해 현준스님이 나서서 별일 아니라는 듯이 조용히 아뢰었다. 그때 지금까지 방

구석에 앉아 단 한마디도 하지 않던 최승우가 고개를 쭈욱 내밀고 입을 열었다.

"스승님, 몇 년 전에 저희 신라에서는 근종이라고 하는 진골이 반란을 일으킨 일이 있습니다. 사병 오백 명을 이끌고 왕실을 침범해 반란을 거의 성사시킬 뻔했는데, 마지막 순간에 밖에 있던 관군이 포위망을 만들고 근위병을 지휘하던 원봉 장군이 반격을 하는 터에 근종이 잡히고 말았습니다. 그리하여 반란이 진압되고 근종은 결국 황남대로 한복판에서 거열형에 처하여 사지가 찢기는 죽임을 당했습니다. 그때 반란을 선동하고 반란의 당위성을 격문으로 써붙였던 분이 치원의 훈장인 고산이었습니다. 그 고산의 딸이 바로 최치원 진사가 연정을 품었던 처자입니다."

최승우는 일전에 치원에게 알려 주었던 내용을 다시 선사께 아뢰었다. 신라 조정의 부정부패를 한탄하며 술에 찌든 생활을 하던 최승우는 모두 종남산에 모였다는 종리권선사의 부름을 받고 술이 덜 깬 행색으로 뒤늦게 찾아왔던 것이다. 최승우의 입에서는 아직도 술 냄새가 진동을 하며 초점을 잃은 지 오래인 눈동자는 게슴츠레하게 겨우 움직이고 있었다.

"그래, 승우 자네는 신라를 자주 왕래하니까 그쪽 소식을 잘 알겠구만? 그 고산의 딸이라는 치원의 어릴 적 여자 친구는 지금 어찌 되었누?"

선사의 물음에 방 안은 갑자기 찬물을 끼얹은 것처럼 조용하고 팽팽한 긴장감 속에 빠져들었다. 최승우도 고개만 숙인 채 아무런 말을 꺼내지 못했다.

"아, 어서 말을 해 봐!"

종리권선사가 다시 큰소리로 추궁을 했다.

"제가 반년 전에 확인한 바로는, 그 보리라는 처자는 근위대장인 원봉 장군의 몸종 겸 애첩이 되었다고 합니다."

최승우가 기어 들어가는 목소리로 겨우 말을 이었다.

"음……. 어찌 되었든 그 처자는 목숨을 건졌을 테고, 지금쯤 장군의 애첩이라는 처지에 만족해 있겠구만."

선사는 눈을 반쯤 감은 채 빈 입맛을 다셨다.

"스승님, 아닙니다. 보리는 절대로 그런 처지에 승복할 아이가 아닙니다. 제 아비를 죽인 원수의 애첩이 될 수는 없습니다. 밤마다 당하는 수치감 때문에 괴롭고 또 괴로워 죽지 못해 살고 있을 것입니다."

치원이 방바닥을 사정없이 후려치며 분노했다.

"흐음……. 원봉이라는 장군 놈이 정말 나쁜 자로군. 애비는 죽이고 딸은 밤마다 욕을 보인다? 있을 수 없는 일이지."

선사는 이미 어둑어둑해진 밖을 내다보며 옅은 신음을 토했다. 산새들과 원숭이 떼들이 울부짖는 소리가 적막한 분위기를 흔들어 놓았다.

"선사님, 도술이라는 것이 무엇입니까? 불로장생의 약을 만들어 혼자만의 장수를 도모하는 내단법과 육체를 남겨 두고 혼만 빠져나가 바람을 타고 훨훨 날아다니는 시해법이 있다는 원리를 제 사형으로부터 들어 알고 있습니다. 그러나 가까운 사람이 불행한 일에 휩쓸려 새장에 갇힌 신세가 되어 있는데 나 홀로 도술을 즐기며 유유자적한다면 그것은 사술과 무엇이 다르단 말입니까? 제가 강남에 있을 때 구화산에 잠시 머문 일이 있습니다. 그때 여용지라는 도사와 만난 일이 있습니다. 여용지는 제 앞날을 봐 주고 저에게 현실적인 용기를 북돋아 주었습니다. 그런 여용지 도사라면 아마도 저를 데리고 신라에 가서 보리를 구해 올 수 있을 것입니다.”

치원은 금세라도 신라로 달려갈 기세였다. 그러자 여동빈과 마고선녀가 놀라며 서로 의미심장한 눈빛을 주고받았다. 그러한 후 두 사람의 질문이 이어졌다.

“최치원 진사, 여용지를 만났소?”

“네, 그와 함께 이삼 일을 지낸 일이 있습니다.”

“그 여용지가 최진사에게 무슨 도술을 보여 주었소?”

치원은 여용지가 밤중에 우물가로 데려가 북두칠성을 불러 물이 가득한 함지박에 내려오게 하고 앞날을 예언해 주었다는 내용을 소상히 전했다. 치원이 여용지와 함께한 지난 이야기를 하는 동안 종리권선사를 비롯한 방 안의 모든 사람이 치원의 이야기에 귀를 기울이며 심각한 기색을 보였다.

“최치원 진사, 사실 최 진사가 구화산에서 만난 여용지는 내 사촌이오. 우리 작은아버지의 맏아들입니다. 한때 이곳 종남산에 머물며 종리권선사님으로부터 도술을 익히기도 했소. 그런데 선사님의 벗이었던 우홍휘라는 자에게 빠져 두 사람은 구화산으로 내려

자유인 최치원이 장원 급제 후 당나라 선지식인들과 소통하며 스스로의 집을 하나씩
만들어가는 것을 회화하여 작품화하였음.

간 것이오. 결국 구화산 도술의 계보를 이룬 셈이지요. 나는 그 여용지 아우의 도술을 완전히 믿지 못하는 편이오. 왜냐하면 그 사람은 술을 너무 좋아하고, 우리 도술에서 금하는 육식을 좋아하며 아주 신중하게 다루어야 할 선약을 너무 쉽게 만들어 세상 사람들에게 팔고 다니기 때문이오. 또 그의 스승인 우홍휘선사도 궁중에 자주 드나들며 황제들에게 성욕과 불로장생不老長生에 특효약이라고 하여 만들어 주었소. 그런 세속적인 행위들이 마음에 걸리는 것이오. 지금은 뭐라고 단정 지어 말할 처지는 아니지만."

여동빈이 조용히 입을 열어 여용지의 그릇된 성정을 알려 주었다.

"그래, 남의 도술에 대해서는 함부로 말할 수 없는 것이지. 우홍휘는 내 오랜 벗이었지만 훌륭한 도사야. 그러니까 황실을 드나들 수 있었지. 우리가 그 사람들에 대해 구체적인 정황을 보지 않고 뒤에서 말을 한다면 험담이 될 테니까, 오늘은 여기까지만 얘기를 하도록 해. 자, 그건 그렇고 아까 그 신라 서라벌에 있다고 하는 처자 이름이 뭐라고 했지?"

우홍휘에 대한 일화를 단숨에 끊은 종리권선사가 치원을 바라보면서 보리의 이야기를 꺼내어 화제를 돌렸다. 치원이 한숨을 내쉬며 기어 들어가는 목소리로 겨우 "보리"라고 대답했다.

"자, 이번에 우리 종남산의 종리권 문하에서 일을 하나 도모해 보자꾸나. 우리 최치원 진사가 불의를 보고 행동하지 않는 도술은 도술이 아니라는 의미심장한 말을 했는데, 나도 그 점에 대해 공감을 하고 있어. 우리가 그동안 익히고 닦은 도술이 있다면 그것을 한번 펼쳐 보는 것도 의미가 있을 게야."

선사는 볼이 움푹 들어간 얼굴에 무성히 난 흰 수염을 쓰다듬으며 마음을 굳혔다. 종리권선사의 느닷없는 선언에 모두 긴장하는 듯했으나 이내 활기를 되찾았다.

첫째, 살생을 하지 말 것. 비록 원봉 장군과 같은 천하의 나쁜 짓을 한 자라 하더라도 해치지는 마라.

둘째, 비밀리에 일을 끝내되 전광석화처럼 빨리 끝낼 것.

셋째, 서라벌에 단 하나의 단서라도 남기지 말 것.

훗날 나라와 나라 간 문제가 되지 않도록 아주 감쪽같이 일을 처리하라. 선사는 원칙적인 내용에 대해서만 지시를 내렸다.

선사는 이 일의 총책임자로 여동빈을 세웠고, 여동빈과 동열에 마고선녀를 세운 후 행동의 실질적인 책임을 최승우가 지도록 했다. 그런 최승우를 호몽이 호위하고, 현준스님과 최치원은 의견을 제시하되 직접 나서지 말고 그저 관망만 할 것을 당부했다. 그것은 대의를 위한 일에 모두 참여하되, 현준스님과 최치원은 절대로 나서지 말라는 의미였다.

종리권선사의 깊은 의중을 파악한 후 모두 가운데로 팔을 뻗어 자신의 체온을 상대의 손등에 전하며 굳은 결의를 다졌다. 이들의 강한 눈빛이 희망의 불씨가 되어 보리 구출을 위해 신라 개운포로 출항하는 배 타는 곳으로 일행은 출발했다.

첫사랑 보리

보리를 구출하기로 한 여동빈 일행이 개운포로 떠나는 배 타는 곳에 도착했다. 맷벌 항구에 도착한 일행은 신라 개운포로 향하는 작은 배에 승선했다. 파도도 없이 달빛만 찬란한 바다 위로 배는 소리 없이 신라를 향해서 움직였다.

조용히 바닷물을 가르는 뱃머리에는 장안의 북문상회 깃발 곁에 나란히 자리한 백마 표식의 깃발이 요란하게 펄럭이고 있었다. 앞으로 닥칠 일에 대해 스스로 마음을 다잡고 있느라 모두 아무런 말도 하지 않은 채 무연히 뜨거운 숨소리만 내면서 저 멀리 보이는 바다를 하염없이 보고 있었다.

"형님, 어째서 이번에 종리권선사께서 우리의 행동을 허락해 주셨을까요? 전에도 이런 일이 있었나요?"

치원은 내심 그것이 궁금했다.

"아마 없었을 거야. 종남산에서 도를 닦던 사람들이 세속에 관한 일을 가지고 집단 행동을 하는 것은 불문율처럼 금기되어 있었지. 이번이 처음일 거야."

현준스님이 치원의 귀에 대고 나직이 말했다.

"암, 처음이고 말고요. 제 생각에는 세상이 하도 시끄러우니까 선사께서 제자들에게 앞날에 일어날 일들에 대비시키고 단련시키기 위해 단안을 내리셨을 것입니다. 우리 종남산도 머지않아 전운에 휩싸일 테니까. 미리 단련을 시켜 보는 거겠죠."

최승우가 불쑥 끼어들었다. 배 후미에서는 마고선녀와 호몽이 하얀 명주 목도리를 깃발처럼 들고 있었다. 해풍에 나부끼는 명주 목도리 너머에는 환한 달빛이 잔잔한 바다 위에서 부서지고 있었다. 그때 한 사내가 시원한 바람을 맞으며 달빛을 감상하고 있는 두 여인에게 다가왔다.

"아가씨, 내일 아침이면 신라 개운포에 닿습니다. 눈 좀 붙이시죠."

신라로 향하는 배의 총 지휘를 맡고 있는 선장이었다. 선장이 다시 제자리로 돌아가고 배 위에 있던 사람들 모두 선실로 내려갔다. 애써 잠을 청해 보려 자리에 누웠지만 마음속에는 저마다 깊은 생각이 있어 쉽게 잠을 이루지 못했다. 누구보다도 마음이 심란한 사람은 치원이었다. 그는 몸을 이리저리 뒤척거리며 이따금씩 거친 한숨을 토해냈다.

'왜 이리 잠이 안 오지? 십 년 세월이 결코 짧은 세월은 아닌데. 하지만 이번에 가서는 부모님을 뵐 수도 없으니……'

한숨이 짙은 것은 현준스님도 마찬가지였다. 개운포(현재의 울산

항)의 아침은 요란하기만 했다. 멀고 가까운 나라에서 온 많은 배들이 서로 포구에 먼저 들어가기 위해 자리다툼을 벌이고 있었다. 치원이 탄 배에서 백마 깃발을 포구 쪽으로 향해 흔들면서 비밀 신호를 보내자 어디선가 작은 배가 신속히 달려왔다. 도선사導船士(외항에 있는 배를 내항으로 안내하는 사람)를 태운 행정선이었다.

"선장님! 웬일이세요? 예고도 없이."

햇빛에 얼굴이 검게 그을린 도선사가 가볍게 배 위로 껑충 뛰어오르며 물었다.

"도선사, 우리 북문상회에서 이번에 품질 좋은 콩기름을 많이 가져왔소. 아마 이곳 상인들이 좋아할 거요. 도선사 부인에게도 한 병 갖다 드리세요. 전을 부치거나 잔칫상을 차릴 때 아주 요긴하게 쓰일 거요."

선장이 도선사를 향해 눈을 찡긋하며 콩기름을 건넸다. 그러자 도선사는 아주 기쁜 얼굴로 그것을 받아들고는 방금 타고 온 배로 건너가 다른 배들 사이로 이들을 내항까지 빠르게 안내해 주었다. 포구에 도착하니 아침 해가 중천에 떠 있었다. 포구 여기저기에 즐비하게 늘어선 술집에서는 여인들이 쏟아져 나와 반쯤 흘러내린 옷 사이로 새하얀 속살을 거침없이 드러내며 뱃사람들을 향해 야릇한 눈길을 보내고 있었다.

"먼 길 오시느라 수고들 많이 하셨어요. 들어오세요. 아주 기분 좋게 해 드릴게요. 고기도 많고 술도 많답니다. 어디 그뿐인가요? 지친 몸도 사르르 녹여 드리지요."

여인들의 웃음소리가 포구를 가득 메우더니 이내 그녀들의 향기로운 분 내음이 사내들의 마음을 뒤흔들었다. 여인들은 당나라 말을 사용하기도 하고, 왜나라 말로도 대화를 나누며, 때로는 치원이 전혀 알아들을 수 없는 서역 말로 떠들기도 했다.

"아, 들어오세요! 사막을 건너 왔으면 휴식과 여독을 줄이기 위해 오아시스에 오는 것처럼 들어오세요. 항해를 끝냈으니 이제부터는 여인천국에서 푹 쉬어야죠. 아, 어서 들어오시라니까요?"

여인들의 간드러지는 목소리와 애교가 철철 묻어나는 웃음에 사내들은 쉽사리 발걸음을 돌리지 못했다. 일행은 모두 당나라의 상인 복장을 하고 있었기 때문에 누구도 이들을 이상하게 쳐다보지는 않았다. 그래도 마음이 급한 치원 일행은 서둘러 발걸음을 옮겼다.

북문상회는 신라에도 예하 상단을 두고 있었다. 사량부를 지나 한참을 더 가자 상단이 한눈에 들어왔다. 일행이 문턱을 넘어 안으로 들어가자, 이미 먹음직한 음식이 상에 한가득 차려져 있었다.

성성한 해산물과 이른 가을의 풋과일은 물론 각종 싱싱한 채소들로 상이 가득했다. 하지만 바다 위에서 여러 날 동안 시달린 일행은 슬며시 눈길만 한 번 주고는 2층으로 올라가 미리 마련된 침상에 누워 잠을 청했다.

그날 밤, 일행은 검은색 도복차림을 한 채 금오산 기슭에 모였다. 웃음기 없는 단호한 눈빛이 그들의 결의를 더욱 굳건히 했다.

"보리가 살고 있는 현지에 가 보았소?"

여동빈이 최승우에게 물었다.

"네, 다녀왔습니다. 집 주변을 철저히 경계하고 있었습니다. 기병 200명이 중무장을 하고 있었고, 보병 300명도 집 주변 경계를 철저히 서고 있었습니다. 원봉 장군의 처소는 집 안쪽 가장 깊은 곳에 있었습니다."

최승우가 힘 있게 대답했다.

"여러분 중에 몸에 이상이 있는 분은 없습니까?"

여동빈이 주위를 둘러보며 큰소리로 물었다.

"없습니다!"

모두 힘차게 대답했다.

"그럼 결행하겠습니다. 마고선녀, 앞으로 나와 우리의 주문을 외시오."

여동빈의 명이 떨어지자 마고선녀가 앞으로 나오고, 순서를 정확하게 알고 있는 호몽이 마고선녀 앞에 향불을 피웠다. 두 손을 모은 마고선녀는 향불 주위를 열두 번 돌며 주문을 외웠다. 마고선녀의 나직한 목소리는 잔잔한 바람이 이는 소리 같아 마치 낮은 노랫가락을 듣는 느낌이었다. 주문이 끝나자마자 여동빈이 최승우를 향해 고개를 끄덕이며 신호를 보냈다.

"구치扣齒!"

최승우가 앞으로 나서더니 병사처럼 씩씩하고 반듯한 자세로 서서 일행들에게 나직이 말하였다. 구령이 떨어지자 여동빈, 마고선녀, 호몽은 어둠 속에서 손을 허리에 얹고 이빨을 좌우로 부딪치기 시작했다. 앞에 서 있는 최승우는 가장 힘차게 이빨을 부딪쳤다.

'딱딱딱……'

어둠 속에서 이빨 부딪치는 소리를 듣고 있던 치원은 온몸에 소름이 돋았다. 치원이 가볍게 몸을 떨자 현준스님이 치원의 손을 잡고 온기를 전해 주었다. 치원은 그 기이한 광경을 숨죽이며 지켜보았다.

"유인북두誘引北斗!"

여동빈이 또다시 최승우를 향해 명령했다. 호령이 떨어지자 최승우는 등 뒤에 차고 있던 칼을 뽑아 들었다. 희미한 달빛에 칼끝이 번득였다. 최승우는 칼자루를 두 손으로 받쳐 들고 땅에 북두칠성을 그렸다. 그는 풀이 듬성듬성 나 있는 그 산자락에 북두칠성을 크게 그린 후 꼭짓점에 섰다. 여동빈과 마고선녀, 최승우와 호몽이 순서대로 나머지 꼭지점에 섰다.

"곡보曲步!"

그 대열 속에서 여동빈은 스스로 외쳤다. 곡보라는 명령이 떨어지자 네 명은 아주 묘한 발걸음으로 북두칠성을 밟기 시작했다. 소가 쟁기를 끌며 천천히 걷듯이 그들은 좌우로 발걸음을 옮기며 북두칠성을 타면서 이상한 주문을 외웠다.

'하나, 둘, 셋, 넷, 다섯, 여섯, 일곱!'

어둠 속에서 치원 곁에 무릎을 꿇고 앉아 있던 현준스님이 나직이 숫자를 세고 있었다. 현준스님이 일곱을 세고 났을 때 어둠 속에서 검은 옷을 입고 그림자처럼 움직이던 네 사람이 감쪽같이 사라졌다.

'무엇을 잘못 보았나······.'

치원은 눈자위를 손등으로 닦으며 그들이 사라진 북두칠성을 바라보았다. 그러나 조금 전까지 주문을 외며 북두칠성을 밟던 네 사람의 흔적은 그 어디에도 볼 수 없었다.

"칠보 만에 장신藏身했군. 옛날에는 나도 저 보사유인步猿遊引을 했는데······."

현준스님이 낮은 목소리로 말했다. 치원은 다시 눈을 비비며 그들이 사라진 자리를 유심히 살펴본 후 곧바로 현준스님과 함께 부모님이 살고 계시는 집 근처로 향했다.

"밤 경계를 단단히 서라! 요즘엔 도둑도 많고 역신도 많아 경계를 잘 서야 한다. 순찰을 하다가 조는 놈이나 딴짓을 하는 놈이 있으면 가차 없이 목을 베어라."

원봉 장군이 부장에게 단단히 일렀다.

"장원 밖에 있는 기병 200명은 말에 장비를 올려놓은 채 순찰을 서고 있고, 안에 있는 보병 300명은 횃불을 밝히고 요소요소를 지키고 있습니다. 편히 주무십시오."

부장은 짧게 고개를 숙이며 절도 있게 말했다.

"취침 준비를 하라."

부장이 물러나고 나가자 원봉은 내실을 향해 소리쳤다. 잠시 후

나이 든 여인이 부드러운 무명천으로 누빈 두루마기를 들고 들어
왔다.

"목욕 물 데워졌습니다. 탕 안으로 드시지요. 향수도 풀었습니
다."

여인이 물러나자 원봉은 뿌연 김이 서려 있는 탕으로 들어섰다.
어린 여인 둘이 문 앞에 서 있다가 그를 탕으로 안내하고는 서역
에서 들여온 가루비누를 온몸에 발라주었다. 원봉은 몸 구석구석
에 쌓여 있던 피로가 단숨에 사라지는 것을 느끼며 탕 속에서 편
안하게 누워 물의 온기를 즐겼다.

잠시 후 그가 탕에서 나와 양 팔을 벌리자 어린 여인들이 기다
렸다는 듯이 달려들어 그의 몸에 묻은 물기를 닦아내기 시작했다.
원봉이 매우 흡족한 표정을 지으며 침실에 들어서자 한 여인이 비
단옷을 들고 서 있었다.

"번거롭다. 그냥 들어오너라."

원봉은 비단옷을 세차게 뿌리쳤다. 스물한 살의 꽃송이 같은 여
인은 오늘 밤을 기다려왔다. 원수를 살해할 목적이기에 마음으로
는 내키지 않지만 원수를 방심시키기 위해 실오라기 하나 걸치지
않고 침상 위로 올라가 정성껏 애정행위를 해주었다. 원봉이 자기
를 의심하지 않도록 이미 각오하고 대하니 원봉은 넓은 가슴으로
여인을 품었다.

여인도 이미 능숙해진 듯 엉덩이를 요염하게 돌리며 원봉의 품
안으로 파고들었다. 그러더니 단숨에 원봉의 배 위로 올라가 마치

말을 타는 자세를 잡더니 탐스러운 엉덩이를 그의 아랫도리에 대고는 가느다란 허리를 위아래 좌우로 움직이며 사내를 한껏 달아오르게 했다.

단물이 뚝뚝 떨어질 만큼 잔뜩 흥분한 원봉은 불쑥 치솟은 불두덩을 여인의 뜨거운 계곡에 더욱 밀착시키며 혼절할 지경으로 몰아붙였다. 황홀경에 빠질 대로 빠진 원봉은 몸을 배배 틀며 이따금씩 거친 신음을 토해냈다.

"흠……흠……. 너는 천하제일의 소녀경을 터득한 신기를 가진 여인이야. 어디서 이런 황홀경을 익혀 왔는고. 가히 색의 마술사로 천하제일이야. 아마 당나라 현종도 양귀비의 바로 이 기술에 넋을 잃었을 게야. 암, 그렇고 말고. 그래, 그래 바로 그거야."

원봉의 칭찬에 양귀비보다도 더 아름다운 여인은 자세를 고쳐 앉으며 부드러운 속살로 사내의 불두덩을 더욱 힘껏 조였다 풀기를 반복했다. 그 순간 원봉은 자신의 온몸이 녹아내려 여인에게 빨려 들어가는 듯 황홀한 기분을 느꼈다.

한껏 욕정을 발산한 원봉은 매우 만족한 표정으로 여인에게 수고했다고 칭찬했다. 이윽고 자정을 알리는 분황사 인경 소리에 맞춰 잠에 빠져 들었다. 철천지 원수가 잠이 든 것을 확인한 여인이 비수를 뽑으려는 찰나, 이상하게 촛불이 흔들리며 방 안의 공기가 싸늘해졌다. 여인은 갑작스러운 추위 때문에 비단 잠옷을 여미며, 문 쪽을 쳐다보았다. 그런데 이중으로 채워진 문고리가 소리 없이 벗겨지면서 일렁이던 황촉불이 꺼졌다. 이내 9월의 차가운 한기가 갑자기 방 안으로 들어오면서 이상한 느낌이 전해져 왔다.

어디선가 사람의 발소리가 들리는 듯했지만 도저히 가늠할 수가 없었다. 아무리 정신을 가다듬으려 해도 꼭 술에 취한 것처럼 정신이 혼미해졌다. 그때 침상에서 잠든 원봉 장군이 목을 옆으로 돌리면서 비명과 같은 이상한 신음을 거칠게 토해냈다.

"끄윽~ 끄윽~! 누……누구냐!"

잠결에 이상한 기운에 억눌린 원봉은 손가락 하나 움직이지 못했다. 한밤중에 벌어진 기이한 사태에 놀란 여인이 주위를 두리번거렸으나 아무것도 보이지 않았다. 원봉 장군은 가위에 눌린 듯 몸을 뒤척이더니 이내 누군가의 발길에 눌리는 듯 두 손으로 목을 감싸 안으며 연신 몸부림을 쳐댔다. 그때 여인은 누군가 자신의 어깨를 양쪽에서 부여잡는다는 느낌을 받았다.

"아니, 누구세요? 왜 이러세요?"

당황한 여인은 어둠 속에서 매우 놀라 큰소리로 말했다.

"네가 보리냐?"

아주 침착하고 나직한 목소리였다.

"그러하옵니다만……."

보리는 겨우 정신을 가다듬고 또렷하게 대답을 했다.

"몸에 힘을 주지 말거라. 그냥 따라오기만 하거라."

어둠 속에서 또다시 부드러운 목소리가 들렸다. 그 순간 몸이 붕 뜨는가 싶더니 이내 방문이 활짝 열리며 공중으로 치솟아 올랐다.

'아, 내가 꿈을 꾸고 있구나.'

여인은 누군가에게 몸을 맡긴 채 전각의 처마에 걸려 있는 칼 끝 같은 그믐달을 향해 하늘을 날고 있었다. 그때 이상한 기운에서 깨어난 원봉이 고통스러운 것을 참으면서 문이 활짝 열려 있는 것을 보고는 소스라치게 놀라며 달려 나갔다.

여인이 공중을 날고 있는 모습을 보며 원봉은 번개처럼 몸을 움직여 벽에 걸려 있는 활을 들어 추녀 끝을 벗어나려는 여인을 향해 화살을 당겼다. 다행히 화살은 빗나갔지만 여인의 바로 곁에 있던 또 다른 여인의 어깨에 화살이 꽂혔으나 순식간에 추녀를 넘어서 사라져버렸다.

"장군! 무슨 일이십니까?"

횃불을 든 부장이 달려왔다.

"아, 아니다. 아무것도 아니다. 부장! 오늘 밤의 일을 절대로 발설해서는 안 된다."

원봉은 그 자리에 풀썩 주저앉으며 식은땀을 훔쳤다. 그러면서 부어오른 목을 계속 만졌다. 그때 보리를 구출한 일행이 북문상회의 2층 객사에 도착하자마자 마고선녀가 호몽의 피 묻은 옷을 벗기고 있었다.

"움직이지 마세요. 조금만 참으세요."

마고선녀는 호몽의 오른쪽 어깨 위에 꽂혀 있는 화살을 뽑아내고 쑥침을 놓아 소독을 했다. 그리고 가지고 온 연고를 바른 후에 바로 눕혔다. 옆방에서는 깊은 잠에 빠진 보리가 식은땀을 흘리며 몸을 뒤척이고 있었다.

10년 만의 서라벌

치원과 현준스님은 부모님을 멀리서라도 뵙기 위해 주작대로를 따라 발걸음을 옮기고 있었다. 열두 살의 나이로 떠날 때 그렇게도 떠나기 싫던 서라벌……. 멀리 대왕이 계신 월성이 아름답게 빛나고, 거리는 조용하며 깨끗하고, 사람들은 한없이 예의 바르던 바로 그곳이다. 그러나 십 년 세월이 무정했던 탓일까. 많은 것이 변해 있었다.

자시를 알리는 분황사의 인경이 울린 이후였기 때문에 사람들은 바깥으로 얼굴도 내밀지 않았다. 순라를 도는 군인이나 순검들이 저벅저벅 발소리를 내고 지나칠 뿐, 거리는 조용하고 평화로웠다. 십 년이 지난 세월 때문인지 거리의 모습은 옛날과는 다르게 낯설 정도로 변하여 이상하게 다른 모습으로 또 다르게 보이고 있었다.

가로수마다 팔관회 때처럼 밝은 등이 걸려 있는 곳에는 사람들이 거리에 평상을 내놓고 놀고 있었다. 남녀가 함께 앉아 술판을 벌이는가 하면 아이들은 자지 않고 거리를 쏘다녔다. 도성의 변두리에는 오고 갈 데가 없는 빈민들이 자리를 깔고 웅크리고 있었고 아이들은 배가 고프다며 부모에게 먹을 것을 달라고 졸랐다. 줄 것이 없는 부모들은 문이 열린 가게나 술집을 돌며 구걸을 하고 다녔다.

"없어, 없다고! 이 밤중에까지 웬 거지 떼야!"

술꾼과 주막 주인들이 그들을 거지 취급하며 거리로 내쫓았다.

"재밌게 놀아 드릴게요. 저 술 좀 사 주세요."

젊은 여인들은 술꾼들의 뒤를 따라가며 갖은 교태를 부리면서 유혹하였다. 그러자 술꾼들은 발길을 돌려 젊은 여인들 중에서 반반한 얼굴들을 골라 골목 안으로 사라졌다. 이 모든 광경이 치원에게는 몸서리칠 정도로 낯설기만 했다.

"마음 쓰지 말거라. 우리 신라가 어찌해서 이렇게 되었는지는 모르겠지만 오륙 년 전부터 나라 꼴이 이렇게 되었다. 나무관세음보살……."

앞서 가던 현준스님이 그 광경을 보고 탄식을 하는 치원을 돌아보며 위로했다.

"형님, 아버님과 어머님은 무탈하실까요?"

치원은 풀이 죽은 채 조그마하게 말했다.

"지금쯤 우리 형제를 위해 기도를 하고 계실 게다. 그냥 멀리서만 뵙고 절대로 나서지 말거라."

현준스님이 조용히 타일렀다.

"형님, 정말 안타깝습니다. 십 년 만에 환국하여 부모님을 뵙지도 못하고 떠나야 하다니요."

"그야, 어쩌겠니? 일이 그렇게 됐으니. 만에 하나 우리가 다녀간 흔적이라도 남게 되어 원봉이 눈치 챈다면 우리 집안이 온전치 못할 테니까."

현준스님이 치원의 어깨를 두드리며 달래기를 거듭했다. 치원이 시선을 돌려 주위를 둘러보았다. 꿈에서도 자주 보던 미탄사가 보이고, 사찰 주변을 감싸고 있는 듯한 감나무 숲에서 감 익는 향기가 싱그럽게 다가오고 있었다. 그때 뜻밖에도 낮은 담장 너머로 사촌들의 반가운 목소리가 들렸다.

"큰아버지, 정화수 받아 놨어요. 어서 나오세요."

어려서부터 한 형제처럼 자란 언위가 마당을 서성이며 방에다 대고 소리치고 있었다.

"큰어머니, 어서 나오세요. 형들을 위해 빨리 기도를 해야 되잖아요. 기도를 끝내야 잠을 자죠. 나 잠 와요!"

방 안에서는 언위의 동생인 어린 서원의 낭랑한 목소리가 들렸다.

"오냐, 어서 나가자. 어서 형들을 위해 치성을 드리고 어서 자자. 영감, 나갑시다."

방 안에서 그림자가 움직이더니 이내 반야 부인의 그리운 목소리가 뒤를 이었다. 치원은 그 그림자가 분명 어머니라는 사실을 한눈에 알 수 있었다. 순간 가슴이 울컥하며 뜨거운 기운이 치솟았다.

"아, 알았소. 잠시 기다려. 의관을 정제해야 해. 정성을 들이려면

옷부터 정갈하게 입어야지."

견일의 근엄한 목소리도 들렸다. 치원은 어머니의 목소리에 이어 아버지의 인기척이 들리자 심장이 멎는 느낌이 들었다.

9월의 상큼한 바람이 장독대 위의 감나무 줄기를 흔들고 그 위로 이미 붉게 물들기 시작한 감나무 잎들이 떨어지고 있었다. 마침내 반야 부인이 서원의 손을 잡고 툇마루를 내려서고 있었다.

'어머니, 저 왔어요.'

치원은 하마터면 소리를 지를 뻔했다. 이를 눈치 챈 현준스님이 치원의 손을 움켜잡고 마음을 진정시키고 있었다. 이어서 하얀 도포를 입은 견일이 헛기침을 하며 장독대 쪽으로 걸어 나왔다.

장독대 앞 한가운데에 견일과 반야 부인이 나란히 서자 언위가 커다란 옹기에 물 한 바가지를 더 얹었다. 서원은 반야 부인 곁에서 종종걸음을 치며 재미있다는 듯이 연신 깔깔거리고 웃었다. 그때 견일이 품속에서 하얀 종이를 꺼냈다.

"북두칠성님과 하늘에 고하옵니다. 저희 집안을 굽어 살펴 주셔서 감사합니다. 장자 현준은 화엄세계를 탐구하며 오늘도 당나라에서 나라와 백성을 위해서 대덕을 쌓아가고 있을 것입니다. 차남 치원은 이미 축복해 주셔서 당나라에서 신라 최초로 빈공과 장원 급제를 해 버렸습니다. 또 지금까지 장강 주변의 넓은 율수현에서 젊은 현위로 국록을 얻고 있습니다. 당나라에 있는 두 아들에게 더욱 큰 복을 내려주시어 장차 그 젊은 두 아들이 자신이 이루고자 하는 길에서 우뚝 서게 해주소서. 현준스님은 후세에 이름을 남길 수 있는 대사가 되게 해주시고 치원도 당나라 황제의 신임을 받게 해주소서."

두 내외는 북두칠성이 비추는 별빛의 정화수 앞에서 정성스럽게 삼배를 올리고 언위가 건네주는 불로 소원을 빈 종이를 정성스럽게 태워 공중에 날려 보냈다. 그 의식이 재미있고 신기한 듯 어린 서원이 깡충거리며 재롱을 떨었다.

"자, 다 끝났다. 어서 들어가 자자."

견일이 씁쓸히 돌아서면서 반야 부인에게 말했다.

"아, 뭐 하시오? 어서 들어가 잡시다! 서원이에게 옛날 이야기를 해 줘야 되지 않소?"

정화수 앞에서 치성을 드리고 나서도 계속 머물러 있는 반야 부인을 향해 견일이 재촉을 했다. 하지만 반야 부인은 대꾸도 하지 않은 채 정화수 앞을 떠날 기미를 보이지 않았다. 그저 잠자코 사방을 둘러볼 뿐이었다.

"여보, 참 이상해요. 오늘 밤에는 우리 치원이가 꼭 가까이에 있는 것만 같아요. 그 아이의 어릴 적 몸에서 나는 향기가 새삼 느껴져요. 왜 이렇게 뼈가 저리도록 보고 싶을까요?"

반야 부인은 벌떡 일어서더니, 어딘가에 숨어 있을 치원을 찾아 헤매듯 몸을 돌려가며 사방을 주시했다. 그런 어머니의 안타까운 모습을 먼발치서 지켜보는 치원은 마음속 깊은 곳에서 흘러나오는 눈물을 애써 삼켜야만 했다. 참으로 불가사의한 일이었다.

어머니가 바람결 공기를 통하여 아들의 머리 냄새와 몸에서 풍기는 향기를 느끼다니……. 현준스님이 조용히 다가가 치원에게 손수건을 건네주었다. 낮에 목에 걸고 다니던 무명천이었다.

잠시 후 반야 부인이 서원의 손을 잡고 마루에 올라가서도 한참이나 주위를 두리번거리며 서 있었다. 한참 만에야 문을 열고 방으로 들어가자 치원은 비로소 쪼그려 앉아 끓어오르는 울음을 꺼이꺼이 토해내느라 몸부림치며 아버지 어머니를 마음속으로 계속 불러 보았다.

현준스님이 무연히 치원을 바라보며 어깨를 두드려 주었다. 보리를 구출한 후 만나기로 한 장소에 도착했다. 치원은 구출된 보리의 모습을 보고 안도의 한숨을 내쉬었으나, 호몽의 상처에 마음이 몹시 아팠다.

보리를 구출하러 간 일행이 종남산으로 돌아온 지 석 달이 지나서야 호몽의 상처가 겨우 아물었다. 마고선녀가 지극정성으로 상처를 씻어 내고 쑥이 섞인 연고를 붙여 준 덕분이었다. 보리는 거의 말을 잃고 시선을 땅에 꽂은 채 부엌일을 도맡았다.

"보리 낭자, 우리 저 계곡 밑에 있는 우물로 빨래하러 가요. 몸을 움직이고 싶네요."

상처가 완전히 아물자 호몽이 보리에게 다가가 친근감을 표현했다. 툇마루 위에 남자들의 도복이 잔뜩 쌓여 있었다. 보리는 선사와 여동빈, 최승우의 도복을 집어 들었다. 호몽은 제일 먼저 치원의 도복을 챙기고 현준스님의 승복과 마고선녀의 도복까지 대바구니에 담았다. 두 사람은 우물에 닿을 때까지 아무런 말도 하지 않았다. 툭탁툭탁……. 맑고 투명하게 흐르는 물에 도복을 씻고 방망이로 도복을 두드리며 빨래가 다 끝날 때까지 두 사람은 입을 굳게 다물었다.

"낭자는 앞으로 무엇을 어떻게 하고 싶어요?"

견디다 못한 호몽이 먼저 입을 열었다.

"저 같은 사람에게도 미래에 대해 얘기할 만한 자격이 있을까요? 스스로 죽지 못하고 여기까지 온 것이 부끄러워요."

보리는 금세 눈물이라도 쏟아낼 기세였다.

"왜 그런 생각을 해요? 그게 어디 보리 낭자의 잘못인가요?"

호몽이 바싹 다가앉아 보리의 어깨를 감싸며 위로했다.

"저는 저 밝은 햇살을 받는 것도 부끄럽고, 이 맑은 물을 쳐다보기도 송구스러워요. 선사님을 뵙는 것도 두렵고, 다른 도인들을 쳐다볼 수가 없어요. 마고선녀처럼 상대방 마음을 다 읽고 있는 도술이 높은 분을 뵙는 것은 더더구나 괴롭고 또한 아가씨를 뵙기가 제일 괴로워요. 그리고……."

보리는 고개를 저으며 말을 잇지 못했다.

"치원 오라버니를 보기가 두렵단 말이죠?"

호몽이 정색을 하고 보리를 쳐다보자 보리는 말없이 고개를 푹 숙이고는 흐느끼기 시작했다. 호몽은 그런 보리가 마냥 애처롭기만 했다.

"우리 인간은 운명 앞에 한없이 무기력한 존재라고 생각해요.

낭자가 일찍이 어머님을 여읜 것도 운명이고, 아버님께서 반란에 앞장서신 것도 운명이잖아요. 보리 낭자의 의지로 어떻게 해 볼 여지가 없는 일이었잖아요. 만약 그 반란이 성공을 했다면 보리 낭자의 운명은 지금과는 아주 달랐겠죠. 하지만 다 운명이었어요. 아버님께서 그렇게 비참하게 돌아가신 것도, 낭자가 낭자의 뜻과는 전혀 다르게 생활을 하게 된 것도요."

그러나 보리는 지나온 자신의 삶을 운명이라 치부하기에는 너무나 세상이 원망스럽기만 했다. 운명 앞에서 점점 초라해지며 급기야 깊은 수렁에서 간신히 빠져 나온 자신의 모습을 추하게 여기고 있었다.

"여하튼, 전 한없이 부끄러워요. 이곳에 와서, 아니 이곳에 올 때까지 전 한 번도 치원 오라버니의 눈동자를 똑바로 쳐다본 일이 없어요. 그렇다고 혼자 소리내 울 수도 없고요. 지금이라도 용기가 있다면 저 계곡이나 이 우물에 빠져 죽고 싶을 뿐이에요."

말을 하는 동안 내내 보리는 깊은 한숨을 몰아쉬었다. 호몽이 언니처럼 다정하게 보리의 손을 잡아주며 어깨를 감싸 안았다. 그리고 우물가에 나란히 앉아 상처 입은 어린 강아지를 감싸 안아주듯 보리의 얼굴을 자신의 가슴에 끌어안았다.

"보리 낭자를 탓할 수 있는 사람은 이 세상 어디에도 없어요. 하늘도 알고 땅도 알고 이 종남산의 신령도 알고 있어요. 그렇기 때문에 아마도 낭자를 이곳으로 오게 했을 거예요. 종리권선사는 이 종남산에 계시면서 단 한 번도 도술을 어느 개인을 위해 써 본 일이 없는 분입니다. 그러함에도 불구하고 우리를 모두 신라에 보내 보리 낭자를 이곳으로 데려오게 했어요. 사실 그 어떤 기운에 의하여 보리 낭자를 구출해 왔는지 우리도 잘 모르고 있어요. 단 한 가지, 자신 있게 말할 수 있는 것은 우리 모두 기쁜 마음으로 보리 낭자를 데려오는 일에 참여했고, 또 자랑스럽게 그 일을 완수했다는 거예요."

호몽은 자신의 가슴이 점점 뜨거워지고 있다는 것을 느꼈다. 보리가 호몽의 가슴에 얼굴을 묻은 채 어깨를 들썩이며 뜨거운 눈물을 연신 쏟아내고 있었다.

"위험을 무릅쓰고 보잘 것 없는 저를 구출해 주려다 얻은 상처가 얼마나 아프셨어요? 저 같은 것이 뭐라고."

보리는 눈물이 가득 고인 눈을 들어 호몽을 바라보며 그녀의 어깨를 쓸어 주었다. 마침내 호몽도 참았던 눈물을 흘리며 보리를 힘껏 끌어 안아 주었다. 굽이굽이 돌아 어디론가 유유히 흐르는 물소리만이 이들의 아픔을 덮어 주고 있었다.

그때 언덕 위에서 종리권선사가 두 여인을 내려다보고 있었다. 아무 말도 없이 두 처자를 내려다보고 있던 종리권선사는 마치 구름을 타고 있는 신령처럼 이따금씩 시원한 바람과 따스한 햇살을 고루 드리우고 있었다.

"올라오너라! 시원한 물 한 동이 떠 가지고 속히."

종리권선사가 두 여인에게 소리쳤다. 호몽과 보리가 소스라치게 놀라며 서둘러 물 한 동이를 떠서 선사에게 달려갔다.

"크~ 시원타. 내가 오래 사는 건 이 자오곡 계곡의 물 덕일 게다. 아, 시원타."

종리권선사가 바가지로 물을 떠 마시며 연신 감탄을 했다. 그런 선사의 모습을 지켜보던 보리는 조금 전 호몽의 품에 안겨 흐느끼던 모습을 선사에게 들켰다고 생각하니 부끄러워서 얼굴을 제대로 들지 못했다.

"그래, 이제 무엇을 하고 싶은고?"

선사가 입가에 흐르는 물을 소맷자락으로 닦으며 보리를 물끄러미 바라보았다.

"전 소림사로 가고 싶습니다."

보리는 무릎을 꿇고 정중히 말했다.

"소림사라고? 아니, 거긴 왜?"

"무술을 배우고 싶습니다. 말을 타고 창과 칼을 휘두르며 마구마구 앞으로 앞으로 달리고 싶습니다. 이젠 나약한 여인의 몸을 던져 버리고 사내들과 섞여 강한 모습으로 다시 태어나고 싶습니다. 그리고 이 세상에서 힘없고 가여운 여인들을 짓밟던 그 사내들을 눌러 강인함을 보여 주고 싶습니다."

어금니를 꽉 물고 있는 보리의 얼굴에서는 무엇이든 해내고 말겠다는 굳은 의지의 눈빛이 섬광처럼 번득이고 있었다. 그러나 선사와 눈이 마주치자 보리는 이내 눈빛이 흐려지며 고개를 떨어뜨리고 말았다.

"고개를 숙이지 말거라. 그대로 들고 있거라. 내 오랜만에 여인의 관상을 보고 있느니라."

보리가 얼굴을 붉히며 간신히 고개를 들자 선사가 보리의 얼굴을 뚫어져라 쳐다보았다.

"너에게는 놀라운 상이 숨어 있다. 네 눈썹 위에 새겨진 인생 초반기의 고난은 이제 다 끝났다. 너는 놀라운 중년을 맞을 것이다. 수십 수백만의 군사를 지휘하며 천하를 호령하는 젊고 씩씩한 낭군이 너를 기다리고 있다. 그래, 너는 말을 탈 것이다. 그리고 많은 군사들을 호령할 것이다. 아주 비범하고 놀라운 상이며, 아주 귀한 상이야. 이 겨울이 끝나고 내년에 따뜻한 봄이 오면 너의 소원대로 소림사로 떠나거라. 그곳에 있는 만귀 화상에게 너를 추천해 주마."

선사는 보리의 관상을 보고는 그녀의 미래에 있을 새로운 변화를 보고 있었다. 보리의 미래에 대해 확신이 선 나머지 그녀가 가고자 하는 길에 밝은 빛이 되어 주리라 다짐했다.

스산한 바람이 자오곡과 광법사 계곡을 후려치는 그해 겨울은 살아 있는 것이라면 미물조차 움직이지 못하게 할 정도로 유난히 추웠다. 그러나 여동빈, 마고선녀, 최승우, 그리고 호몽은 살갗을 찢는 듯한 추위와 맞서며 연신 계곡을 오르내렸다.

본격적인 수련을 하고 있는 이들을 바라보던 현준스님도 잠시 불법의 세계에서 벗어나 산봉우리를 타고 구름과 바람을 잡으며 도법수행에 매진하여 경지를 더욱 높였다.

그러는 사이 치원과 보리는 배꼽 아래에 단을 모으고 코로 기를 흡수하여 단까지 단숨에 내려가게 하는 기초 훈련을 했고, 깊은 명상을 통해 현관玄關(기 수련에서 명상의 최고조에 이르러 초월적인 경지로 들어가는 경계)에 이르는 내단을 익혔다. 가끔 계곡에 내려가 여동빈, 최승우와 같은 고수들이 선약을 만들 때 곁에서 거들기도 했다. 어느덧 기승을 부리던 추위도 물러나고 종남산 기슭에는 계곡물이 녹으며 새파란 잎이 돋아나고 있었다.

그때 소림사에서 한 젊은 승려가 종리권선사를 찾아왔다. 그리고 소림사의 방장인 만귀 화상의 입문 허락이 떨어졌다는 기쁜 소식을 전해 주었다. 보리는 전처럼 슬픈 표정을 짓거나 사람의 시선을 피하는 그늘진 모습도 모두 지워 버리고 다시 피어난 꽃처럼 아름다운 모습이 되어 떠날 때 가지고 갈 짐보따리를 쌌다. 떠나는 날 아침, 종리권선사를 모시고 아침 선식을 끝냈을 때 보리는 신라에서 당나라로 온 이후 손가락에 끼고 있었던 쌍가락지를 곧바로 빼 자색주머니에 담아 간직하고 있었다. 쌍가락지는 생명과도 같은 소중한 것으로 생각하였으므로 자색주머니에 넣어 허리춤에 항상 지니고 있었다. 아무래도 치원 오라버니에게 돌려주는 게 맞을 듯해서 허리춤에서 자색주머니를 꺼냈다.

"오라버니, 이제 제가 이 쌍가락지를 돌려드릴 때가 된 것 같습니다. 그동안 몇 번이고 자결을 생각했으나, 그때마다 끼고 있던 반지를 보면서 오라버니께 이 반지를 살아서 만나 꼭 전해줘야겠다는 일념 때문에 그 지옥 같은 순간들을 참고 또 참아냈습니다.

오라버니를 만나기 전에 제가 죽으면 오라버니는 영원히 이 쌍가락지를 잃어버리게 될 것이라는 생각이 들었기 때문입니다. 이제 이 반지를 오라버니에게 돌려 드릴 테니 그 주인을 찾아주세요."

보리가 자색주머니에서 반지를 꺼내 치원에게 건넸다.

"앞으로 제가 언니라고 불러도 되겠지요?"

옆에 있던 호몽에게 말했다.

"언니, 정말 고마워요. 그리고 잘 부탁해요."

보리는 호몽을 바라보며 애써 웃음을 지었지만 그 마음만은 그 어느 때보다 심하게 흔들리고 있었다. 호몽이 해맑게 웃으며 보리를 끌어안고 등을 토닥여 주었다.

"오라버니, 그리고 언니. 그날이 오면 꼭 저를 불러 주셔야 해요. 아무리 먼 곳에 있다가도 만사 제치고 달려올 거예요."

보리는 치원과 호몽을 바라보며 미소를 짓다가 이내 서둘러 고개를 돌렸다. 참았던 서러움과 아쉬움이 금세라도 살을 뚫고 나올 것만 같았다. 지옥 같던 삶은 잊으면 그만이지만 오랜 세월 마음속에 품었던 정인에 대한 그리움마저 이제 모두 비워야 한다고 생각을 하니 살이 찢기는 것보다 더한 고통이 밀려왔다.

보리는 자오곡 계곡을 따라 무거운 발걸음을 옮기며, 그동안 차곡차곡 담아 두고는 몰래 꺼내 보았던 치원을 향한 연모의 정을 하나씩하나씩 흩뿌리기 시작했다. 치원의 얼굴이 발끝에서 모습을 감추더니 이내 하늘로 솟아오른 치원과 호몽의 그림자가 보리를 향해 환하게 웃고 있었다.

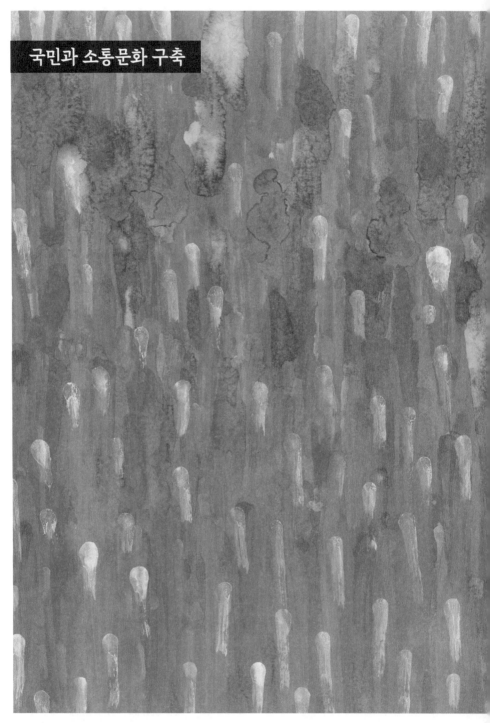

국민과 소통문화 구축

국민과의 소통문화 구축이 매우 중요하다는 점을 형상화한 이미지. 작품 속 당나라 관군들은 민란을 수습한다는 명목으로 농민군을 진압하며 또 다른 폭정을 일삼아 백성들의 원성을 사곤 했다.

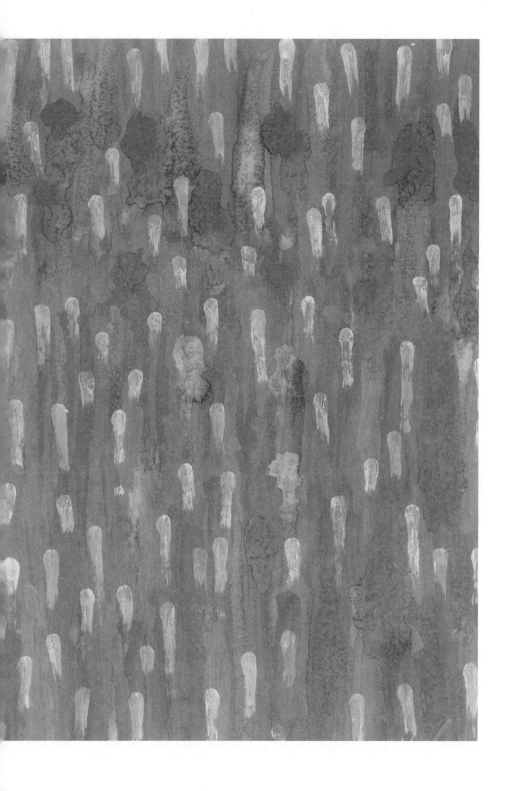

자오곡 계곡 아래로 사라지는 보리의 쓸쓸한 뒷모습을 말없이 지켜보던 치원이 가만히 손을 들어 흔들어 주었다. 그래도 현준스님이 곁에 있어 소림사로 가는 보리의 발걸음이 한결 가벼울 것이라 생각을 하니 치원은 적잖이 안심이 되었다.

　지난밤 종리권선사는 제자들을 불러 모은 자리에서 소림사로 떠나는 보리가 못내 불안하다는 속내를 내비쳤다. 마침 그 이야기를 들은 현준스님이 자청하여 보리와 함께 길을 떠나기로 했다.

　"하, 고것이 반년도 되지 않았건만 깊은 정을 남겨 놓고 떠나가려고 하니 마음 한구석이 텅 비어 있는 것 같네. 떠나려고 한 이는 발걸음이 참으로 무거울 터인데."

　선사가 빈 입맛을 다시며 허연 턱수염을 쓸어 내렸다. 종리권선사는 만귀 화상에게 전하는 서신을 현준스님에게 건네주며 보리의 앞날을 부탁한다는 말도 전하도록 당부했다.

소림사의 인연

 꽁꽁 얼었던 보리의 가슴마저도 사르르 녹이듯 따사로운 바람을 타고 봄이 찾아왔다. 현준스님은 종리권선사가 써준 서신을 갖고 보리와 같이 소림사를 향했다. 현준스님과 보리는 정주鄭州를 지나 소달구지를 얻어 타고 한나절을 달려갔다. 주변에 있는 산들은 이상하게도 누런빛을 띠고 있었고 산 가운데에는 구멍이 뻥뻥 뚫린 기이한 모습도 보였다. 달구지가 등봉登封이라는 마을에 이르자 현준스님이 말했다.

 "거의 다 왔다. 이제 한 시간만 걸으면 된다."

 두 사람은 빠른 걸음으로 한 시간을 걸어 산문에 이르렀다. 끝도 없는 봉우리와 깊고 깊은 계곡이 장관을 이루고 있었다. 현준스님이 돌아보며 말했다.

 "저 앞에 보이는 산이 태실산과 소실산인데 저 소실산 기슭에 있는 천 년 고찰이 바로 소림사란다."

 보리가 땀을 닦으며 말했다.

"산이 정말 많아요. 태실산과 소실산의 봉우리들은 대략 몇 개나 될까요?"

현준스님이 웃으며 대답하였다.

"좋은 질문이야. 어쩌면 방장 스님께서 너를 보고 질문을 하실지도 모를 내용이다. 태실산과 소실산의 봉우리 숫자만은 반드시 외워 두거라. 태실산의 봉우리가 36개, 소실산의 봉우리가 36개 모두 합쳐 72개란다."

"어휴, 봉우리가 72개나 돼요? 이 봉우리를 다 오르려면 평생이 걸리겠네요."

"이곳에서 권법을 배우려고 하는 수련자들은 3년 안에 모두 72개 봉우리를 다녀와야 한단다."

현준스님이 말했다.

"스님, 저는 일 년 안에 72개 봉우리를 모두 정복할 거예요."

보리가 눈빛을 반짝이며 말했다.

"일 년 안에?"

현준스님은 놀라며 어렵다는 듯이 말했다.

"글쎄, 각오는 좋다마는 그게 가능할까?"

그러자 보리가 힘주어 말했다.

"스님, 저는 마음이 급해요. 꼭 일 년 안에 72개 봉우리를 정복하고 말 거예요!"

어느새 두 사람은 일주문을 지나 대웅전 뒷켠에 있는 초조암初祖庵으로 향하였다. 초조암 안에는 방장인 만귀선사가 좌선을 한 채 눈을 감고 있었다. 현준과 보리는 삼천 배를 시작하였다. 아침 밥을 겨우 먹고 하루 종일 굶은 몸으로 삼천 배를 마치고 초주검이 되어 정좌하였을 때 만귀선사는 눈을 지그시 감은 채 조용히 말하였다.

"그래, 신라에서 온 처자라고? 우리 권법을 배우기 위해 왔다고?"

보리가 주눅 들지 않고 씩씩한 목소리로 대답하였다.

"그러하옵니다. 선사님. 소녀는 기필코 소림사 권법을 익히겠나이다."

선사는 빙긋 웃으며 말하였다.

"우리의 권법은 오백 년 전 천축국(인도)의 달마선사께서 전해주신 것이지. 아무한테나 함부로 전해줄 수 없는 거야. 하물며 동쪽 작은 나라 신라에서 온 너 같은 처자에게 가르쳐 줄 수 있는 비법은 아니지."

현준스님이 자리에서 일어나 크게 읍하고 간청하였다.

"선사님! 이 아이는 영민한 아이입니다. 사서삼경은 다 익혔고 법화경도 다 외는 아이입니다."

만귀선사는 보리가 법화경을 암송한다는 말에 흥미를 보이면서 말을 이었다.

"법화경은 7권 28품으로 되어 있는데 그것들을 다 외운단 말이냐?"

보리는 자신 있게 나서면서 암송을 시작하였다. 그러자 선사는 손을 들어 제지하며 말하였다.

"기계적으로 달달 외는 것은 별로 의미가 없는 거야. 여하튼 암송을 한다니 기특한 일이고, 이 다음 능엄경까지 깨치고 나면 내가 너를 인정하마. 여기 오는 사람들은 대개 속에 칼을 품고 오는 경우가 대부분이지. 모두 속세에서 크게 해를 입었거나 온 가족이 몰살을 당했거나 원수로부터 능욕을 당한 경험을 가지고 가슴에 칼을 품고 들어오느니라. 우선 가슴속에 있는 그 칼부터 내려놔야 권법의 진수가 가슴속에 들어갈 수 있느니라. 너는 네 가슴에 품고 있는 칼을 내려놓을 수 있겠느냐?"

보리는 눈을 내리깔고 있다가 조용히 답하였다.

"수련을 하면서 차차 내려놓도록 하겠습니다."

선사는 미소를 띠며 말하였다.

"솔직해서 좋구나. 당장 내려놓는다고 호언장담하지 않고 서서히 도를 닦으면서 마음의 칼을 내려놓는다는 그 표현이 마음에 드는구나. 그러나 저러나 옛날 이 절에 달마선사가 계실 때, 어느 해 겨울 혜가慧피라는 스님이 석 자나 되는 눈발을 헤치고 찾아와 달마선사에게 제자로 삼아주기를 청한 일이 있었단다. 그때 달마선사께서는 혜가스님에게 물었다. '그대는 나에게서 무엇을 원하는고?' 그러자 혜가스님은 말했었지. '불법과 권법을 전수받기를 원하나이다.' 그러자 달마선사는 돌아앉아 입을 닫고 말았지. 며칠이고 아무 말씀도 없자 혜가스님은 애가 타서 달마선사를 조르고 졸랐지. 마지막으로 달마선사가 물었어. '그래, 너는 나에게 무엇을 증표로 내놓을 수 있느냐.' 그 말을 들은 혜가스님은 밖으로 나가 칼을 들고 들어와서는 자신의 왼쪽 팔을 잘라 결의를 보였지. 그제야 달마선사는 혜가스님을 치료해 주고 그 외팔이 혜가스님을 제자로 받아들여 불법과 권법을 전해주셨어. 자, 보리야 넌 나에게 무엇을 줄 수 있느냐?"

보리는 난감하여 고개를 숙이고 있다가 바랑에서 가위를 꺼내 자신의 삼단 같은 머리카락을 싹둑싹둑 잘라내기 시작하였다. 그 긴 머리채를 선사에게 올리자 만귀선사는 그제야 밖을 향해 소리를 냈다.

"게 아무도 없느냐! 무성이 있느냐?"

밭은 기침소리와 함께 문이 열리고 미소년 하나가 들어와 단정히 무릎을 꿇었다.

"아버님, 부르셨습니까?"

만귀스님은 만면에 미소를 띠며 기쁜 목소리로 말하였다.

"이 아이가 바로 내 아들 무성이일세. 뭐 속가의 사람들처럼 여인을 얻어서 생긴 아들은 아니네. 이 아이는 십오 년 전에 부모님이 살해되자 부모님을 살해한 자를 죽이고 이 아이를 이곳으로 데려왔지. 그동안 내 곁에서 온갖 궂은일을 다 했고 내 아들처럼 아니, 수족처럼 이 늙은이를 지성으로 섬겨 내가 아들로 삼았지. 이 땅에서 내가 유일하게 혈육처럼 믿고 아끼는 아이야. 보리낭자, 올해 몇인고?"

보리는 얼굴을 붉히며 대답하였다.

"갓 스물 두 살이옵니다."

선사는 웃으며 말하였다.

"묘령妙齡이라, 참 좋은 나이구만. 우리 무성이가 스무살이니 동생처럼 사이좋게 잘 지내거라. 하지만 무성이는 이미 이곳에서 십오 년의 무림생활을 하였으니 가히 무림고수라고 할 수 있지. 처자는 앞으로 우리 무성이를 스승으로 삼아 불경도 익히고 무술을 닦아 나가도록 하거라."

그리고 나서 선사는 무성 쪽을 향해 간곡히 일렀다.

"무성아, 오죽했으면 묘령의 처자가 서해바다를 건너 아득한 신라 땅에서 이 깊은 산중까지 찾아왔겠느냐. 측은지심으로 거두어 먼저 그 가슴속에 박힌 칼을 뽑아내게 하고 칼이 뽑힌 자리에 부처님의 말씀을 가득 채워, 종국에 가서는 능엄경을 터득하게 하여라."

선사는 자애로운 표정으로 간단한 설법을 해주셨다.

"옛날 부처님의 제자인 아난타阿難陀가 마등가 여인의 주술에 걸려 마귀도에 떨어지려고 할 때 부처님께서 건져내셨지. 끝내 마귀장을 물리치시고 선정에 전념하여 여래의 진실한 경지를 얻고 생사의 고뇌에서 벗어나 득도하였다는 것이 이 능엄경의 요체니라."

모두는 그쯤에서 일어설 준비를 하였다. 그때 만귀선사는 세 사람을 다시 자리에 앉게 하였다.

"무엇이 그리 급한가? 뭘 좀 알아야 도에 입문을 할 수 있지 않겠는가? 너무 서두르지 말거라. 지금 나와 너희들이 앉아 있는 이 암자 초조암이 어떤 곳인 줄 아느냐? 무성이가 설명을 좀 해 주거라."

소림사

무성스님이 조용히 입을 열어 설명을 시작하였다.

"이 초조암은 보기에는 초라하기 그지없습니다만 오백여 년 전 천축국의 달마선사께서 바로 이 암자에 앉으신 후 벽면을 향해 무려 구 년 동안 도를 닦으신 곳입니다. 면벽 구 년의 놀라운 법력이 어려 있는 암자입니다. 그래서 아무나 들어오지도 못하는 곳인데 오늘은 화엄경에 능하신 현준스님께서 오셨기 때문에 아버님 만귀선사께서 문을 열어주신 것입니다. 우리 저 동쪽 벽면을 향하여 예를 올립시다."

보리는 너무 놀라 108배를 올리기 시작했는데 현준스님도 따라 하였다. 108배를 마치자마자 만귀스님께서 이렇게 말하였다.

"이따가 댓돌을 내려가기 전에 다시 108배를 올리도록 하라. 그 댓돌 밑에는 달마선사께서 신고 오신 미투리 한 짝이 묻혀 있느니라."

하고 나서 소림진경에 대하여 한가지 더 말했다.

"소림사에는 사대 신승이 있었다네. 만공대사는 그 가운데 한 분으로서 덕망이 아주 높았지. 내 일찍이 그분께 소림진경에 관한 얘기를 들은 적이 있네."

만귀선사는 현준스님과 보리를 번갈아 바라보며 소림진경에 관한 이야기를 하기 시작했다.

"아, 만공대사라면 소승도 소문을 들어서 잘 알고 있습니다. 그 분은 벌써 오래전에 돌아가셨다고 하던데요?"

현준스님은 일찍이 불문에 들 때 스승으로부터 만공대사의 이야기를 들어 잘 알고 있던 터라 만귀선사의 이야기에 귀가 솔깃했다. 이러한 현준스님의 반응이 마냥 기특해 만귀선사는 빙그레 웃었다.

"그렇다네. 만공대사는 죽었지. 내가 죽였으니까."

만귀선사는 헛기침을 하며 시선을 이리저리 돌렸다. 현준스님은 만귀선사의 거침없는 말에 깜짝 놀라고 말았다. 현준스님도 강호 무림계에 떠도는 소문을 들어 알고는 있었지만 그 놀라운 진실을 듣고 나니 쉽게 입을 다물 수가 없었다.

소림사에는 만·헌·지·천이라는 신승들이 있었다. 이들은 당시 소림파의 최고 무학 고수인 만공, 헌공, 지공, 천공을 통틀어 일컫는 말이었다. 그 가운데에서 만공대사는 오랜 지병 때문에 입적했다는 것을 현준스님은 소문으로 들어 알고 있었다. 또 그것이 사실인 줄 알고 믿었던 것이다. 그런데 그분이 만귀선사의 손에 죽임을 당했다니, 현준스님은 도저히 믿기지가 않았다.

"만공대사 그분 말일세. 고집이 너무 세더군. 내게 얻어맞기만 하고 시종 반격을 해오지 않은 거야. 내가 열세 번째 주먹질을 했더니 끝내 죽어 버리고 말았어."

만귀선사가 깊은 탄식을 토해냈다. 만귀선사의 얼굴에는 어딘가 모르게 처량하고 후회스러운 기색이 역력히 묻어나고 있었다. 그 말을 들은 현준스님은 아연실색하고 말았다. 만귀선사의 주먹 한 번과 발길질 한 번만 견뎌도 최고의 무학 고수라고 말할 것인데, 만공대사는 무학고수의 주먹질을 열세 번이나 맞고도 견디다가 죽었다니. 그 육체는 분명 쇠나 바윗돌보다 더 단단했을 것이라고 현준스님은 생각했다.

'만공대사와의 일전에 말 못할 내막이 감춰져 있는 게 분명해.'

현준스님은 만귀선사의 속내를 꿰뚫어 볼 요량으로 그의 표정 변화를 꼼꼼히 살폈다. 하지만 만귀선사는 결코 현준스님의 강한 눈빛을 피하지 않은 채 오히려 마주 바라보며 피식 웃어넘기고 있었다.

"내 평생 진정으로 감복한 사람은 손가락으로 꼽을 정도 밖에 되지 않네. 그중에 만공대사는 내가 진정으로 흠모한 고승이었어. 사대산승 무공으로 본다면 그분의 사제인 지공대사나 천공대사에 미치지는 못한다지만, 내가 보기엔 그 사람들도 역시 만공대사의 숨은 실력에는 미치지 못했을 것이 분명하네."

아무리 무술의 고수라 하더라도 칭찬에 인색하기로 소문난 사람이 만공대사를 흠모하고 존경하다니. 현준스님으로서는 정말 뜻밖이 아닐 수 없었다. 그리고 보니 만귀선사의 무공과 인격이 어느 정도인지 짐작할 수 있었다.

"만공대사는 강호에 나서지 않고 은거하며 수련을 하셨던 모양이군요? 그러니 강호에서는 그분의 무학에 대해 아는 이가 거의 없지요."

현준스님은 만공대사에 대한 만귀선사의 깊은 속마음을 알고 싶었다.

"정말 안타까운 일이었어. 세상에 으뜸가는 그런 기재가 내 주먹질 열세 번에 무참하게 세상을 떠났으니 말일세. 그분의 무공은 단순히 높을 정도가 아니라 실로 무서울 정도였네. 만약 그 당시 만공대사가 단 한 번이라도 내게 응수했다면, 난 아마도 오늘날까지 이리 멀쩡하게 살아 있지 못했겠지. 내 실력은 가히 그분과 비교할 수 없지. 암, 한참 뒤떨어지지. 아니야, 아예 하늘과 땅 차이라고 해야 옳을 것이야."

만귀선사는 고개를 쳐들고 하늘을 우러러본 채 넋이 나간 사람처럼 중얼거렸다. 그의 말투와 표정에는 탄복과 흠모의 정이 가득차 있었다. 만약 만공대사가 만귀선사보다 훨씬 뛰어난 무공을 갖추지 않았다면 이렇게까지 경탄하고 감복하지는 않았을 것이다.

"얼굴은 예쁜데 마음에 한이 가득 서려 있구나."

그제야 만귀선사는 보리의 관상을 보며 관심을 드러냈다. 그러자 멀뚱히 앉아 있던 보리는 고개를 숙인 채 아무런 말도 꺼내지 못했다.

"마음의 한을 풀기 위해서는 무학보다 마음을 먼저 다스리는 경전 공부부터 시켜야 되겠구나."

만귀선사는 한동안 보리에게서 눈길을 거두지 않았다. 보리도 별다른 말없이 고개를 끄덕이며 쓴웃음을 지었다. 잠시 후 만귀선사가 다시 입을 열었다.

"내가 열세 살이 되던 해였지. 뜻하지 않은 기연이었어. 무공이 아주 높은 분을 만나 그의 문하생이 되어 무예를 배웠지. 사부님은 내 자질이 쓸 만하다는 것을 알고 유달리 귀여워해 주신 나머지 자신이 간직하고 있던 무예를 내게 모조리 전수해 주셨네. 그로 말미암아 사부님과 나는 부자지간보다 더 가까워졌지. 나와 사부님의 관계를 뒤늦게 알아차린 다른 사제들은 그런 나를 항상 부러워했다네. 그 후 내가 스무 살이 되던 어느 날, 나는 마침내 사부님 곁을 떠나게 되었다네. 멀리 서역 땅으로 가서 내공이 강하고 실력 있는 벗들을 많이 사귀었다네. 그들은 참말로 내게 잘해 주었지. 친형제처럼 잘 지냈으니까……. 나중에 가서 우리 모두 아내를 얻고 일가를 이루어 정말 행복하게 살았다네. 자식도 낳고 집안도 꽤나 번창했지."

만귀선사는 현준스님과 보리에게 자신의 옛날이야기를 들려주며 간간이 한숨을 내쉬었다. 그는 한때나마 행복했던 그 시절을 그리워하듯 얼굴 표정이 환하게 밝아졌다가 이내 순간순간 우울한 얼굴색으로 돌아갔다.

"내가 스물여덟 살이 되던 해였네. 어느 날 사부님이 내 집을 찾아와서 며칠 동안 머무신 적이 있지. 그때 나는 물론이고 온 집안 식구가 극진히 대접해 주었네. 허나, 무림계에서 명성 높은 사부가 인간의 탈을 쓴 짐승일 줄이야. 내 그걸 어찌 알았겠는가? 그해 칠월 보름이었네. 술을 마시고 취한 사부는 내 아내를 강제로 겁탈했지."

만귀선사가 내뿜는 숨소리가 점점 거칠고 뜨거워지고 있었다. 현준스님과 보리도 스승이 제자의 아내를 겁탈했다는 이야기를 듣고는 놀라움을 감추지 못했다. 정말이지, 이제껏 들어본 적이 없는 천인공노할 만행이었던 것이다. 잠시 숨을 돌린 만귀선사는 목이 메어 떨리는 목소리로 계속 말을 이어갔다.

"아내가 소리쳐 구원을 청하자, 내 아버님이 그 방으로 달려갔네. 그제야 제자의 아내를 겁탈한 사실이 탄로 났다는 것을 알아차린 사부는 그 자리에서 내 아버님을 때려죽이고 아내까지 죽였네. 그리고 세 살밖에 안 된 내 아들 무기까지. 그 작자는 내 아들 무기를 마당에 패대기쳐서 형체도 알아볼 수 없는 핏덩어리로 만들어 버렸단 말일세."

마침내 만귀선사의 눈가에는 희뿌연 눈물이 가득 고였다.

"저런, 어찌 그리도 참혹한 짓을……."

보리가 가슴을 치며 애통한 심정을 드러냈다.

"그때 그 끔찍한 관경을 보고난 후 나는 너무 놀란 나머지 바보처럼 멍하니 서 있기만 했네. 도대체 뭘 어떻게 해야 할지 알지 못한 채 생각이 나지 않아 그냥 우두커니 서 있었다네. 그때 그자가 느닷없이 달려들어 주먹으로 내 가슴을 후려치더군. 나는 워낙 경황도 없으려니와 설령 있었다 하더라도 그를 당해낼 수가 없는 터라 곧바로 쓰러져 기절을 하고 말았네. 한참 후 다시 깨어나 겨우 정신을 차리고 보니 사부란 자는 벌써 온데간데없이 사라져 버리고 집안에는 식구들의 시체가 즐비했네. 부모님, 아내, 아들, 동생, 제수씨, 하인들……. 내 일가족 열세 명이 모조리 사부에게 죽임을 당하고 말았던 것이지. 아마 그자는 내가 자신의 한 주먹에 맞아 죽은 줄 알고 다시 독수를 쓰지 않았던 모양이야."

만귀선사가 말을 멈추고는 어금니를 꽉 깨물었다. 다시 침묵이 길게 이어졌다. 현준스님과 보리는 그런 만귀선사를 바라보며 지난 일에 대해 강한 분노를 느꼈다.

"참으로 엄청난 참변이었지. 난 그 후 충격에 빠진 나머지 몸져 누워 큰 병을 앓았지. 얼마간의 시간이 흐른 뒤 난 몸을 추스르고 일어나 열심히 무공에 정진하며 복수의 칼을 갈았다네. 그리고 삼년째 되던 해에 난 그를 찾아가 복수전을 시도했지. 그러나 애석하게도 난 그의 무공을 당해낼 재간이 없었어. 복수는커녕 오히려 치욕만 안고 발길을 돌려야 했다네. 하지만 일가족 열세 명의 피맺힌 원수를 중도에서 포기할 수 없었다네. 그래서 난 중원 천지에 이름 난 무예 사범들을 두루 찾아다니면서 침식마저 잊은 채 죽을 고생을 해가며 무공을 수련했네. 그렇게 오 년이라는 눈물 맺힌 세월을 보내는 동안 내 무공은 마침내 진전되어 그 결실을 보았지. 난 또다시 사부를 찾아가 도전장을 내밀었지. 그런데 사부도 그동안 무공을 얼마나 연마했는지, 내 무공 실력이 높아진 것보다 더 내공이 높아져 있었다네. 결국 두 번째 도전도 실패하고 중상만 입은 채 쓸쓸히 물러서야 했지. 그런데 말이지. 내게도 또 다른 기회가 생겼다네. 상처를 치료한 지 얼마 안 되었을 무렵 우연한 기회에 난 소림진경이라는 무술 비보를 손에 넣게 되었지."

이 권법의 위력은 실로 비상한 것이어서 만귀선사는 2년 동안 소림진경의 내공만을 전문적으로 익혔다. 그러면서 내공을 단단히 다져 마침내 더 큰 무공을 쌓았다. 그는 강호 천하의 일류 고수들과 정정당당하게 겨루어 결코 뒤지지 않을 만큼 뛰어난 실력이 정진되었다. 그러면서 사부도 이러한 무술 비보를 익히지 않았다면 결코 자신의 적수가 될 수 없다고 자부했다.

"내가 그자를 세 번째 찾아갔을 때 그는 이미 종적을 감추고 어디론가 사라져 버렸지. 그에 대해 수소문을 하며 백방으로 찾아다녔지만 도저히 찾을 수 없었어. 그의 행방은 시종 알 길이 없더구만. 분명 화를 피하려고 궁벽한 산중이나 시골로 들어가 숨어 버린 것이 틀림없을 게야. 이 세상 넓은 천지에서 신분을 감추고 은거해 버린 자를 무슨 수로 찾아내겠는가? 나는 격분한 나머지 가는 곳마다 커다란 사건을 일으키기 시작했지. 복수심에 눈이 뒤집힌 나는 닥치는 대로 사람을 죽였다네. 그리고 인정사정없이 흔적을 남기지 않기 위해 불을 질렀어. 그러면서 나는 그때마다 사건 현장의 벽에 사부 이름을 핏물로 써서 남겨 놓았다네."

그때 강호 무림세계에는 무림 종파 간에 세력 다툼이 한참 일어나고 있었다. 중원의 동북방 요동 지방에서부터 영남에 이르기까지 반년 동안 30여 건의 끔찍한 대사건이 잇달아 일어났던 것이다.

강호에서 이름을 날리던 영웅 호걸 수십 명이 원인 모르게 참혹한 죽임을 당하고 범인은 사건 현장에 반드시 '원혼벽력수성공'이라고 이름을 남겨 두었다. 이 사건은 누군가가 '원혼벽력수성공'에게 죄를 뒤집어씌우려고 꾸며낸 짓이라고만 추측할 뿐이었다.

'원혼벽력수성공'은 무공이 무척 강한 데다 세속에 물들지 않고 몸가짐이 유별나게 조심스러워 그 명망이 매우 높은 인물이었다. 다만 범인이 '원혼벽력수성공'과 어떤 원한 관계가 있는 것은 분명해 보였다.

"내가 사부의 이름을 빙자해서 사건을 저지른 것은 그에게 압력을 가해서 제 발로 나타나게 하려는 의도였네. 그러나 아무리 원수를 찾기 위한 일이라지만 나와 아무런 연관도 없는 사람들의 목숨을 빼앗는 짓은 결코 용서받을 수 없는 행동이었지. 원수를 갚기 위해 아무 죄 없는 사람들을 이유없이 죽인 것은 잘못된 일이었어."

그 말을 들은 보리는 자신의 마음 한구석에서 움트고 있는 강렬한 분노를 슬며시 들추어 보았다. 그러면서 만귀선사가 자기의 지난 과거 살아온 삶을 통해서 분명 자신에게 어떠한 가르침을 전하는 것이라 생각했다. 현준스님은 만귀선사의 다음 이야기를 애타게 기다렸다. 그렇지만 만귀선사는 눈을 감은 채 더 이상 아무런 말도 꺼내지 않았다.

한동안 침묵이 지나고 나서야 만귀선사는 자신의 삶에서 늘 잊어서는 아니 되는 용서의 중요성에 대하여 불교 설화 하나를 말해주었다.

석가모니가 보리수나무 밑에서 깨달은 후에는 불교를 널리 전파시켰다. 석가모니에게는 사촌동생 데바닷타라는 제자가 있었다. 처음에는 석가모니를 따라 수행을 열심히 하며 스승으로 잘 모시므로 제자 중 으뜸으로 인정받았다.

그러나 불교의 신통력을 배우면서 욕심이 일어났다. 데바닷타 자신도 석가모니와 같은 왕족이고 석가모니보다 못할 것이 없다고 생각하고 교만해져서 자기만의 종파를 따로 만들었다. 그 후 거기에서 한 발 더 나아가 석가모니를 없애면 자기가 제일인자가 되고 더욱 빛날 것이라고 굳게 믿고 석가모니를 시해하려고 했다. 석가모니를 암살하기 위해 암살자를 보냈으나 실패한 후 데바닷타 본인이 산에서 돌을 굴러 직접 죽이려고 하였으나 또 실패하고 말았다. 그리고 독을 사용하여 또다시 죽이려고 하였으나 결국 석가모니의 신통력에 의해 자신이 천길 지옥에 떨어지고 말았다.

그리하여 오늘날까지 불가에서는 용서받지 못할 최고의 악인으로 낙인찍힌 사람을 데바닷타라고 부른다. 어리석게도 석가모니로부터 모든 것을 배울 수 있는 천재일우의 기회를 놓치고 시기와 탐욕으로 자신을 망친 데바닷타를 일컬어 쪼다로 비유하기도 한다.

만귀선사는 용서함이 없는 삶은 자기 자신을 망치고 있으므로 새로운 삶이 절대로 시작될 수 없느니라고 하였다. 그리고 보리 그대는 앞으로 경전 공부를 하기 전에 반드시 과거에 있었던 원한을 용서하는 공부와 병행하도록 하라고 간곡히 당부하였다.

만귀선사가 보리의 얼굴을 뚫어지게 바라보자 보리는 눈을 똑바로 마주치지 못하고 고개를 떨어뜨린 채 희뿌연 눈물을 보이고 말았다. 현준스님은 조심스레 보리 곁으로 다가가 그녀의 손을 가만히 그러쥐었다.

시간이 흐르면서 만귀선사는 보리를 별도로 불러 음양오행 내공을 알려 주었다. 보리는 만귀선사가 알려 주는 대로 차분히 배워 나갔다.

"칠상권을 연마함에 있어 주먹 속에는 서로 다른 힘줄기가 일곱 가닥이 있다는 것을 반드시 알아야 하느니라."

만귀선사는 보리에게 칠상권법을 가르쳐 주며 조금이라도 마음이 흐트러지면 안 된다는 것을 강조했다. 보리는 고개를 끄덕이며 만귀선사의 가르침대로 칠상권을 익혀 나갔다.

굳세고도 강한 힘줄기, 은은하고도 부드러운 힘줄기, 또 굳센 가운데 부드러운 것, 유연하면서도 부드러운 힘줄기, 수평으로 뻗어 내는 것이 있는가 하면 곧바로 직격하는 힘줄기, 또 안으로 응

축되었다가 퍼져 나가는 힘줄기들이 뒤섞여 있어 상대방은 어느 힘에 대응할지 모른다는 것이었다.

"그래서 이 칠상권에 대응하기가 그토록 어렵다는 것이네."

보리는 만귀선사의 설명을 듣고 열 번, 일백 번, 천 번을 거듭하면서 매일매일 연습을 게을리 하지 않았다. 보리는 일찍이 아버지로부터 모든 사람의 몸에는 하나같이 음양의 기와 금·수·화·목·토의 오행이 있다는 것을 들어 이미 익혀두고 있던 터라 만귀선사의 말을 쉽게 알아들을 수 있었다.

심장은 화에 속하고, 허파는 금, 콩팥은 수, 비장은 토, 간장은 목에 속하는 것이다. 이러한 이치를 모두 알고 있는 보리는 소림진경을 수련하기 위해 신체의 오장육부를 모두 보호할 수 있는 내공부터 정진해야 된다는 것 또한 알고 있었다.

스승으로 모시게 된 만귀선사의 말씀을 가슴 깊이 명심하여 앞으로 무술과 불교 경전 및 선 공부에도 열심히 하겠다고 자신과 약속하면서 무술 공부의 목표와 기간을 정했다.

'내 반드시 치원 오라버니가 나를 도와주듯이 어려운 사람을 도와줄 수 있는 힘을 길러 훌륭한 사람이 될 것이다.'

만귀선사의 제자가 되어 무공과 내공을 다지던 보리는 이같이 다짐하며 주먹을 불끈 쥐었다. 늦은 밤이 되어 무술 연마를 마치고 요사채로 돌아오니 긴장감이 서서히 허물어지면서 피곤함이 온몸에 스며들었다.

보리는 잠시 누워 있다가 피곤함을 이기기 위해 벌떡 일어나 요사채 밖에 있는 우물가로 가 찬물에 세수를 했다. 찬 기운이 온몸을 뒤덮자 겨우 정신이 드는 것 같았다. 보리는 몸단장을 정갈히 하고 마음 다스리는 공부를 하려고 다시 요사채로 발걸음을 옮겼다.

밤 깊은 달빛 속에 언뜻 보아도 이목구비가 또렷한 미청년이 별안간 방문을 열면서 얼굴을 내밀었다. 깜짝 놀란 보리는 뒤로 서너 걸음 물러서며 그 청년과 눈빛이 마주쳤다. 만귀선사가 자기 아들이라고 소개한 무성스님이었다.

자세히 살펴보니 무성스님도 놀라워하는 모습으로 우두커니 서 있는 보리를 한참 동안 물끄러미 쳐다보다가 먼저 말을 걸어 왔다. 보리는 미소까지 지으며 조용히 말을 건네는 무성스님의 모습을 보며 치원의 얼굴을 떠올렸다. 그러면서 만귀선사가 소개할 때와는 달리 친근감마저 느꼈다.

보리는 만귀선사로부터 소개는 이미 받았지만 밤 늦은 시간에 무성스님과 단 둘이 다시 한번 인사를 나눈다는 것이 몹시 쑥스러워 애써 시선을 돌리며 말했다.

"제 이름은 신라에서 온 보리라고 합니다. 무성스님께서 앞으로 잘 보살펴 주시기 바랍니다."

보리의 말을 듣고 무성스님이 말했다.

"앞전에 아버지께서 보리 낭자를 저에게 소개시키면서 무술을 가르칠 때는 스승이 되고 사적으로는 누님으로 대하라 하여 저 역시 기분이 좋았습니다. 이렇게 낭자로부터 직접 인사를 다시 받으니 어떻게 해야 할지 잘 모르겠습니다."

보리에게 말을 하고서는 방긋이 웃으면서 다정스러운 미소를 보냈다. 그리고는 무슨 일이라도 있는 것처럼 어디론가 급하게 사라졌다. 다음 날 만귀선사는 선공부방으로 무성을 급히 불렀다.

"아버님, 부르셨습니까? 밤새 별고 없으셨는지요?"

무성은 만귀선사의 양아들이 되어 소림사에 들어온 것이었다. 무성은 만귀선사 앞에 다가가 공손하게 절을 올리며 문안 인사를 했다.

"너에게 이미 말했듯이 보리를 며칠 전 내 제자로 받아들이면서 너에게 간단히 알려 주었으나 그 아이는 종리권선사 제자들이 신라에서 직접 데려 왔느니라. 종남산에 있는 종리권선사에게 들으니 보리의 아비는 신라에서 학동들에게 학문을 가르치던 분이셨다는구나. 그러던 어느 날 그 아비는 돌연 역적으로 몰리는 바람에 갖은 고초를 겪다가 이겨내지 못해 결국 사망하고 말았느니라. 그 가족들도 노비가 되어 고통을 받고 있다는 것을 알고 현준 스님을 비롯한 여러 도인들이 힘을 합쳐 천애고아 신세로 지내는 보리를 당나라로 데려와서 정식으로 교육을 시키고 싶다는 뜻을 내게 전해 왔느니라. 그래서 내 기꺼이 제자로 삼았으니, 너 또한 앞으로 보리를 친누나같이 잘 보살펴 주어야 할 것이다."

무성은 만귀선사의 말을 가슴 깊이 새기며 요사채로 돌아왔다. 그리고 그는 곧바로 옆방에 있는 보리를 불러냈다.

"만귀선사께서는 내 양아버지가 되십니다. 그분께 들으니 참으로 가슴 아픈 사연이 있더군요?"

무성은 만귀선사로부터 신라에서 있었던 이야기를 다 들었다고 하며 보리에게 부드러운 미소를 지었다. 보리는 자신의 속살이라도 보여 준 듯이 쑥스러워하며 고개를 돌렸다.

"앞으로 나를 친동생처럼 여겨주세요."

어느새 무성은 제법 스승답게 지도자로서의 위엄을 갖추며 보리의 손을 그러쥐었다. 그런 무성을 바라보는 보리의 마음 한 구석에는 치원에게서 느꼈던 따스한 기운이 새롭게 움트고 있었다. 무성이 자기소개와 더불어 친부모님에 대하여 설명했다.

부모님의 선대는 옛 고구려 왕족의 후손이었다. 그런데 고구려가 멸망하자 가솔들을 이끌고 당나라로 건너와서 황족과 결혼을 하게 된 것이었다. 그러면서 비교적 높은 벼슬도 얻었다. 무성의 아버지는 무당파 방주고, 그의 어머니는 황실의 공주로서 혼인을 하여 무성을 낳은 것이었다.

그러던 어느 날, 각 문파의 영웅호걸들이 모인 무술대회가 열렸다. 그날 애석하게도 무성의 아버지와 어머니는 무술 시합 도중 아미파의 방주가 사용한 비밀병기 암수에 걸려 독을 맞고 세상을 뜨고 말았다. 그날 소림파 고수였던 만귀선사가 멀찍이 서서 이 싸움의 모든 광경을 지켜보고 있었다. 만귀선사는 곧바로 달려들어 아미파 방주에 맞서 싸웠는데, 소림진경으로 그를 단번에 살해했다.

"만귀선사께서는 이미 오래전에 내 부모님과 특별한 인연이 있었습니다. 그날 만귀선사께서는 무당파로 곧바로 달려가서 이 사실을 부방주에게 말하고는 작은아버지 가족도 관군에 의해 살해

된 것을 이미 알고 있었기 때문에 의지할 곳 없는 어린 나를 이 소림사로 데리고 온 것이죠. 그 후로 지금까지 나는 만귀선사의 양자로 자랐습니다."

이미 아버지를 여읜 보리로서는 무성의 이야기를 들으며 자신보다 더 어린 나이에 부모를 잃어 버렸다는 말을 듣고 안타까운 마음을 감추지 못했다. 보리는 무성이 움켜쥐고 있던 손을 살며시 밀어내며 자신의 두 손으로 다시 그의 손을 누나답게 포근하게 감싸주었다.

"그날 부모님께서는 그런 변고가 생길 것을 미리 알고 있으셨던 것 같아요. 무술시합에 나가기 직전 나에게 '천부진경' 무림비서가 숨겨져 있는 장소의 지도를 전해 주셨거든요. 그러면서 내가 성장하여 무술을 배우기 전에는 이 지도를 절대로 봐서는 안 된다고 하시며 그때까지는 찾지도 말라고 하셨어요. 그래서 지금도 남이 모르게 소중히 간직하고 있습니다. 우리 함께 내 양부의 소림진경 무술을 모두 전수받은 후에 천부진경 무림비서를 찾아 같이 공부하자구요."

무성은 다시 보리의 손을 강하게 움켜쥐었다.

"무성 스승의 이야기를 듣고 보니 저보다 일찍이 부모를 잃고 홀로 된 점이 마음을 아프게 하는 것 같아요. 그래서인지 이심전심으로 마음이 통하는 것 같고 또 호감을 갖게 되어 서로서로 의지하면서 무술 공부와 경전 공부에 정진하면 좋을 것 같아요."

무성과 보리는 두 손을 맞잡으며 어떠한 어려움이 찾아와도 포기하지 말고 절망하지 않을 것을 다짐했다.

소림사가 있는 소실산과 태실산에는 72개의 봉우리가 있고 그 봉우리 밑에는 우물 하나씩이 있었다. 보리에게 내려진 제일 첫 번째의 임무는 매일 아침 봉우리에 올라가 우물물을 길어오는 것이었다. 우물물을 길어오되 물동이를 머리에 이고 물이 흐르지 않도록 온 정성을 쏟아 봉우리를 내려오고 계곡을 건너는 것이었다.

보리는 의욕이 앞서 충분히 해 낼 수 있으리라 생각했지만 7일 동안 골짜기를 오르내리고 나자 종아리가 붓고 발가락이 헤어져 쓰러지고 말았다. 현준스님은 이미 떠나 버렸고 홀로 남게 된 보리는 하루 종일 골방에서 땀을 서 말이나 흘리며 앓고 또 앓았다. 보리가 앓고 있을 때 무성스님이 무즙을 짜서 먹이고 퉁퉁 부은 다리에 발라주었다. 그리고 말했다.

"낭자, 이제 시작입니다. 천리 길을 가는 길목에 들어섰습니다. 한 이틀만 더 앓고 나면 붓기가 빠질 것입니다."

이렇게 해서 보리는 그해 가을까지 여섯 달 동안에 72개의 봉우리 밑에 있는 우물물을 다 퍼날랐다. 마지막 우물물을 퍼나르고 났을 때 무성스님은 방문을 걸어 잠그고 이렇게 말했다.

"옷을 벗어 보시오. 속옷만 남기고."

보리가 어쩔 줄 몰라 쩔쩔매고 있을 때 무성스님이 말했다.

"확인해 볼 일이 있습니다. 벽면을 향해 똑바로 서 있어요."

할 수 없이 보리는 겉옷을 모두 벗고 가슴과 둔부만을 가린 채

벽을 향해 서 있었다. 무성스님은 성큼성큼 다가와 보리의 몸을 더듬기 시작하였다. 그의 손길은 보리의 머리로부터 시작해서 어깨, 팔굽, 엉덩이, 허벅지를 더듬었다.

그리고 무릎과 발을 확인한 후 끝으로 손바닥과 주먹, 그리고 손가락을 세심하게 살펴보았다. 보리는 부끄럽기도 하고 정신이 아득하여 몸을 몹시 떨었는데 무성스님은 아주 태연하게 말하였다.

"그동안 72개의 봉우리를 오르내리고 물을 길어오느라 발과 대퇴부, 엉덩이와 허리는 무술 익히기에 아주 적당하게 연마되었습니다. 그리고 물동이를 그러쥐고 다니느라 팔목과 손가락도 많이 단련이 됐습니다. 이제부터 권법을 한 가지씩 가르쳐드리죠."

이렇게 해서 그해 겨울과 다음 해 봄까지 보리는 무성스님으로부터 권법을 배우기 시작하였다. 권법의 원리는 손이 앞서고 눈이 따르며 몸이 따르고 그리고 맨 마지막에 보법이 따라가는 것이었다.

이런 가운데 아주 자연스럽게 어깨와 허벅지, 팔굽과 무릎, 손과 발이 하나가 되고 마음속에 있는 기운, 가슴속에 있는 기운, 그리고 온몸의 기력이 팔과 손바닥 그리고 최후에는 손가락 끝으로 빠져 나가는 것이었다.

그해 겨울, 가장 추운 날에 무성스님은 보리를 뒷산으로 데리고 올라가 맨발로 달리게 하였다. 그리고 맨 나중에 다섯 가지의 몸동작을 전해주었다. 그것은 달마대사가 비법으로 전해주었다는 용龍, 호虎, 표豹, 사蛇, 학鶴 다섯 가지 동물의 동작이었다.

보리가 눈발 속에서 맨발로 용처럼 솟아오르고 호랑이처럼 나무로 뛰어오르고 표범처럼 나뭇가지를 휘어잡고 학처럼 봉우리를 차고 오르자 무성스님은 뜨거운 갈채를 보내주었다. 그리고 큰소리로 외쳤다.

"누님! 누님은 내가 이 소림사에서 십오 년 동안 있으면서 가르쳐 본 삼백 명의 제자 중에서 가장 뛰어난 제자입니다. 가위 청출어람靑出於藍입니다. 제가 더 이상은 가르쳐 드릴 것이 없습니다. 무예 수료 기념으로 오늘 저녁은 제가 산문 밖에 있는 사하촌에 가서 술 한 잔을 사겠습니다."

무성스님이 말하였다.

"무성대사, 그대는 내가 지난 일년 반 동안 하늘처럼 믿고 배웠던 스승입니다. 그대가 가지고 있는 모든 비기와 재능을 아낌없이 쏟아주었기 때문에 이 천한 사람이 소림권법의 정수를 얻게 되었소. 내 머리카락을 다 뽑아 미투리를 삼아 주어도 그대의 은혜를 다 갚지 못하거늘 어찌 내가 술까지 얻어 마실 수가 있겠소. 오늘 저녁은 누나인 내가 사리다. 나에게도 그만한 여비는 있소이다."

그날 저녁 두 사람은 고개를 다섯 개나 넘어 사하촌 등봉마을로 나가 둘만의 오붓한 시간을 가졌다. 비파소리가 은은하게 들리는 객주에 앉아 그동안 전혀 입에 대지 못한 고기도 먹고 술도 마시기 시작하였다. 술기운이 거나하게 오르자 무성은 그동안 무서운 스승노릇을 하던 스승으로서의 면모를 버리고 보리와 처음 만났을 때 구레나룻에 솜털이 보송보송했던 청년으로 돌아와 귀여움을 보여 주었다.

"누님, 그동안 고생 많으셨죠. 또 제가 무례하게 굴기도 했고요."

보리는 무성의 손을 잡아주며 진심으로 고맙게 답하였다.

"아니야, 그동안 나 때문에 무성이가 얼마나 고생을 했어. 덕분에 나는 권법을 익혔고 이제야 소림사의 여인이 되었는걸. 여하튼 오늘은 우리가 그동안 못했던 얘기를 해 보고 싶어. 무성이가 이미 말한 것 말고 또 다른 사연을 들려주면 좋겠어. 양아버지에 관한 것이나 친지에 관하여 알고 싶어."

객주의 불빛을 하염없이 바라보던 무성이 이미 말한 부모님 말고 나머지 친지들이 어떻게 되었는지에 대하여 서서히 입을 열었다.

"저와 작은아버지는 여기에서 200리나 떨어진 하남지역의 평야지대에서 살고 있었습니다. 작은아버지도 머슴이 200명이 넘는 부농이었죠. 작은아버지는 눈만 뜨면 들판에 나가서 머슴들과 함께 땅을 가꾸는 성실한 농부였습니다. 작은어머니는 수나라 때 절도사를 지낸 패씨 가문의 후손으로 뛰어난 미인이었지요. 그런데 민란이 일어났어요. 세금을 지나치게 물리는 지방관아에 대항하여 농민들이 대대적인 반란을 일으켰습니다. 작은아버지도 농민들 편이었기 때문에 농민들과 함께 봉기를 했습니다. 한때는 농민군이 상당한 기세로 하남 일대를 점령했기 때문에 새 세상이 오는가 싶었는데 결국 하남절도사가 관군을 이끌고 대대적으로 토벌작전을 벌였습니다. 그 작전으로 작은아버지 마을은 완전히 불길 속에 휩싸였고 99칸짜리 작은아버지 집도 불타게 되었습니다. 반란을 다스리기 위해 출진한 토포사討捕使가 작은아버지 집에 들이닥쳤는데 작은아버지는 그 자리에서 칼에 맞아 죽었고 세 살, 네 살 먹은 나이 어린 사촌 동생들도 토포사의 부하들에 의해 마당 한가운데에서 참살되었습니다. 그리고 아름다운 작은어머니는 토벌군에 의해 능욕당하였고 그때 보리 누님처럼 갓 스물이 넘었던 고모님은 토포사에게 사흘 저녁을 끌려 다니며 능욕당한 후 토벌군들이 떠날 때 마을 입구에 있는 큰 홰나무에 사지가 묶여 죽어 있었습니다. 나는 지금도 그때를 똑똑히 기억하고 있습니다. 횃불을 들고 온 마을을 뒤지며 동네사람들을 찾아 죽이고 여인들은 나이가 많건 적건 모두 욕보이던 그 관군들을 잊을 수가 없습니다."

보리는 무성이 작은아버지 집에도 못 가고 소림사로 오게 되었다는 나머지 이야기를 듣고 또다시 포근히 껴안아 주었다. 그리고 그 빡빡 깎은 머리 위를 조심스럽게 쓸어주었다.

그러면서 보리도 자신이 신라에서 당했던 그 쓰라리고 아팠던 노비생활을 털어놓았다.

무성은 양아버지의 지시대로 보리에게 또 다른 무술을 열심히 가르쳐 주었다. 보리는 그렇게 무술과 경전 공부에 매진하며 온갖 어려움을 극복해 나갔다. 뜻하지 않은 힘겨움과 고통 속에서도 결코 좌절하거나 포기하지 않고 그때마다 오히려 마음을 바꾸어 희망과 용기를 갖고 긍정적으로 생각하며 마음의 평온을 찾을 수 있는 선 공부를 게을리 하지 않았다.

두 사람은 정진과 정정진을 통해 배운 것을 반드시 실천하고 또 그것을 생활에 반영해 적극적으로 활용하기도 했다.

어느덧 세월이 흘러 무술을 연마하는 동안 두 사람의 마음속에서는 작은 파문이 일고 있었다. 오랜 시간 동안 서로 얼굴을 맞대고 정진을 하며 위안을 주다 보니 어느새 두 사람의 마음속에는 오누이의 정을 벗어나 남녀지간의 연정이 쌓이고 있었다.

일찍이 만귀선사께서 미리 말씀을 하셨다.

"마음을 다잡지 못하면 애써 세운 뜻을 이룰 수 없느니라. 그러니 이제부터는 서로에게 향한 마음을 억제하고 오누이처럼 지내면서 서로서로 아끼고 도와주거라. 너희는 죽을 때까지 친오누이처럼 살아야 하느니라."

두 사람은 만귀선사의 말을 가슴에 깊이 새기며 잠시나마 어긋났던 마음을 추슬렀다. 그러면서 두 사람은 만귀선사의 가르침대로 따르며 소림진경의 무술을 연마하는 데 온 힘을 기울였다. 그리고 얼마간의 세월이 지난 후 마침내 무성과 보리는 만귀선사로부터 소림진경의 무술을 모두 전수받았다.

"내 이제 더 이상 너희들에게 가르쳐 줄 것이 없구나. 그러니 이만 하산해서 넓고 넓은 강호로 나가거라. 그동안 너희들이 익힌 무술로 모든 사람의 이익과 나라를 위해 정의롭게 사용해야지 원수를 갚기 위해서 절대 사용해서는 아니 되느니라."

무성과 보리는 만귀선사로부터 받은 큰 은혜에 탄복하며 하염

없는 눈물을 쏟아냈다. 오랜 시간 동안 이들의 마음속에는 만귀선사가 스승의 존재를 넘어 아버지로 자리매김하고 있었다. 그렇기에 모든 무술을 익혀 막상 떠나려고 하니 마음 한구석에서 슬픔이 끓어올랐다.

두 사람은 눈물을 닦고 자리에서 일어나 만귀선사에게 큰절을 올렸다. 그러나 만귀선사는 짐짓 고개를 돌리고는 이들의 시선을 외면했다. 떠나는 자와 남는 자 사이에 있을 작은 정이라도 남겨두고 싶지 않았다.

그래야만 무성과 보리가 이곳을 떠나는 발걸음이 조금은 가벼워질 것이라 여겼던 것이다. 만귀선사의 깊은 속마음을 모를 리 없었던 무성과 보리도 더는 눈물을 보이지 않고 만남과 헤어짐은 세상의 이치이므로 더 이상 만남의 인연에 얽매이지 않고 홀연히 소림사를 떠났다.

"이제 때가 되었네요."

하산하는 길에 무성은 바랑을 뒤적이더니 지도 하나를 꺼내 보리 앞에 펼쳐 놓았다. 일전에 무성이 말했던 천부진경이 있는 곳을 찾을 수 있는 지도였다. 보리는 그 지도를 보자마자 눈이 휘둥그레지며 무성의 곁으로 바짝 다가앉았다. 두 사람이 지도를 자세히 보니 천부진경은 방해산 중턱의 동굴 속에 있는 것이 분명했다. 두 사람은 얼굴에 미소를 가득 띠며 서로 눈빛을 교환한 뒤 곧바로 방해산으로 발걸음을 옮겼다.

며칠간 말을 타고 또 한참을 걸어 방해산 중턱에 도착해 보니

지도에 표기되어 있는 대로 커다란 동굴이 두 사람을 반기듯 입구를 환하게 열어 두고 있었다. 무성과 보리는 어두운 동굴을 더듬으며 안으로 들어갔다. 그때 저만치서 가녀린 빛을 내뿜고 있는 작은 상자가 보였다.

"그 오랜 세월 동안 잘 보관되어 있었구나."

옻칠을 한 작은 나무상자가 동굴 틈새를 비집고 들어온 햇빛을 받아 희미하게 빛을 내고 있었다. 무성이 옷소매로 나무상자의 먼지를 털어내고는 뚜껑을 열었다. 상자 안에는 천부진경이 보자기에 싸인 채 잘 보관되어 있었다.

그날 이후 무성과 보리는 천부진경에 수록된 그림을 보고 동작을 하나하나 익히면서 무술 연마에 매진했다. 무성은 내공이 부족한 보리에게 내공의 힘을 불어넣어 주면서 무술 정진에 도움을 주었다. 소림진경 무술을 이미 터득한 덕분에 그들은 반년 만에 마침내 천부진경의 무술비기까지 모두 끝내고, 천하제일이라고 할 수 있는 무술의 경지까지 도달했다.

이제 강호로 나가서 그동안 익힌 무술을 통해서 모든 사람의 이익을 위하고 나라를 위해서 정의롭게 사용하겠다고 서로서로 손을 잡고 다짐했다. 무성과 보리는 만귀선사의 당부를 떠올리며 곧바로 강호로 향했다. 강호에 나와 활동하면서 자신들이 생각했던 것 이상으로 세상은 혼탁하고 어지럽게 변하고 있다는 것을 실감했다. 어느 날 무성과 보리는 도둑떼와 산적들이 자주 출몰하는 어느 마을을 지나다가 억울하게 피해를 본 노부부를 구해 주었다.

"이런 고마운 일이……. 젊은이들이 아니었으면 큰 낭패를 볼 뻔했소. 참으로 고맙소. 그대들의 이름은 무엇이오?"

노부부는 무성과 보리의 손을 놓지 않은 채 거듭 머리를 숙여 고마운 마음을 표현했다.

"저는 무성이고 이쪽은 보리라고 합니다."

"이쪽은 무성도사요, 또 이쪽은 보리 보살이구려."

이들 노부부와 헤어진 무성과 보리가 발걸음을 옮기며 언뜻 뒤를 돌아보니, 그 노부부는 아직도 그 자리에 남아 두 사람을 향해 손을 흔들며 가는 길을 배웅하고 있었다. 그 무렵 무성과 보리는 강호를 떠도는 소문을 하나 들었다. 그것은 바로 황소라는 자가 난을 일으켜 황제를 자처하고 백성들을 괴롭히고 있다는 것이었다.

"이제 슬슬 스승님의 가르침을 실천할 때가 온 모양이구나."

"그렇죠, 보리 누님? 우리가 나서야 할 것 같아요."

무성과 보리는 그 길로 황소의 난이 번지고 있는 본거지로 향했다.

"황실의 역사를 농락하고 힘없는 백성들을 괴롭히는 자들을 기필코 응징할 것이다."

휘몰아치던 바람도 무뢰한들을 척살하기 위해 가슴을 뜨겁게 불태우고 달리는 이들에게 길을 내어 주고 있었다.

난을 만나다

뒷짐을 지고 편전을 서성이던 황제는 갑자기 한쪽 발을 들어 바닥을 힘껏 내리치고는 거친 숨을 토해냈다. 아무리 고심을 해도 지금 자신의 주위에 믿을 만한 신하들이 없다고 생각하니 불안하기만 했다. 누구 하나 황제를 찾아와 지금 어려운 시국을 틈타 관군들의 부정부패가 만연하고 있는 일에 대해 소상히 아뢰는 자가 없었다.

"다들 어디로 갔느냐! 재상은 어디에 있으며, 삼성육부三省六部(당나라 중앙 관제의 명칭)의 장들은 모두 어디로 갔단 말이냐!"

황제는 발을 동동 구르며 밖을 향해 소리를 질렀다.

"황공하옵니다. 제 목숨 부지하겠다고 애첩과 처자식을 거느리고 모두 장안을 빠져나간 것으로 아옵니다."

환관의 우두머리인 고야가 총총히 달려와 고개를 숙이며 아뢰었다. 그러자 황제는 분한 나머지 옥좌를 걷어차고는 고야를 노려보며 온몸을 부르르 떨었다. 아직 나이 스무 살도 되지 않은 젊은 황제는 옥좌 주변을 서성이는가 싶더니 이내 두 발로 뛰어올랐다가 마루를 쾅쾅 구르며 끓어오르는 분노를 감추지 못했다.

"폐하, 전쟁이 나면 다 이렇게 되는 거랍니다. 그 유명한 안사의 난(당나라 중기에 일어났던 안록산과 사사명의 반란) 때도 재상과 대신들이 먼저 황제를 버리고 떠났습니다. 태평성대에는 서로 충신이라고 앞 다투어 고개를 내밀지만 전쟁이 나면 그런 자들이 제일 먼저 황제를 버리고 황도를 빠져나갑니다."

고야가 황제에게 거듭 허리를 굽히며 안타까운 현실을 전했다.

"그래, 지금 괴수 황소黃巢는 어디쯤 왔다고 하더냐?"

황제가 떨리는 손을 가까스로 움켜잡으며 불안한 심경을 그대로 드러냈다.

"폐하, 너무 놀라시지 마십시오. 황소는 벌써 낙양에 들어와 있다고 합니다."

황제 앞에서 연신 굽신거리는 고야의 얼굴에는 난처한 기색이 역력했다.

"뭐, 낙양이라고? 우리 황국의 동도 낙양에 들어왔단 말이냐?"

황제는 목덜미를 부여잡고 휘청거렸다.

"그렇다면 이 황제는 어디로 가야 한단 말이냐?"

겨우 정신을 차린 황제가 옥좌를 잡고 간신히 서 있었다.

"성도成都로 가시면 됩니다."

고야가 침착하게 대답했다.

"뭐? 성도? 그곳은 천 리가 넘는 서촉西蜀 땅이 아니냐? 그런 오

통찰의 지혜로 본 세상

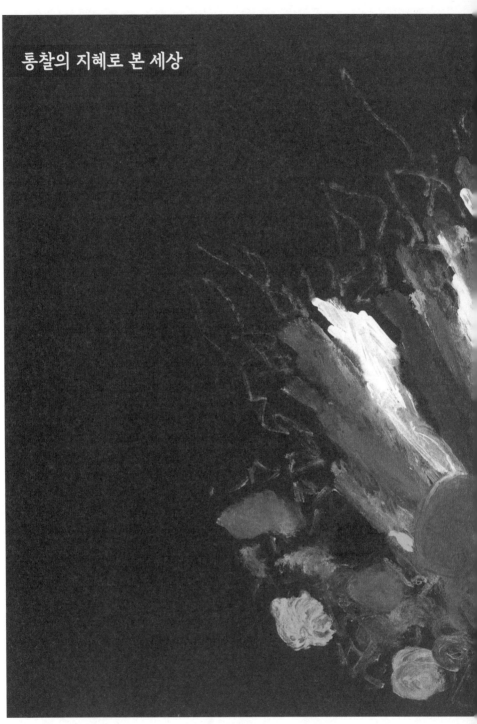

최치원 선생의 철학과 사상이 담긴 대한민국의 창조와 혁신정책, 그리고 미래를 준비하는 방법을 회화 25점으로 작품화하여 대한민국 정부에 제안한다.

지로 간단 말이냐?"

황제의 분노는 다시 끓어오르고 있었다.

"성도에는 이미 현종 황제께서 세우신 이궁도 있사옵고, 주변에 아름다운 산천과 별궁들이 많사옵니다. 안사의 난 때 현종 황제께서도 그곳에서 난을 피하셨으니 폐하께서도 그곳에서 난을 피하실 수 있을 것이옵니다. 무엇보다도 강과 산이 많아 쫓아오는 적들을 막아낼 수 있는 전술적 요지가 될 수 있으며, 황제께서는 본궁과 이궁을 옮겨 다니시며 편히 쉬실 수 있으실 것입니다."

모든 대비책을 강구해 놓고 황제의 결단을 기다리는 고야를 바라보며 황제는 한결 안심이 되었다. 이내 얼굴에 화색이 돌며 마음이 진정되고 있었다. 그러더니 환관에게 일러 집무실에서 대기하고 있는 시중侍中(황제의 최측근-장관급)을 불렀다.

재상을 비롯한 대신들이 모두 도망갔기 때문에 시중 배찬이 홀로 남아 자리를 지키고 있었다. 얼마 후, 집무실에 홀로 앉아 앞날을 걱정하며 깊은 상념에 빠져 있던 배찬이 황제의 부름을 받고 서둘러 편전에 들었다. 황제는 배찬을 보자 조금 전의 불안함이나 노여움이 모두 사라지는 것을 느꼈다.

"공은 어째서 떠나지 않았소?"

모든 신하가 황제를 버리고 떠난 마당에 지금 자신의 곁에 남아 있는 충직한 신하인 배찬을 만나 보니 여간 믿음직스러운 게 아니었다.

"황제께서 이곳에 계신데 신하된 몸이 어디로 가겠습니까?"

배찬이 허리를 구부리며 황제에게 아뢰었다.

"가까이 오시오. 난세가 되어서야 선과 악이 나누어지며 충신을 알아본다는 말이 꼭 맞구려. 자, 어쨌든 이 난국을 헤쳐 나가야지. 시중! 황소를 이길 수 있는 진짜 장수는 어디에 있소?"

평정을 되찾은 황제가 배찬을 바라보며 물었다.

"천하에 나가 있는 절도사들과 장군들 중에서 이 난국을 헤쳐 나갈 수 있는 넓은 지략과 전략을 가지고 있는 자는 회남 절도사 淮南節度使(양자강 하류의 전략적 요충지, 강남과 강북을 아우르는 현재 양주지역 일대의 수장) 고병高騈 장군뿐이옵니다."

황제에게 아뢰는 배찬의 목소리는 조금의 떨림도 없었다.

"어서 사람을 보내 회남 절도사 고병을 이곳으로 부르시옵소서."

황제는 배찬에게 다가가더니 무릎을 꿇고 앉아 배찬의 손을 부여잡고는 환하게 웃었다. 황제를 안심시킨 배찬이 물러나자 잠시 후 황제는 고야를 다시 불렀다. 몽진蒙塵(황제나 임금이 궐 밖으로 나가 피란 가는 행위)에 대한 자세한 내용이 궁금했다.

"서쪽까지 가는 데 황소 떼들은 덤비지 않겠느냐?"

실눈을 뜨고 고야를 바라보는 황제의 얼굴에는 다시 불안한 기색이 내비쳤다.

"아직 서쪽으로 가는 길은 안전하옵니다. 서쪽을 장악하고 있던 반군 수괴 왕선지가 얼마 전에 피살되었기 때문입니다. 그리고 그 지역에 돌궐 출신 장군인 이극용이 버티고 있어 황소가 그쪽은 쳐다보지 못하고 있습니다."

고야가 다시 황제를 안심시켰다.

"궁녀는 몇 명이나 데리고 가야 되는고?"

"천 명이 넘는 궁녀들을 다 데리고 갈 수는 없습니다. 그중에서 엄선하여 이백 명만 데리고 가겠습니다."

난을 피해 몽진을 가면서도 궁녀 타령을 하는 철없는 황제가 내심 못마땅했지만 고야는 황제의 기분이 상하지 않게 신중하게 대답했다.

"궁녀 이백 명으로 그 궁벽한 피란지에서 무료한 나날을 이길 수 있겠느냐?"

황제는 어린아이처럼 투정을 부리며 짜증을 냈다.

"폐하, 이가 없을 때는 잇몸으로 산다는 말도 있지 않사옵니까? 장안에서 데리고 가는 이백 명은 아주 예쁘고 애교가 뛰어난 여인들만 골라서 데려갈 것입니다. 그리고 현지에 가면 시골 처녀들이 많을 것입니다. 목화송이 같은 순박하고 청순한 아이들을 또 다른 맛으로 느끼시면 될 것이옵니다."

고야는 마치 어린 아들을 다루듯 조용히 타이르고 있었다.

"목화송이 같은 촌것들이라……"

황제는 조용히 눈을 감으며 작은 소리로 되뇌었다. 그런 황제를 바라보는 고야는 한숨이 절로 나오는 것을 겨우 참았다. 어리고 어리석은 황제의 철없는 푸념과 어수선한 정국 속에서 어찌할 바를 모르고 시간을 허비하던 어느날 편전 문이 활짝 열리며 한 젊은이

와 함께 장수가 숨을 헐떡이며 급히 뛰어 들어왔다. 황제의 명을 받고 기병 오백 명만 데리고 황급히 달려온 장수는 황제 앞에 당도해서도 거친 숨을 몰아쉬었다.

"신 회남 절도사 고병, 황제 폐하의 명을 받잡고 대령하였습니다."

고병 장군이 황제 앞에 무릎을 꿇고 부복했다. 그러자 장군 곁에 있던 젊은이도 황제 앞에 허리를 굽히며 고개를 숙였다.

"장군! 이곳까지 잘 왔소. 오느라고 얼마나 고생이 많았소? 어서 일어나시오."

고병 장군을 본 황제는 숨을 크게 들이마시며 얼른 뛰어가 그의 두 손을 맞잡았다. 마치 어린 아들이 오랜만에 돌아온 아버지에게 매달려 응석을 부리는 듯한 광경이었다. 이를 지켜보던 고야가 고개를 끄덕이며 빙그레 웃었다. 궁녀들이 얼음을 가득 채운 약수를 내오자 고병 장군과 젊은 사내가 커다란 함지에 담긴 물을 단숨에 들이켰다. 황제는 대견하다는 듯이 두 사람이 물을 마시는 광경을 바라보며 흐뭇하게 웃었다.

"장군, 지금 황소가 어디쯤 있소이까?"

황제가 고병 장군을 지그시 바라보았다.

"지금 전세는 우리 황제 폐하의 군대와 반군들이 건곤일척의 한판승을 남겨 놓고 있사옵니다. 처음에 난을 일으켰던 왕선지王仙芝가 지난해에 초토사招討使인 증원유曾元裕 장군에게 기주蘄州에서 참살되고 잔당들이 황소에게 합류하여 천하를 어지럽히고 있사옵니다. 황소 일당은 현재 제가 있는 강남 지역은 건드리지 못하고 주력 부대를 강북으로 옮겨 낙양성까지 점령하였습니다. 아마 머지않아 황제 폐하가 계신 이 장안을 급습할 것입니다. 우선 황제 폐하께서는 그 옛날 현종 황제께서 하셨듯이 서촉의 성도쯤으로 몽진을 하시고 전세를 관망하시는 것이 좋을 것 같사옵니다."

고병 장군은 입가에 묻은 약수를 닦아내며 침착하게 말했다.

"이거야 원, 환관인 고야도 성도로 가야 한다고 하더군. 지금 몽진 준비는 거의 다 끝냈어요. 자, 내가 장군에게 해줄 수 있는 것이 뭐요?"

고병 장군 앞에 앉아 있는 황제는 한낱 칭얼대는 어린아이에 불과했다.

"소장에게 전권을 주시옵소서. 소장 목숨을 바쳐 황제를 보위하겠나이다."

고병 장군의 대답은 짧고도 명료했다. 그러자 황제는 조금의 망설임도 없이 그 자리에서 바로 칙서를 내렸다.

"고병 장군에게 천하의 병권을 주노라. 장군은 이제 제도행영병마도통諸道行營兵馬都統으로 모든 군영과 장군을 지휘하게 될 것이다."

칙서를 내린 황제는 의기양양한 모습으로 고병 장군을 향해 옅은 미소를 지었다.

"신에게 한 가지를 더 주시옵소서."

"그게 뭐요?"

황제의 눈빛은 고병 장군이 원하는 것이라면 모조리 다 주겠다는 표정을 짓고 있었다.

"지금 도둑떼들은 바다와 강 그리고 운하를 통하여 민생에 가장 필요한 소금을 강탈하고 전쟁 물자 중에서 가장 필요한 쇠붙이를 도둑질하고 있사옵니다. 따라서 소금과 철을 통제할 수 있는 염철전운사鹽鐵轉運使를 겸하게 해 주소서."

단호한 목소리로 청을 한 고병 장군이 고개를 들어 황제를 바라보았다.

"장군 고병은 제도행영병마도통과 염철전운사를 겸하도록 하라."

황제의 명은 지체 없이 이어졌다. 그제야 고병 장군은 자리에서 일어나며 만족스러운 표정을 지었다. 그때 고병 장군 옆에서 처음부터 일어나는 일을 기록하고 장군을 보좌하던 젊은 종사관도 함께 일어나 절도 있게 황제에게 예를 올렸다. 황제는 의례적으로 예를 받다가 그 젊은 종사관을 주목했다.

"그대는 짐이 어디선가 본 듯한데?"

황제가 고개를 내밀며 젊은 사내를 주시했다.

"폐하, 이 젊은이는 폐하께서 보위에 오르시던 건부원년乾符元年에 장원 급제를 했던 제 종사관 고운顧雲입니다."

고병 장군이 웃으며 황제에게 고운을 소개했다. 그제야 황제는 무릎을 탁 치며 고개를 끄덕였다.

"종사관, 이것도 큰 인연이구만. 짐이 보위에 오르던 그해에 장원 급제를 했던 그대가 결국 이렇게 어려운 시기에 이 황제를 위해 큰일을 하게 됐구려. 전군을 지휘하게 된 고병 장군을 돕는 것이 바로 나를 돕는 것이지. 안 그래요? 배찬 시중?"

황제가 큰소리로 웃으며 고운에게 다가가 그의 손을 잡고 흔들었다. 곁에 있던 배찬이 황제의 말에 동의한다는 듯이 고개를 끄덕이며 미소를 지었다. 고병 장군과 고운이 당도했다는 소식이 들리자 배찬은 서둘러 편전에 들어 지금까지 황제의 곁에 그림자처럼 서서 일의 시종을 지켜보고 있었다.

"폐하, 그때 어전시를 총괄했던 예부시랑이 바로 저였습니다. 그리고 저 고운 종사관은 제가 호남 절도사로 있을 때 데리고 있었습니다."

배찬이 근간의 일들을 황제에게 소상히 아뢰었다.

"아, 그랬던가? 결국 이 창황한 난 중에 끝까지 궁에 남은 군신들은 내가 황제로 등극했던 바로 그해의 과거를 관장하고 거기에서 장원 급제했던 인재들이군. 참으로 귀한 인연이로고. 여봐라, 이렇게 기쁜 날 주연이 없을 수 있겠느냐? 우리 고병 장군이 먼 길을 달려왔고 또 이제부터는 먼 길을 달려가야 할 것이고 짐은 이제 몽진을 떠나야 하거늘……."

황제가 흥분된 목소리로 환관들을 향해 큰소리로 명을 내렸다. 그때 고병 장군이 매우 난처한 기색을 보이며 황제 앞으로 다가가 허리를 굽혔다.

"폐하, 촌각을 아끼셔야 합니다. 소장은 이 길로 임지로 가서 이

군령을 모든 도의 절도사들과 장군들의 군영에 전파해야 합니다. 지금 바로 소장을 임지로 보내 주소서."

고병 장군이 간곡하게 청을 했다.

"아, 그렇습니까? 참으로 아쉽구만. 짐은 이 장안에 남겨 놓을 천 명이 넘는 궁녀들을 위해서도 꼭 송별연을 베풀고 싶은데……."

황제는 무척 아쉬운 내색을 하면서도 고병 장군의 말이 워낙 완강하여 수락하지 않을 수 없었다.

"폐하, 소장이 평소부터 수족처럼 훈련시켜 온 최정예 철기병들입니다. 폐하의 몽진 길을 안전하게 보위할 것입니다."

고병 장군은 자신이 이끌고 온 철기병 오백 명을 황제에게 배치시켜드린 후 종사관 고운과 군마를 다루는 병사 두 명만 앞세워 바람처럼 떠났다.

장군이 부르다

한편 최치원은 그동안 관직생활에서 쌓였던 불쾌한 기억들을 깡그리 떨쳐버리려는 듯 호몽과 자오곡 산자락을 헤매며 심신 수행에 여념이 없었다. 그날도 최치원은 신라에서 가져온 미투리를 신고 얇은 면으로 지은 도복을 입은 후 가파른 산을 올랐다. 경사가 심한 산길을 한참이나 걸었는데도 숨이 차기는커녕 오히려 몸이 깃털처럼 가볍게 떠오르는 것을 느꼈다. 황홀경에 빠진 치원이 발끝으로 바위를 툭툭 차면 몸이 바람을 타고 둥실둥실 떠올랐다.

그동안 선약을 먹고 정신을 집중하여 도를 닦은 기량이 현실 속에서 이루어지고 있었다. 산꼭대기에 올라 구름이 몰려올 때 구름에 몸을 의지했더니 놀랍게도 구름이 온몸을 감싸면서 두둥실 떠오르게 했다.

'아, 내가 구름을 탈 수 있게 되다니.'

치원은 자신도 모르게 구름 속으로 들어가 솜털처럼 부드러운 구름을 휘어잡고 날기 시작했다. 건너편 봉우리에서 치원을 지켜보고 있던 호몽이 구름을 타고 건너왔다.

"드디어 해내셨군요! 네, 그렇게 하는 거예요. 어느 순간 자기도 모르게 바람을 타고 두둥실 떠오르는 거예요."

치원의 곁으로 다가온 호몽이 무척이나 기뻐했다. 치원과 호몽은 그렇게 한나절 동안 자오곡 계곡을 날다 종남산을 몇 바퀴 돌고 다시 계곡으로 사뿐히 내려앉았다. 하얀 구름을 지나 붉은 구름과 파란 하늘을 향해 힘찬 날갯짓을 하는 한 쌍의 새도 이처럼 아름답지는 않을 것이었다. 두 사람은 시원한 계곡 물에 발을 담그고 앉아 그동안 익혀 온 도술에 관한 이야기를 나누며 사뭇 즐거워했다.

그때 멀리서 깃발을 치켜든 한 떼의 군마가 희뿌연 먼지를 일으키며 달려오고 있었다. 장수인 듯한 사내가 맨 앞에 검은 말의 갈기를 휘어잡고 연신 채찍질을 해대며 달려오고, 군졸들은 자색 말이 이끄는 수레를 타고 그 뒤를 따르고 있었다. 무슨 큰일이라도 일어난 것처럼 분주한 소리에 치원과 호몽은 할 말을 잃은 채 그들에게 시선을 꽂아 두었다.

"최치원 현위님 계십니까? 어서 나와 군령을 받으십시오!"

마침내 군관이 말에서 내리며 큰소리로 치원을 불렀다.

"어인 일이오? 내가 최치원이오."

군관의 다급한 목소리에 기가 꺾인 치원이 서둘러 발걸음을 옮기며 큰소리로 물었다. 호몽도 그 뒤를 따랐다. 군관과 군졸들이 도열하자 검은 말에서 내린 키 큰 군관이 문서를 펼쳤다.

"군령을 받으십시오. 고병 장군의 군령이오!"

"고병 장군이 누굽니까?"

"고병 대장군은 조정으로부터 병권을 위임받은 전시 총사령관입니다. 제도행영병마도통이십니다."

치원이 의아해하며 묻자 군관이 엄숙한 어조로 말했다.

"고병 대장군이 계신 그곳은 어디입니까?"

"회남 관구입니다."

"회남淮南이라고 했습니까? 회남이라면 내가 현위로 있었던 율수에서 배로 두 시간이면 닿을 수 있는 바로 그곳인데?"

회남이라는 말에 치원은 깜짝 놀라며 군관을 쳐다보았다. 회남은 대운하와 장강이 만나는 큰 도읍이다. 치원이 현위로 있던 율수현에서 그리 멀지 않은 곳에 있었기에 그곳에 대한 사정은 어느 정도 알고 있는 터였다.

"군관과 병사들이 멀리서 오셨는데, 일단 안으로 들어가시죠."

치원이 말을 하자 호몽은 아득한 길을 달려온 군관과 병사들을 계곡으로 내려 보내 우선 몸부터 씻고 휴식을 취할 수 있도록 했다. 군관이 고개를 끄덕이자 눈치를 살피던 병사들이 소리를 지르며 계곡으로 뛰어 내려가 흐르는 물에 몸을 씻으며 모처럼 주어진 편안한 시간을 보냈다.

그 사이 호몽은 멀리서 달려온 군관과 군졸들이 허기를 채울 수 있도록 따뜻한 저녁 밥상을 준비했다. 때 아닌 휴식에 푸짐한 밥상까지 마주한 군관과 병사들은 눈을 번득이면서 숟가락을 바쁘게 움직였다.

서로 웃고 떠들며 게걸스럽게 밥을 먹는 이들과 달리 산중 식구들은 법도에 따라 선식을 끝낸 뒤에 스승을 중심으로 모두 자리를 잡았다. 종리권선사와 여동빈, 마고선녀는 상석에 자리를 잡고 최승우와 호몽은 중석에, 그리고 현준스님과 치원은 문 쪽에 자리를 잡았다. 밥상을 물린 군관이 토방 바로 밖에 서 있고 병졸들이 그 뒤에 도열해 서 있었다. 최승우가 장졸들에게 말했다.

"먼저 멀리 남쪽에서 군무를 위해 달려온 장졸들을 치하합니다. 회남에서 대운하를 타고 북쪽으로 와 다시 육로로 장안까지 달려오느라 참으로 고생이 많았습니다. 장안에서 또 이 계곡으로 들어오시느라 얼마나 수고가 많았습니까? 이 산문에는 고기와 술이 없어 융숭한 대접을 해 드리지 못한 것이 마음에 걸립니다. 그러나 여기는 보통 사람들이 사는 시중이 아니고 도인들이 사는 산막이라는 것을 감안하여 견뎌 주시기 바랍니다."

최승우가 잠시 말을 멈추고 군관을 바라보자, 그는 괜찮다는 듯이 고개를 숙여 인사를 한 후 앞으로 나아갔다.

"제도행영병마도통이신 고병 대장군의 임명장을 먼저 전해 드려야 합니다. 최치원 현위께서는 이 순간부터 고병 대장군의 휘하로 들어오게 된 것입니다. 따라서 최치원 현위는 이 시간 이후로는 고병 대장군이 수여하시는 직책의 임무를 수행해 나가셔야 할 것입니다. 지금은 전시이며 황제의 황명을 받들어 전군을 지휘하시는 고병 대장군의 군령이 최우선입니다. 자, 먼저 고병 대장군께서 내리신 군령을 펴 보십시오."

치원을 바라보며 큰소리로 말하는 군관의 눈에서 섬광이 번득이는 듯했다. 군관은 가지고 온 황금색 두루마리를 치원에게 올렸다. 치원은 그 두루마리를 두 손으로 받아 펼쳤다.

황명에 의해 최치원을 관역순관館驛巡官에 임명하노라. 대당 희종 황제의 황명이 미치는 모든 관역의 순관이 되어 맡은 바 소임을 완수하도록 하라.

제도행영병마도통 / 대장군 고병

임명장을 끝까지 읽은 치원은 모든 일이 갑작스럽게 벌어지는 바람에 당황스러운 나머지 아무런 말도 못한 채 주위를 둘러보며 두 눈만 껌벅거렸다.

"그 관역순관이라는 것이 무엇인고? 관리들이 머무는 모든 관청과 마필을 다루는 역사를 두루두루 살피는 순찰감이라는 뜻인고?"

종리권선사가 내심 못마땅하다는 듯이 군관을 빤히 쳐다보며 말했다.

"이를테면 그런 겁니다. 지금이 전시니까 모든 관리가 머무는 관아와 역참의 군기가 아주 중요합니다. 바로 그곳의 군기가 제대로 잡혀 있는지 살펴보는 직책이지요."

군관을 대신해 최승우가 선사의 궁금증을 풀어 주었다.

"아, 중요한 직책이로고. 한 개 현의 군무를 맡는 현위보다야 백 번이나 중요한 자리지."

그제야 선사는 고개를 끄덕이며 치원을 바라보았다. 군관은 이어 붉은 수술이 달린 검을 높이 올리더니 이내 치원에게 그 검을 조심스럽게 건넸다. 그 검은 책임 있는 직책을 수행하는 주요 인물이 황명을 받든다는 뜻에서 몸에 지니는 보검이었다.

치원은 천천히 군관에게 다가가 조심스럽게 보검을 받아들고는 가슴에 품었다. 암자에 있던 사람들 모두 숨소리를 죽인 채 치원이 엄숙하게 보검을 받드는 모습을 지켜보고 있었다. 보검을 무사히 건넨 군관은 마지막으로 두툼한 서신을 치원에게 올렸다.

"이 서신은 누가 보낸 것이오?"

서신을 받아들던 치원이 군관에게 물었다.

"회남 군막의 모든 업무를 총괄하는 종사관이신 고운 어르신께서 보낸 것입니다."

군관이 허리를 꼿꼿이 편 채 큰 목소리로 대답했다. 고운이라는 이름에 모든 의문이 풀린 셈이다.

"그러고 보니 이 모든 일을 우리 호몽의 오라버니인 고운 진사가 꾸민 것이로구만. 가만가만……. 고운 진사는 호남 관찰사이신 배찬 영감을 따라갔었는데 호몽아, 안 그러냐?"

선사가 매우 흡족해하며 호몽을 바라보았다.

"오라버니는 배찬 관찰사를 따라 호남 쪽으로 갔다가 그분께서 궁중 시중이 되어 더 높은 관직에 올라가시자 다시 외직으로 나갔습니다."

호몽이 공손하게 대답했다.

"아니, 궁중으로 따라 들어가야 빨리 출세를 할 텐데 왜 외직으로 빠졌는고?"

고운이 외직으로 나갔다는 말을 듣고는 선사가 빈 입맛을 다시며 어이없다는 표정을 지었다.

"저도 자세한 내막은 모르겠습니다. 하지만 오라버니는 이런 뜻으로 말했었죠. 지금은 전시라 궁중으로 들어가 봐야 할 일이 별로 없고, 황공한 말씀이오나 황제께서는 너무 어리시기 때문에 궁중에 들어가 잘못 처신하면 환관들의 눈에 벗어나 크게 낭패를 볼 수 있다고 했습니다. 그래서 평소에 존경하던 회남 관찰사 고병 대장군의 휘하로 자원하여 들어간 걸로 알고 있습니다."

호몽이 그간의 정황을 전하자 선사는 껄껄 웃었다.

"허허, 천재는 천재를 알아본다고 그 먼 회남 땅에 가서도 함께 장원 급제한 치원을 잊지 않았구만. 그래서 기어이 끌어들였어."

치원을 마음에 두고 있는 고운의 심성에 탄복한 선사가 호탕하게 웃었다.

"제 생각에는 오라버니 혼자 일을 처리하기에는 너무 벅차니까 치원 진사를 생각해 낸 것 같습니다. 아마 군막의 모든 서류를 처리하느라 눈이 아프고 허리가 휠 정도일 겁니다."

호몽도 선사의 말에 맞장구를 치며 까르르 웃었다.

"옳거니, 제 코가 석 자라 치원 진사를 불러들인 게로군. 어서 편지나 뜯어 봐! 그리고 군관과 병사들은 들어가서 쉬시게.”

수수께끼처럼 얽혀 있던 모든 일이 그 실체를 드러내자, 선사는 그제야 마음이 놓였다. 게다가 멀리 떨어져 있으면서도 치원을 향한 마음이 변하지 않은 고운을 생각하니, 불안하기만 했던 치원의 앞날에 서광이 비추고 있음을 알아차렸다.

군관과 병사들이 군마를 손 본 후 지친 몸을 뉘이기 위해 산막 아래채에 들어가자, 선사를 비롯한 산막 사람들은 모두 편안한 자세로 앉아 치원을 바라보았다.

“어서 낭독해 보게나! 관역순관 나리.”

치원이 새로운 직책을 만나 떠난다는 말에 선사는 마냥 기뻐하며 치원에게 농을 했다.

“나는 이 나라에 들어와 7년이 지났는데도 대안탑에 이름 석자를 못 올렸는데, 어린 치원이 벌써 장원 급제하고 현위를 역임하고 나서는 단번에 관역순관이라고? 내 관역순관이 얼마나 높은 자리인가는 잘 모르겠지만 이 전시에 관리들의 관방과 역참을 황명으로 순찰할 수 있는 관리라면 실제로는 정5품의 품계를 넘는다고 보고 있네. 참으로 부러우이. 특히 멀리 군막에 떨어져 있으면서도 과거에서 함께 장원 급제한 신라의 친구 최치원을 잊지 않고 있는 고운이라는 친구를 둔 것이 무척이나 부럽네.”

최승우가 너스레를 떨며 치원을 향해 기쁘게 웃자 방 안에 있던 모든 사람이 고개를 끄덕이며 공감을 표시했다. 갑자기 머쓱해진 치원이 얼굴을 붉히며 고개를 푹 숙였다.

치원은 머리를 긁적이며 고운의 서신을 펼쳤다.

번거로운 인사는 생략하겠네.
지금은 춘망春望(두보의 시)에 나오는 상황 그대로일세. 전
국토가 국파산하재國破山河在이며 성춘초목심城春草木深일
세. 그리고 봉화연삼월烽火連三月에 가서저만금家書抵萬金이
지. 안사의 난 때보다 더 무섭게 전 국토는 다 짓밟혔고
봉화는 벌써 몇 년째 전화를 전하고, 집에서 오는 편지는
천만금에 비유할 만큼 얼마나 귀한가. 그곳에 있는 호몽
은 잘 있는지…….

"누가 내 걱정해 달랬나?"
호몽은 자신의 이름이 나오자 얼굴을 붉히며 돌아앉아 툴툴거
렸다. 편지의 내용이 무척 궁금한 선사는 호몽을 바라보며 넋을
잃고 있는 치원의 팔을 툭 치며 눈을 흘겼다. 그러자 치원이 짐짓
놀라는 체하며 편지를 계속 읽었는데, 좀 전과는 달리 글을 읽으
며 목소리가 떨리고 있었다.

치원, 헛고생하지 말게. 지금부터 내가 전하는 글을 명심
하게. 앞으로 십 년 이상은 지금 자네가 준비하고 있는
박학굉사과博學宏詞科라는 과거 시험은 없을 걸세. 황실의
체제가 무너진 상태이기 때문에 고급 관리를 뽑는 정상

적인 과거 시험은 시행할 수가 없네.

그런 시험을 준비할 부서나 관리도 없는 상태고, 무엇보다 지금 황제의 상황이 너무나 황망하기 때문에 그런 정상적인 관리의 등용 체계가 존재할 수가 없는 상황일세. 따라서 자네는 모든 일을 접고 지금부터 내가 전해 주는 내용을 하나씩 실천해 주기 바라네. 성실한 자네는 꼭 실천해 주리라 믿네.

고운의 편지를 읽던 치원은 온몸에서 힘이 다 빠져나간 듯 자리에 털썩 주저앉아 어쩔 줄을 몰라 했다.

"그래, 치원 진사는 박학굉사과가 폐지됐다는 말에 낙심했을 거야. 현준대사가 마저 읽도록 해."

선사가 치원의 안타까운 마음을 다독이며 상황을 수습하고 나섰다. 곁에 있던 현준스님이 치원이 들고 있는 서신을 건네받아 마저 읽었다.

아주 가까운 시일 내 황소의 주력 부대가 황도를 덮칠 걸세. 아마 그 일은 열흘 안에 다 이루어질 걸세. 이미 황제의 몽진 행렬은 황도를 빠져나갔겠지만 지금 장안은 무질서 그대로일 것이야. 황소의 비밀 부대가 이미 침입하여 정보를 수집하고 있을 것이고, 도둑떼들이 객점과 부잣집을 털 것이고 황실과 관청의 주요 서류와 황실의 보물을 약탈하고 관청의 서류를 불태우고 있을 걸세. 정말 값나가는 보물들은 고궁에 있는데, 정말 그것이 안전하게 보존될 수 있을지 모르겠네.

그 점이 가장 안타까운 일일세. 자네는 이미 관역순관이 되었으므로 그런 상황을 정확히 알아 둘 의무와 책임이 있네. 목숨이 붙어 있는 한 황도에 들어가 일단 정세를 두루 살펴보고 일어나고 있는 전황들을 기록으로 상세하게 적어 앞으로 일어날 일에 대비해 주기 바라네. 그리고 이것은 지극히 사사로운 일이 될 수 있겠는데 시간이 나는 대로 북문 거리로 달려가 우리 북문상회의 상황도 살펴주고, 아버님께 아뢰어 하루 빨리 식구들을 이끌고 대운하를 통해 회남으로 오시도록 해 주게. 호몽과 상의해서 신속히 처리해 주게.

모두 숨죽인 채 현준스님의 목소리에 귀를 기울이고 있다가 갑자기 북문상회와 호몽 일가를 걱정하는 내용이 나오자 일제히 호몽을 쳐다보았다.

"우리 아버지는 머리가 잘 돌아가시는 분이에요. 지금쯤 모든 준비를 끝냈을 거예요. 너무 걱정들 마세요. 제가 우리 아버지의 실력을 알지요. 현준스님, 어서 읽기나 하세요."

모든 이의 예상과 달리 호몽은 아무렇지도 않다는 듯이 태연했다.

치원. 북문상회 일보다 더 시급한 일 한 가지가 있네. 우리가 전에 함께 들렀던 배찬 대감의 사저를 기억하고 있겠지?

그 댁 사모님은 가솔들과 함께 황실의 몽진 행렬에 합류하신 걸로 아는데, 애석하게도 그 집의 큰딸만이 홀로 황도에 남아 있네. 그분은 서역의 종교인 경교景敎를 믿는 분인데, 아마 서역 사람과 함께 그 교를 믿는 교당에 남아 있을 걸세. 따님과 서역 사람을 안전하게 모시고 오게. 교당의 위치는 별지에 적어 놓았네.

편지를 읽던 현준스님이 잠시 멈추고 물 한 사발을 들이켰다.

"그 경교라는 것은 무엇인고?"

선사가 그 틈을 이용해 제자들을 바라보며 물었다.

"스승님, 서역 종교 중에서 열심파들이 제일 많은 외래 종교입니다. 장안 북문 쪽에 그 사람들이 세운 대진경교유행중국비大秦景敎流行中國碑라는 엄청나게 큰 비석이 있습니다. 파사도독부波斯都督府(옛날 페르시아, 지금의 이란)에서 전해진 종교인데요, 여호와阿羅訶(아라하)라는 신을 믿고, 그 신이 세 가지 형태로 현신하는데 그것을 삼일분신三一分身 또는 삼위일체라고 한답니다. 그 신이 언젠가는 이 세상에 내려오고 새로운 세상을 열 것이라고 역설하고 있습니다. 장안 북문과 남문에도 그 사람들의 경사景寺(교회)가 있습니다. 남녀가 함께 예배를 보고 남자 포교사와 여자 포교사가 함께 붙어 다닙니다. 정말 열심히 믿는 사람들입니다."

정말이지 최승우는 모르는 것이 없을 정도로, 종교에 관해서도 해박한 지식을 거침없이 드러냈다. 모두 입을 벌린 채 최승우의 말에 귀를 기울이며 고개를 연신 끄덕였다.

"그렇다면 그 사람들은 미륵이 오기를 기다리는 사람들이구만. 미륵이 와서 후천 세계를 열어 주기를 바라는 사람들이야."

선사는 영 못마땅하다는 듯이 헛기침을 해대며 돌아앉았다.

"그렇다고 할 수 있습니다. 그 사람들이 기다리는 미시아彌施訶(메시아)는 이미 천 년 전에 서역에 왔었고 하늘로 갔다가 언젠가는 또다시 온다는 것을 믿는 것입니다."

현준스님이 설명을 덧붙였다.

"그 경교가 우리 당나라에는 언제쯤 들어왔는고?"

선사가 이번에는 현준스님을 바라보고 물었다.

"당 태종 때에 들어와서 변방까지 퍼져 나갔고, 신라에는 선덕여왕 때에 이 경교가 들어온 흔적이 있습니다. 지금도 서라벌 곳곳에 은밀하게 이 경교가 퍼져 있습니다. 이백 년 전 황보皇甫라는 당나라 사람이 서역의 전교자인 밀리스Milis를 데리고 신라를 거쳐 왜나라까지 다녀왔다는 기록이 있습니다."

경교에 대해 설명하는 내내 현준스님의 낮은 목소리만이 방 안에 가득 찼다.

"그런데 배찬 공과 같은 황실의 대신 따님이 어째서 그런 서역의 종교를 믿게 됐을꼬?"

선사의 물음이 계속 이어졌다. 그러자 이번에는 호몽이 나섰다.

"선사님, 우리 여자들은 호기심이 많거든요? 그래서 저도 이 깊은 종남산에 들어와 선약을 먹고 구름을 타고 다니잖아요. 배찬 어르신의 따님도 서역 사람들이 믿는 그 종교가 신기해 보였을 거예요. 처음에는 호기심으로 공부하다가 열심자가 된 것이겠죠. 그건 그렇고, 우리 오라버니 편지는 더 이상 안 읽을 거예요?"

호몽의 느닷없는 호통에 모두 깜짝 놀라며 자신들이 잠시 옆길로 샜던 것을 깨달았다. 그 이상한 서역 종교인 경교라는 것이 모든 이를 홀려 샛길로 접어들게 했던 것이다. 누구보다 당황한 현준 스님이 편지를 다시 읽어 내려가기 시작했다.

> 최치원 관역순관, 제대로 들어 주시게. 장안에 들어가거든 황소 무리들이 민심을 선동하기 위하여 써 붙여 놓은 방문榜文을 꼭 적어 오게. 아마 자네의 임무에 많은 도움이 될 걸세.
> 자, 이상으로 자네가 아주 중요한 국가 관리가 되었다는 것을 알림과 동시에 그 첫 임무를 가르쳐 주었네. 지금부터는 자네에게 개인적으로 중대한 호몽에 관해 상의하고자 하네.

이 대목에서 현준스님은 편지 읽기를 주저하며 선사와 치원의 눈치를 살폈다. 도저히 안 되겠다고 판단을 한 현준스님이 한참 동안 뜯들이며 꼭 쥐고 있던 편지를 치원에게 슬며시 건네주었다. 편지를 받은 치원은 얼굴이 하얗게 질리다 못해 이내 붉어졌다. 그리고는 호몽을 바라보다가 슬며시 일어나 문 밖으로 나가 버리고 말았다.

"야, 이놈아! 왜 갑자기 나가는 거야? 야 이놈아! 어서 들어오지 못해?"

선사가 버럭 화를 내며 치원을 불렀으나, 치원은 선사의 말을 흘리며 뒤도 돌아보지 않고 밝은 달빛 속으로 이내 사라지고 말았다.

쌍가락지를 전해 주다

치원이 선사의 말에 동요하지 아니하고 문밖으로 나간 이후 곧바로 들어오지 않자 호몽도 문밖으로 슬그머니 뒤따라 나가 달빛 속에서 희미하게 보이는 치원의 뒷모습을 확인하고 따라갔다. 계곡을 헤치는 바람이 나뭇잎을 살랑살랑 흔들어 대더니 이내 옷깃을 파고들었다.

선선한 바람이 잦아들자 크고 작은 돌 틈을 이리저리 피해 유유히 흐르는 정겨운 물소리가 귓가를 간질이고 있었다. 자오곡 너머 유난히 초롱초롱한 별 한 쌍이 전하는 아름다운 빛이 물속에서 찬란하게 반짝이고 있었다.

"소저, 오라버니가 보내 주신 편지의 끝부분이 궁금하오?"

짙은 어둠이 내려앉은 계곡 나무 아래 너럭바위에 앉아서 호몽을 바라보는 치원의 눈빛은 그윽했다.

"궁금하죠. 하지만 전하기 싫으시면 전하지 마세요."

치원의 시선을 애써 외면한 호몽은 작은 돌멩이를 주워 계곡을 향해 힘껏 던졌다. 멀리서 잔잔한 물줄기를 파고드는 청량한 소리가 바람을 타고 들렸다. 눈에 보이지 않는 작은 파장을 마음으로 느끼며 치원은 호흡을 가다듬었다.

"그대의 오라버니가 나에게 매부가 되어 달라고 했소."

"에둘러 말하지 마세요. 당신의 뜻을 당당히 전하세요."

치원의 가슴은 요동을 치고 있었지만 호몽은 아무렇지도 않다는 듯 앉은 자세조차 흐트러뜨리지 않은 채 눈과 입은 미소지으며 치원을 보고 짤막하게 말했다.

"오랫동안 그대를 마음속으로 간절히 사모하여 왔소. 나와 새로운 한 가정을 이루어 주시오. 나의 배필이 되어 달란 말이오."

치원은 혀끝으로 바짝 마른 입술에 침을 묻히며 당당한 목소리로 말했다. 드디어 호몽이 고개를 들어 치원을 바라보았다. 치원은 한 쌍의 별보다 더 화려하게 빛나는 그녀의 눈빛을 보는 순간 아무 말도 할 수가 없었다. 짙은 속눈썹 사이로 별빛이 스며들며 영롱한 물빛을 그대로 전하고 있었다. 그녀는 울고 있었다.

"나는 오래전부터 당신의 여자였어요. 오라버니와 같은 해에 장원 급제하여 대안탑에 이름을 새기고 저희 집에 찾아왔을 때, 전 이미 제 운명을 예감했어요."

고마움 때문에 눈물이 흘렀으나 그녀는 소리를 내지 않았으며, 목소리는 떨리고 있었다. 살짝 벌어진 입술 사이에서 이따금씩 뜨거운 숨결이 느껴졌다.

"소저의 집에서 축하 연회를 벌이던 날이었던가? 소저가 붉은 당 바지에 짙은 자색 배자를 입고 나타났을 때, 난 세상에 나와 처음으로 심장이 터질 것 같은 감격을 느꼈소. 소저를 떠나서는 이 세상에 산다는 일 자체가 아무 의미가 없는 것처럼 느껴졌소. 그때부터 내 가슴과 온몸은 오로지 소저만으로 가득 채워졌소."

치원이 조심스레 손을 뻗어 호몽의 어깨를 감싸 안았다.

"고마워요. 저도 이제 당신 없이는 도저히 못 살 것 같아요."

치원의 온기가 전해지자 호몽이 잠시 몸을 움찔하더니 이내 목소리마저 떨리고 있었다. 치원은 두 손을 모아 호몽의 얼굴을 받쳐 들었다. 그녀의 눈동자에서 별빛이 화려한 춤사위를 벌이고 있었다. 맑은 강물처럼 빛나는 그녀의 그윽한 눈을 바라보며 치원은 젖은 입술을 찾아 혀를 길게 드리웠다. 달콤하면서도 촉촉한 물기가 입속으로 빨려 들어가는가 싶더니 이내 강한 힘에 이끌린 듯 서로 온몸에 경련을 일으켰다.

치원은 두 팔에 힘을 더해 호몽을 끌어안고는 무성한 수풀 위에 살며시 몸을 뉘였다. 작은 틈을 비집고 어디론가 흘러가는 계곡의 물소리가 점점 더 커지고 있었다. 멀리서 화려하고 아름다운 별빛이 강렬한 신음을 토하듯이 내쳐 내리꽂더니 이내 높은 바위에서 떨어지는 강한 물줄기가 깊은 계곡을 찢어놓을 듯한 물소리로 이어졌다.

서로 사랑하는 몸이 되어 홀연히 타오르는 불길같이 서로 끌어당기자 이내 붉은 꽃향기가 수풀 사이로 퍼졌다. 거침없이 타오르는 불길은 자오곡 계곡을 모조리 태울 듯 그 기세가 점점 거세지고 있었다.

얼마 후 뜨거운 불꽃이 잦아들자 계곡 폭포에서 강하게 흘러내리는 물 소리만 가득했다. 치원과 호몽은 거친 숨을 몰아쉬며 온몸에 주고 있던 힘을 서로 멈추니 거친 숨소리마저 조용해졌다. 이를 지켜본 달빛은 아무 일도 없었던 것처럼 계곡을 환하게 비춰주고 있었다.

이튿날, 치원과 호몽이 종남산의 가족들에게 자신들의 마음을 전하자 모든 일이 빠르고도 순조롭게 진행되었다. 종남산 자오곡 계곡의 산막은 모처럼 웃음이 끊이지 않으며 치원과 호몽에 대한 이야기로 떠들썩했다.

"광법사 스님들도 부르거라! 그리고 군관과 병졸들에게는 오리고기를 대접하거라. 잔치에 고기가 없으면 안 되지. 술은 감잎주와 솔잎주로 준비하거라. 참으로 즐겁고 경사스러운 일이로다. 내가 이 산문에서 도장을 연 후 내 제자들끼리 한 쌍이 되기는 한 백 년이 넘는 세월 동안 처음이로고! 우리 마고와 현준이도 그 좋은 인연을 백년해로할 수 있는 부부의 인연을 맺었으면 좋았으련만. 아니지, 오늘 같은 날에는 그런 말은 삼가자. 즐거운 일만 생각하자."

선사의 얼굴에는 아침부터 웃음기가 가시지 않았다.

"스승님, 괘념치 마세요. 저나 현준스님이나 이루지 못한 인연을 이제는 다 잊었고 오히려 지금은 좋은 친구가 됐잖아요."

마고선녀가 애써 태연한 척했다.

"나무관세음보살⋯⋯."

마고선녀와 눈이 마주치자 현준스님은 얼굴을 붉히며 연신 부처님만 찾았다. 그리고는 광법사에 다녀오겠다고 자처하며 분연히 자리에서 일어섰다. 군관과 병졸들까지 나서 분주히 움직이며 잔치 준비에 여념이 없었다. 치원과 호몽은 산막 사람들이 자신들을 바라보며 눈을 찡긋거릴 때마다 마치 알몸을 드러낸 것처럼 심한 부끄러움을 느꼈다.

그러다 두 사람이 눈이라도 마주치면 간밤의 일이 생각나 서로 얼굴을 붉히며 돌아섰다. 그렇게 시간이 흘러 오후가 되자 광법사로 향했던 현준스님과 함께 가사장삼을 펄럭이며 두 스님이 도착했다.

광법사에서 온 스님들의 뒤에는 서너 명의 짐꾼이 따라 붙어 언뜻 보기에도 무거워 보이는 보따리를 한가득 짊어지고 들어왔다. 절 사람들만 마시는 감잎주와 솔잎주도 두 통이나 되었고, 사하촌에서 마련해 온 오리고기도 푸짐했다.

오리고기 대부분은 장병들에게 전해져 그들의 허기를 채웠다. 양손에 술과 고기를 들고 모두 흥겨운 분위기를 기쁜 마음으로 즐기면서 산막 주변에 모였다. 선사가 학의를 걸쳐입고 명석이 깔린 뜰에 내려서더니 아주 큰 목소리로 외쳤다.

"치원아! 네가 그동안 이곳에서 수련하며 마음속으로 제일 바랐던 것이 무엇이었던고? 박학굉사의 꿈은 멀리 사라졌으니 한 사람의 도인으로서 갖고 싶었던 것 말이야."

산막에 모여 있던 모든 사람이 선사의 말에 귀를 기울이며 눈은 치원을 향했다.

"도술을 닦는 문하생으로 육수의六銖衣(도인이 되었다는 뜻으로 내려주는 도복, 고단자를 표시하는 도복)를 입는 것이었습니다."

치원은 주저하지 않고 말했다.

"내 이미 네 마음을 읽었느니라. 마고선녀야!"

선사가 고개를 끄덕이며 마고선녀를 부르자, 산막 모퉁이에 서 있던 마고선녀가 이미 준비된 육수의를 받쳐 들고 앞으로 나왔다. 그리고는 육수의를 들고 치원 앞에 섰다.

"너는 이제 내 문하에서 육수의를 입는 정식 도인이 되었으며, 언젠가 신라로 돌아가면 동방문중의 으뜸이 될 것이다. 마고야, 도복을 입혀 주거라."

선사의 허락이 떨어지자 치원은 마고선녀의 도움을 받아 허리와 목선에 검은 천이 달린 육수의를 입었다. 그때 치원과 같은 육수의를 입은 호몽이 고개를 다소곳이 숙인 채 마당을 가로질러 걸어오고 있었다. 두 사람이 선사 앞에 나란히 서자 선사가 자오곡 계곡의 높은 곳을 쳐다보았다.

"자, 지금부터 벌어지는 일에 대해서는 이 자리에 초청된 광법사 스님들이나 먼 길을 달려오신 군관과 병사들, 그리고 사하촌의 유지들은 그냥 보시는 것으로 끝내주시기 바랍니다. 이 일의 연유에 대하여 깊이 천착할 필요도 없고, 현실이냐 비현실이냐 하는 것에 대해서도 괘념치 마십시오. 우리 도인들은 도인의 방식으로 혼례식을 치르게 되는 것입니다."

선사가 주위를 둘러보며 단호하게 말했다. 그러자 마고선녀와 마주보고 서 있던 여동빈이 큰소리로 외쳤다.

"구치!"

도사들은 모두 이빨을 부딪치기 시작했다. 계곡의 돌들이 물속에서 물살을 가르는 소리처럼 좌우로 일정하게 퍼지는 소리가 산막을 흔들었다. 기이한 광경을 목격한 광법사의 스님들이 입을 다물지 못한 채 손에 들었던 목탁을 땅에 떨어뜨리고 말았다.

"유인북두!"

여동빈이 또 한 번 소리쳤다. 그러자 이번에는 최승우가 등 뒤에 메고 있던 검을 빠른 속도로 뽑아 하늘을 향해 겨누더니 이내 그 칼끝을 땅바닥에 대었다. 그리고 순식간에 북두칠성을 그렸다.

"곡보!"

여동빈이 세 번째 구령을 붙였다. 이번에는 백 세를 훨씬 넘긴 선사가 맨 앞에 서서 버들가지처럼 춤을 추었다. 허리에 손을 얹고 큰소리로 주문을 외며 좌우로 한들한들 몸을 흔들었다. 도사들은 모두 하나의 동작으로 일사분란하게 움직였다. 별자리를 따라 좌우로 물결처럼 흔들리다가 마지막으로 여동빈이 기이한 소리를 지르자 일제히 사뿐히 떠오르기 시작했다.

그때 안개와 구름이 일제히 계곡으로 내려오더니 빠른 속도로 산막을 감쌌다. 잠시 후 종리권선사, 여동빈, 마고선녀, 최승우, 현준스님이 도복을 펄럭이며 구름과 함께 계곡 위로 떠올랐다. 마지막으로 치원과 호몽이 손을 맞잡고 한 쌍의 학처럼 사뿐히 떠올랐다. 모두 넋을 잃고 그들을 바라보았다.

도인들은 구름과 함께 계곡을 넘어 종남산 정상을 향해 날아갔다. 그들은 깃을 마음껏 펼친 학처럼 두 팔로 힘찬 날갯짓을 하더니 이내 계곡을 덮는 구름처럼 장엄하게 산 정상을 향해 거침없이 날아올랐다.

이를 지켜보던 사람들 모두 숨을 제대로 쉴 수가 없어 정신마저 혼미해지고 있었다. 심지어 그 어떤 두려움도 없이 전장을 누비며 그 기세를 맘껏 떨치던 군관과 병사들도 이 기이한 광경에 모두 얼어붙어 미동도 하지 못하고 그저 멍하니 그들의 뒷모습을 바라볼 뿐이었다. 누구 하나 섣불리 신음조차 토해내지 못했다.

이윽고 일진광풍이 불고 계곡이 깜깜하게 흐려지더니, 쿵 하는 소리와 함께 흰빛을 내뿜는 학의를 입은 선사가 제일 먼저 땅으로 내려왔다. 그리고 땅을 박차고 떠오르던 순서대로 도인들이 산막 마당에 내려섰다. 그러나 맨 마지막으로 산막을 떠났던 치원과 호몽은 끝내 돌아오지 않았다.

"평~상!"

여동빈이 팔과 다리를 몇 번인가 휘휘 휘두르더니 아주 큰소리로 외쳤다. 그러자 사람들은 함께 큰 숨을 내쉬며 비로소 몸을 조금씩 움직일 수가 있었다. 모두 잠시 어디에 갔다 온 사람들처럼 멍한 기운을 떨쳐내고 평상의 세계로 돌아왔다.

"술을 내오시오."

최승우가 다른 사람들을 돌아보며 슬며시 웃었다. 모여 있는 사람들 모두 감잎주와 솔잎주를 마시고 나서야 얼굴이 붉어지며 흥이 제대로 났다. 그제야 광법사에서 온 스님들도 목탁을 두드리며 염불을 할 수 있었다. 치원과 호몽의 혼례를 축하한다는 의미의 염불이었다.

"선사님, 오늘의 주인공인 최치원 진사와 호몽 낭자는 어디로 갔습니까?"

광법사에서 온 도우스님이 염불을 끝내자마자 종리권선사에게 물었다.

"어디로 가다니요? 혼례를 치른 신랑 신부가 첫날밤을 꾸려야 하지 않겠습니까? 지금쯤 아마 좋은 곳에 오붓하게 있을 겁니다."

선사는 허연 잇몸을 드러내며 껄껄거리고 웃었다.

"도사들은 도사들의 식대로 첫날밤을 보낸답니다. 저 자오곡 산정에서 첫날밤을 보내고 내려올 것입니다. 손님들께서는 걱정들 마시고 마음껏 마시고 즐기십시오. 특히, 멀리서 오신 장병들께서도 오리고기와 술을 맘껏 먹고 마시며 이 흥겨운 잔치를 즐겨 주시기 바랍니다. 우리 최치원 관역순관과 그 부인의 장래를 축복해 주시고요. 자, 마음껏 마십시다."

최승우가 모인 사람들에게 술과 고기를 권하며 흥을 돋우었다. 이에 뒤질세라 마고선녀가 목청을 가다듬더니 아주 높은 음으로 노래를 시작했다. 휘파람 소리 같기도 하고 호궁胡弓이 울리는 소리와도 같은 신묘한 소리였다. 마고선녀의 그 날카로운 노랫소리가 잠시 멈출 때마다 현준스님은 낮은 목소리로 추임새를 넣어 주었다.

"나무아미타불 관세음보살."

좌중의 도사들이 웃고 떠들고 노래하는 동안 광법사의 스님들은 지긋한 미소와 함께 지켜보고 있었다. 도인들이 먼저 하산하여 결혼식 여흥을 즐기고 있는 동안 신혼부부인 치원과 호몽은 서로 이야기를 주고받았다.

"도인들은 자연과 함께 살아가면서 사랑을 하게 된다고 스승인 종리권선사께서 저에게 가르쳐 주셨어요. 지금 우리는 도인들이 보는 앞에서 결혼한 후 부부가 되어 학처럼 생긴 구름을 타고 자연과 함께 있는 거예요. 오라버니 당신도 도인이 하는 사랑을 알고 있나요?"

치원은 멋쩍어하면서 도인의 사랑에 대하여 부인 호몽에게 말하였다.

"도인의 사랑은 음양오행陰陽五行에 의하여 영혼과 마음으로 사랑하는 것이오. 사랑은 몸이 아닌 영혼과 마음으로 하는 것이며 이심전심以心傳心으로 당신과 나의 마음이 하나가 될 때를 도인의 사랑이라고 하오."

치원은 호몽의 눈을 그윽하게 바라보며 이야기를 이어나갔다.

"우리는 남이 보는 앞에서 부부가 되었지만 정말로 몸과 영혼이 하나가 된 것은 아니기 때문에 이제부터 부인과 내가 하나가 되기 위해서 당신 남편인 나는 태양, 즉 빛이 되고 당신은 달, 즉 물이 되어 마음과 마음을 하나로 만들어야 하오. 연인관계에서 부부관계로 맺어진 구름 속 뜨거운 사랑을 이제부터 시작해 보고자 하니 부인 그대도 같이 준비해 주기 바라오."

치원의 따뜻한 눈빛이 호몽의 상기되어 수줍어하는 두 눈을 응시하였다.

"내 오장육부에서 생산되는 뜨거운 기운을 영혼과 마음으로 변화시킨 마음의 빛을 내 눈으로 그대 눈에게 말없이 보내면 당신도 나의 눈빛을 눈으로 받아들여 양과 음의 마음과 영혼이 하나되면 물인 당신 마음이 달아오르기 시작하여 점점 뜨거워지면서 수증기를 만들어 입으로 뿜어내게 되오. 그 수증기는 당신과 내가 하나되어서 구름으로 변하여 하늘로 솟아올라 현재와 같이 당신과 내가 함께 구름 속에 머물고 있는 것이지요. 부인과 나의 사랑은 바람 부는 대로 움직이면서 땅 위의 생명들에게 필연적인 물을 만들어 주게 되고 우리 부부의 구름 속 사랑으로 자연에게 새 생명이 태어나는데 도와주는 것이 도인인 우리 부부의 사랑이오."

치원은 더욱 수줍어하며 상기된 호몽의 얼굴을 응시하며 도인들의 사랑과 인간 세상 사람들의 사랑을 이야기하였다.

"우리도 이 결혼이 끝나면 세상으로 되돌아가서 합궁하여 뜨거운 사랑을 하게 되어 절정에 도달하는 순간 성스러운 기운에 의하여 정자와 난자의 물이 생산되어 서로 만나게 되고 당신 자궁 속에서 새 생명을 태어나게 할 것이오. 그리하여 새 생명이 당신 자궁 밖으로 나오는 그때부터는 세상 사람들이 당신을 여자로 부르지 아니하고 성스러운 어머니, 즉 성모聖母라는 새로운 호칭으로 부르게 될 것이오. 음인 여자들의 호칭을 자연계에서는 달 또는 물이라 말하고 인간 세상에서는 여자와 어머니 두 개의 호칭으로 부르게 되는 것이지요."

치원이 도인들의 사랑과 인간 세상 사람들의 사랑까지도 사랑하는 아내 호몽에게 눈빛으로 말해 주자 호몽은 눈과 입으로 미소 지으며 상기되었던 얼굴을 수줍어하며 애써 감추려고 하였다.

다음 날 아침, 자오곡에 햇살이 환하게 퍼질 때 산막 뜰 위로 한 쌍의 학이 내려왔다. 청아하고 아주 흰빛을 내뿜는 학 두 마리가 사뿐히 내려와 산막 뜰을 가로지를 때 선사가 방문을 열고 크게 외쳤다.

"신랑 신부가 온다! 다들 내다보거라!"

선사의 말이 끝나기가 무섭게 모두 밖으로 달려나왔다. 한 쌍의 학이 다소곳이 몸을 맞댄 채 부리로 마당을 쪼아대자 이내 손을 맞잡은 치원과 호몽이 공중에서 사뿐히 내려왔다. 그러자 한 쌍의 학이 그들을 향해 꽤액, 하고 한 번 소리를 지르더니 이내 하늘로 힘차게 날아올랐다. 치원과 호몽이 마당 한가운데 서서 부끄러운 듯 몸을 배배 꼬며 선사를 바라보았다. 그때 선사가 헛기침을 서너 번 해대자 둘은 자세를 바로잡고 절을 올렸다.

"선경인가, 비경인가. 무척이나 황홀했지? 시해尸解를 해서 첫날밤을 보내면 그냥 아득히 황홀하기만 하고 아기를 낳을 수는 없는 거야. 너희들이 꼭 아들이나 딸을 낳겠다고 생각을 하면 속가에서 여느 사람들처럼 밤을 보내야 하느니라. 그렇게 구름 속에서는 자

손을 얻을 수 없어. 도인으로서의 밤을 보내느냐 속인으로서의 밤을 보내느냐 하는 것은 온전히 너희들의 판단에 달려 있는 것이기 때문에 너희 둘이서 잘 상의해 보거라. 아무튼 이제 한 쌍의 원앙이 되어 이 세상을 새롭게 시작하게 되었으니 우주질서의 근원이 되시는 그분에게 소원을 빌어라. 그러면 천인의 복을 너희들에게 많이 내려줄 것이니라.”

치원과 호몽을 번갈아 쳐다보며 말하는 선사의 얼굴에는 웃음이 끊이지 않았다.

“저희들은 우선 선사님의 축복을 받고 싶습니다.”

치원이 두 손을 모은 채 공손히 청을 드렸다. 그러자 선사는 매우 기쁘게 웃으며 큰소리로 말했다.

“신라인 최치원 관역순관과 고구려의 피를 받은 당나라 여인 고호몽의 앞날에 축복이 천년만년까지 이어지기를 비노라.”

선사는 조금의 머뭇거림도 없이 치원과 호몽을 위해 축복의 말을 전했다. 그러자 치원과 호몽은 다시 한 번 허리를 굽혀 예를 올렸다.

“축하합니다. 축복이 천세에 이르세요!”

주위에 모여 있던 사람들 모두 치원과 호몽 두 사람에게 축하의 인사를 건넸다. 치원과 호몽은 시선을 돌려가며 그들에게 고개를 숙여 감사의 뜻을 전했다. 모두 웃고 떠들며 다시 흥겨운 마당이 시작된 것이다.

“호몽 신부, 자손은 몇을 원하는고?”

선사가 눈을 게슴츠레하게 뜨고는 호몽을 빤히 쳐다보며 물었다.

"아들 둘과 딸 둘을 주십시오."

호몽이 얼굴을 붉히며 고개를 숙이고 있다가 잠시 후 선사에게 단호하게 말했다.

"그대로 이루어질 것이다. 너희 두 부부의 인연으로 서라벌 최씨의 문중이 날로 번창하리로다."

선사는 매우 흡족하게 웃었다. 그때 호몽은 자신의 손가락에 끼워져 있는 쌍가락지를 내려다보았다. 쌍가락지 위에는 네 마리의 학이 새겨져 있었다. 반지 하나에 두 마리의 학들이 쌍을 이루어 날고 있었다. 그 학들은 아침 햇살을 받으며 훨훨 창공으로 날아갈 듯 커다란 날개를 한껏 펼치고 있었다.

치원이 해맑게 웃으며 반지를 만지고 있는 호몽의 손을 그러쥐었다. 호몽이 고개를 들어 그윽한 눈빛으로 치원을 바라보았다.

마당에서 먹이를 쪼아대다가 푸른 하늘로 날아올랐던 한 쌍의 학이 다시 내려와 산막 위를 날며 힘찬 날갯짓을 했다.

회남진淮南鎭에서

자오곡에서 산중 혼례를 마친 치원과 호몽은 회남에서 군령장을 가지고 온 장졸들과 회남땅에 도착하여 호몽은 북문상회로 가고 치원은 고병 대장군이 근무하는 곳으로 찾아갔다.

거센 바람이 휘몰아치는 군막 주위에 병사들이 창검을 들고 서서 삼엄한 경계를 하고 있는 가운데 최치원은 책임자에게 사령장을 제시하고 군막 안으로 안내를 받았다. 근엄한 표정을 짓고 있는 고병 장군은 위풍당당한 풍채를 드러내며 붉은 휘장이 드리워진 의자에 앉아 있었다.

치원이 예를 올리고 나자 고병 장군은 온화한 미소를 지으며 그에게 자리를 내주었다. 치원이 다시 고개를 숙이고 자리에 앉자 고병 장군은 부드러운 목소리로 누군가를 불렀다. 조금 전과는 달리 매우 인자하고 온화한 모습이었다.

"종사관! 이리 나와 보시게. 자네가 그토록 보고 싶어 하던 얼굴이 여기 와 있네."

그러자 휘장 안에서 잘 생긴 청년 하나가 나왔다. 키가 훌쩍 크고 어깨가 넓으며 걸음걸이 또한 무척이나 씩씩해 보였다. 그는 자색 관복에 금색 띠를 두르고 있었다.

"종사관, 여기 앉아 있는 저 젊은이가 누구인가?"

고병 장군이 얼굴에 미소를 한가득 담고는 종사관을 물끄러미 바라보았다. 그러자 종사관은 성큼성큼 치원에게 다가가 무거운 군모를 벗으라고 말했다.

"멀리서 오느라 애썼네. 대장군께서도 자네를 오랫동안 기다리셨네."

고운이 치원을 힘껏 끌어안았다. 그리고 잠시 몸을 떼고는 서로 얼굴을 더듬으며 눈물을 흘렸다. 치원을 바라보는 고운은 끓어오르는 감격을 참아내느라 가슴이 터져 버릴 것만 같았다. 그것은 치원도 마찬가지였다.

"참, 자네들은 끈질긴 인연이군. 함께 국자감에서 공부를 하고, 우리 희종 황제 폐하의 등극 원년에 함께 장원 급제를 하고, 몇 년 떨어져 있다가 또 이렇게 강남 땅에서 다시 만나니 말일세."

고병 장군도 두 젊은이의 재회가 마냥 부러운 듯 껄껄거리며 한참을 웃었다.

"이 모든 게 대장군께서 베풀어 주신 은혜 덕분입니다."

고운이 대장군을 향해 허리를 굽혔다.

"신명을 바쳐 대장군을 모시겠습니다."

치원도 자리에서 일어나 고운보다 더 깊이 허리를 숙이며 대장군님을 받들어 모시겠다고 말했다. 대장군 고병이 자리에서 일어나 계단을 천천히 내려왔다. 그리고 두 사람의 어깨를 잡고 힘껏 두드리며 세차게 흔들었다. 그러면서 대장군은 두 사람에게 뜨거운 눈빛을 보냈다.

"인수인계를 잘해 봐! 지금 말이야, 종사관 고운은 쓰러지기 일보 직전이야. 내가 잘 알지. 나에게 온 이후로 잠 한 번 제대로 잔 일이 없을 거야. 암, 엄청난 고역이었지. 내가 다 알아. 하루에 들여다보고 챙겨야 할 업무가 수없이 많고 나한테 올리는 문서만 수천 장일세. 이제 좀 일을 둘이 나누어서 잘해 보게. 허 참, 듣자 하니 최치원 관역순관과 고운 종사관은 처남매부 지간이 됐다면서?"

대장군이 느닷없는 농을 던지는 바람에 치원은 얼굴을 붉히며 손으로 목덜미를 매만졌다. 대장군은 두 사람을 자신의 집무실로 데려가 엄청나게 큰 탁자가 있는 의자에 앉히더니 격의 없이 대했다.

"어차피 이 방에서 앞으로 나하고 자주 만날 거고, 함께 이 전쟁을 치러야 할 테니까 편히 앉으라고."

고운과 치원이 곁에 있으니 고병 대장군은 천군만마를 얻은 기분이었다. 두 사람을 번갈아 쳐다보는 대장군의 눈에서 강렬한 빛이 쏟아지고 있었다.

평정을 되찾은 치원이 고개를 들어 대장군의 방을 훑었다. 사방 벽면에 군사 지도가 병풍처럼 펼쳐져 있는 모습을 보며 지금 이곳에서 벌어지고 있는 전투의 심각성은 물론 대장군과 고운의 치밀한 군사 계획을 가늠할 수 있었다.

잠시 후 시원한 차와 함께 술과 안주가 나왔다. 대장군이 멀리서 온 치원의 잔에 술을 먼저 따르고 이어 고운의 잔에도 술을 가득 부었다.

"나는 격식 같은 것을 별로 따지지 않는 사람이야. 나하고 있을 때는 언제나 편하고 격의 없이 말을 해. 딱딱한 군대식 예절은 굳이 차리지 않아도 돼. 그냥 간단명료하게 요점만을 애기하라고. 알았나?"

고병 장군이 얼굴 가득 미소를 지으며 말했다. 이에 치원은 절도 있게 고개를 숙였다. 고병 장군은 피부가 가무잡잡하고, 큰 키는 아니었지만 비교적 몸의 균형이 잘 잡혀 있었고 또 눈썹이 짙어서 지성적인 풍모를 풍겼다. 게다가 그의 말투는 군인답지 않게 부드러워 아랫사람의 마음을 훈훈하게 녹여 주고 있었다.

"독한 술은 아니니까 들어 보게. 어제 성도에 계신 황제 폐하께서 직접 보내 주신 하사주야."

대장군이 두 사람에게 술잔을 권했다.

"자네들 양일익이揚—益二라는 말을 아는가?"

두 사람이 공손히 술잔을 들 때 장군이 또 물었다.

"황공하옵게도 모르옵니다."

고운이 낯을 붉혔다.

"자네 같은 북쪽 사람이 이런 말을 알겠나? 또 치원 관역순관도 신라 출신이니까 알 리가 없고. 사실 이 말은 이곳 사람들이 자기들끼리 즐겨 쓰는 말이야."

대장군은 껄껄 웃으면서 말했다.

"지금 내가 맡고 있는 이 회남진淮南鎭은 엄청나게 방대한 위수지역(군사령관이 관할하는 지역)이야. 남쪽으로는 장강 아래의 항주만까지고 북쪽으로는 대운하가 끝나는 황하 남쪽까지야. 지금 우리가 군막을 치고 있는 이곳은 자네들도 알다시피 양주揚州라고 하는 오래된 도읍인데, 비록 그 규모는 크지 않지만 장강과 대운하가 만나는 전략의 요충지이기 때문에 우리 선대인 수나라 시절부터 가장 주목받던 곳일세. 그래서 사람들은 양주가 제일의 도읍이며, 그다음이 황제가 계신 익주益州, 즉 성도가 두 번째라는 뜻일세. 따라서 자네들은 지금 천하제일의 도읍에 와 있다는 것을 긍지로 삼아주게."

대장군의 말이 끝나자 모두 기분 좋게 술잔을 기울였다. 좋은 사람들과 기울이는 술잔은 지난 세월의 모든 시름을 잊게 한다고 했던가. 치원과 고운은 서로 빈 술잔에 술을 가득 따르며 마냥 즐거워했다.

"대장군, 이 회남 지역과 내륙은 어떤 지형적인 연관이 있습니까? 소관도 연전에 가까운 율수현 현위를 지내 봐서 압니다만, 이상하게도 말씀하신 익주, 즉 황제가 계신 성도와는 가까운 느낌을 받습니다."

치원이 대장군의 잔에 술을 따르며 물었다.

"아주 예리한 지적이야. 사실 지금 우리가 있는 이 양주 포구와 저 내륙 지방인 촉나라 땅 성도와는 아무 관계가 없는 지형 같지만 예로부터 지질 문제를 다루는 사람들은 성도 땅의 판세가 이 땅으로 쭉 이어져 바다로 빠지고 있다는 거야. 실제로 우리 양주 땅의 서북쪽 교외에는 촉강蜀岡(수지앙 능선)이라는 구릉 지대가 있지. 그 구릉 지대는 서쪽의 촉 지역으로부터 지맥이 이어져 이 양주까지 뻗쳐 있고 해안으로 달려가고 있어. 그 촉강 구릉 지대 위에는 명산들이 많은데 나는 언젠가 이 전쟁이 끝나고 나면 그 명산 위에 훌륭한 절을 세우고 싶어."

고병 장군의 그윽한 눈빛이 치원에게 고스란히 전해졌다. 치원과 고운은 훈장의 가르침을 받는 학동들처럼 얌전히 앉아 고병 장군의 입 모양새까지 놓치지 않았다. 두 사람을 기특하게 여긴 대장군이 목청을 더욱 높여 남은 이야기를 계속 이어갔다. 그러다가 문득 말을 멈추더니 술잔을 들었다.

"아이고, 내 정신 좀 봐. 오랜만에 말문이 터지니까 쓸데없는 얘기를 많이 했구만. 먼 길을 달려온 관역순관 앞에서……."

대장군은 매우 난처한 표정을 지으며 치원과 고운에게 다시 술잔을 권했다. 좋은 사람들과의 술자리는 비단 시름만 잊게 하는 것이 아니었다. 지금까지 마신 술의 양으로 볼 때 치원은 정신을 잃을 법도 하지만, 이상하게도 취기가 전혀 느껴지지 않으며 오히려 새로운 힘이 솟는 듯했다.

"현재 대장군께서는 회남 절도사를 맡고 계시고, 관례대로 관찰사도 겸직하고 계십니다. 또 전국의 모든 소금과 철을 관리하시는 염철전운사까지 겸직하고 계십니다. 뿐만 아니라 전국의 군을 통괄하는 제도행영병마도통까지 겸직하고 계십니다. 정말 이 모든 일을 모두 수행하고 계시면서 제대로 업무 처리를 잘 할 수 있습니까?"

어느 정도 술이 들어가자 치원이 다소 무례한 질문을 대장군에게 던졌다. 하지만 대장군은 껄껄 웃으며 넓은 아량을 과시했다.

"자네의 말을 듣고 보니 사실 말이 안 되는 듯한 내용인데, 사실은 그렇다네. 현재 나는 이 당의 군권을 다 행사하고 있으며 회남 지역을 넘어 전국을 관장하고 있는 셈일세. 그러니까 앞으로 자네 둘이서 내 수족이 되어야 할 걸세."

대장군은 끝까지 웃음을 잃지 않았다. 얼마 후 대장군은 두 사람만의 오붓한 시간을 즐기라는 말 한마디를 전하더니 서둘러 술자리를 파했다. 그리고 대장군은 고운에게 모든 업무를 정리하고 모처럼 일찍 귀가해 쉴 것을 명했다.

고운은 치원의 예리한 관찰력에 의한 질문을 지켜보고 대단히 업무수행을 잘 할 것이라고 판단했으며, 치원과 고병 장군과의 첫 대면은 매우 인상적이고 멋지다고 생각했다. 두 사람은 그날 장군의 배려로 일찍 군막을 벗어날 수 있었고, 군용 수레를 타고 집으로 향했다.

"원님 덕에 나팔을 부는군. 내가 자네 덕분에 실로 오랜만에 햇빛을 받으며 집으로 돌아가 쉬게 됐네."

집으로 돌아가는 길에 고운이 너스레를 떨며 기뻐하자 치원도 환하게 웃었다. 치원과 고운이 서로 맞잡은 손 위로 햇살이 가득

드리우고 있었다.

얼마 지나지 않아 집 한 채가 두 사람의 시야에 들어왔다. 긴 담장 위로는 수양버들이 늘어지고 남방 꽃들이 환하게 피어 있었다. 그 집은 붉은색으로 길게 감싸여 있었다. 집 앞에는 분홍색 당바지에 초록색 상의를 걸친 청순한 모습의 호몽이 나와 방긋 웃으며 두 사람을 맞이했다.

"어찌 알고 나왔소?"

치원이 기쁜 마음으로 다가서며 물었다.

"일찍 오실 것 같아 그냥 나와 있었어요. 집에 들르시지도 못하고 바로 군막으로 가셨잖아요? 여기가 북문상회의 예하에 있는 양주 상단이고, 바로 우리 집이랍니다."

호몽은 무척 들뜬 표정이었다.

"호몽아, 뭐 그렇게 어렵게 말하니? 그냥 너희 두 사람의 신혼집이라고 말을 해. 안 그래? 그렇지, 처남?"

고운이 치원의 어깨를 툭 치며 앞서서 들어가자 호몽이 치원에게 눈웃음을 보내며 슬그머니 팔짱을 끼었다.

그날 저녁 호몽의 집에서는 큰 잔치가 벌어졌다. 그러나 사실상 신랑 신부를 맞이하는 실질적인 혼례식이었다. 종남산 자오곡 계곡에서 도복을 입고 세상 사람들 몰래 도법에 의한 그들만의 의식은 끝났지만 전쟁 덕분에 피난을 온 고씨顧氏 일가가 한 자리에 모이고 신랑 신부를 정식으로 맞게 된 것이다.

혼례식장의 중앙에 호몽의 아버지인 고 대인이 앉고, 그의 부인이 품위 있는 모습으로 나란히 자리를 잡았다. 또 그 옆에 고운이 앉고, 그 가족 맞은편에 혼례 의식에 따라 치원과 호몽이 한 쌍의 학처럼 다소곳이 앉았다. 한 모퉁이에서는 경교의 수도사인 마르코와 배찬 대감의 딸인 밀리엄이 조용히 앉아 두 사람의 혼례를 지켜보며 흐뭇한 미소를 띠고 있었다.

드디어 고 대인이 혼례식의 배경에 대해 입을 열었다.

"전쟁이라는 것은 참으로 무서운 일이다. 황제가 몽진을 떠나셨고 만백성이 거리에서 유리걸식하고 있다. 또 수많은 사람이 안타깝게도 목숨을 잃고 있다. 그런데 이런 전란 속에서도 기적은 생기기 마련이다. 우리 가족은 전쟁 덕분에 한자리에 모였다. 그 만남이 첫 번째 기적이요, 또 이 전란 속에서 최치원 관역순관과 우리 호몽이 아름다운 가정을 이룬 것이 또 하나의 기적이다. 아무쪼록 천지신명이 가호하여 우리 고씨 가문의 사위가 된 최치원 관역순관의 장래에 광영이 있기를 바라고 우리 호몽이는 아름다운 가정을 이루고 최씨 가문의 자손을 번성시켜 주기 바란다. 또 작금의 전란 속에서 이 나라 모든 병권을 쥐고 있는 고병 제도행영병마도통의 건강과 무운을 빌어야 할 것이다. 그리고 대장군을 보좌하는 종사관 고운의 건강과 무운도 함께 빌기로 하자. 내빈으로 참석해 주신 마르코 수도사와 배찬 대감의 따님이신 밀리엄의 앞날에도 신의 가호가 항상 함께하기를 바랍니다."

무척이나 기쁘고 가슴 벅찬 순간이지만 환호하거나 큰소리를 낼 수 없었다. 지금도 거리 곳곳에서 전쟁의 여파로 노숙을 하며 굶주리고 있는 피난민들을 가엾게 여기는 고 대인의 깊은 뜻이 있었기 때문이다. 모두 조용히 먹고 마시며 그동안 밀렸던 이야기들을 나누는 것으로 이날 혼례의 기쁨을 대신했다.

"사실 저도 이곳으로 오기 전까지는 제 처가 된 호몽과 함께 종남산에 들어가 나름대로 도를 닦으며 고위 관직에 오르기 위한 과거 시험인 박학굉사과를 준비하느라 여념이 없었습니다만, 이 양주 지역과는 인연이 깊습니다. 제가 얼마 전까지만 해도 여기에서 뱃길로 두 시간만 가면 닿을 수 있는 율수현에서 현위로 소임을 맡은 바 있습니다. 장강이 유유히 흐르는 곳이지요. 물론 제 처는 그곳에도 와 봤습니다만, 아무튼 이곳은 우리 신라와도 깊은 관계가 있습니다. 또 이 양주 포구는 신라와 왜에서 오는 배가 제일 많이 정박하는 곳입니다. 따라서 제가 틈이 나면 확인해 보겠지만 신라방이 틀림없이 있을 것입니다. 왜나라 사람들이 모여 사는 왜촌도 있을 것이고, 회교 사람들이 모여 사는 회교촌도 있을 것이고, 서역 사람, 그중에서도 아라비아 사람들이나 사라센 사람 또 마르코 수도사가 태어나신 파사도독부, 즉 페르시아 사람들의 마을도 있을 것입니다."

치원이 갑자기 일어나 뜻밖의 이야기를 꺼내는 바람에 모두 당황스러운 눈빛으로 바라보고 있었다. 치원이 무슨 의도로 그런 말을 꺼내는지에 대해 아무도 알아차리지 못했다. 그러자 그때까지 먹는 것에만 열중하고 있던 북문상회 양주 상단의 책임을 맡고 있는 팽씨가 나섰다.

"서방님, 지금 말씀하신 신라방이나 왜인촌은 포구 바로 곁에 있고요. 회교 사람들의 마을은 서쪽 끝에 있습니다. 그리고 국적은 정확히 모르겠으나 아라비아 계통의 서역 사람들이 우리 지역 내에 오천 명 이상이나 살고 있습니다."

그의 말에 모두 놀라는 표정을 지었다. 뚱뚱한 팽씨는 역사에도 깊은 지식이 있어 지역에 관한 내용을 아주 소상히 말하고 있었다.

"허락해 주신다면 이 양주 지역에 관한 몇 가지 말씀을 드리고자 합니다."

그는 몸을 돌려 고 대인을 향해 허리를 굽히며 정중히 양해를 구했다. 그러자 고 대인이 고개를 끄덕이며 팽씨의 의견에 동의를 했다.

"현재 도련님께서 종사관으로 근무하고 계신 회남 군영, 즉 군막은 선대 수나라 양제께서 지은 이궁입니다. 수나라 양제 양광楊廣은 우리 당나라 역사에서 결코 지울 수 없는 발자취를 남긴 대황제입니다. 누가 수양제 양광을 모르겠습니까? 그러나 그분은 매사에 도가 지나친 면이 있었습니다. 자기를 낳아준 아버지 황제를 시해까지 하는 패륜을 저질렀고 국정을 수행함에 있어서도 엄청난 폭압 정치를 하였습니다."

양주에 관한 이야기를 한다던 팽씨는 역사를 거슬러 수나라의 정치에 관해서도 소상히 얘기하고 있었다.

"아, 두말하면 잔소리지. 그분은 폭군이었어."

고 대인이 짤막하게 한마디 했다.

"네, 그러나 폭군 수양제는 일도 많이 하였습니다. 우선 땅이 넓은 이 나라의 형편을 생각하여 북쪽 황하와 이곳 장강을 잇는 대운하를 설계하고 건설했습니다. 속도도 빨랐고 아주 신속하게 진행해 나갔습니다. 그러나 수십만 수백만의 백성들이 날마다 노역에 시달렸고 운하 공사가 지지부진하면 공사 감독을 하는 관리는 물론 그 공사에 참여했던 수백 명의 인부들을 그 자리에 파묻어 돌과 함께 쌓아 버렸다고 합니다. 만리장성도 함께 손을 봤는데, 그 공사 역시 그런 식으로 동원된 백성들이 힘들어하면 치하를 해주지는 못할망정 그냥 그들이 힘겨워하며 쓰러진 자리에 돌과 함께 쌓아 버리는 무자비한 행위를 했다고 합니다. 그렇게 했기 때문에 백성들은 모두 황제를 무서워했고 죽지 못해 성을 쌓고 운하를 판 것입니다."

팽씨는 입에 거품을 물어가며 수양제의 폭정을 낱낱이 파헤치고 있었다.

"오늘은 경사스러운 날이에요. 그런 얘기는 다음에 하기로 하고 좀 재미있는 얘기를 해 보세요."

호몽의 어머니가 나서 조용히 팽씨를 나무랐다.

"송구합니다. 사실은 제가 아름다운 고구려 얘기를 하려다가 엉뚱한 얘기로 번졌습니다. 사실 이곳은 아름다운 고구려 여인에 대한 이야기가 전해져 오는 곳입니다."

팽씨가 머리를 긁적이더니 서둘러 말머리를 돌렸다. 그제야 사람들은 다시 맛있는 음식을 먹으며 밝은 표정을 지었다.

"수양제가 수십만의 대군을 이끌고 고구려를 세 번이나 쳐들어 갔다는 것은 모든 역사서에 나오는 내용입니다."

팽씨가 목청을 가다듬으며 다시 말을 이어갔다.

"그렇지, 고구려에 관한 이야기라면 마음껏 해도 돼. 우리 조상 님들의 이야기니까. 우리 가문은 팽씨도 알다시피 고구려에서 오 지 않았는가? 우리 가문은 발해 지역에서 왔지."

고 대인이 팽씨의 말을 가로막고 잠시 가문의 이야기를 꺼내며 들뜬 표정을 지었다.

"대인, 잘 알고 있습니다. 아무튼 고구려를 정벌하기 위해서 세 번씩이나 원정을 갔던 수양제는 끝내 그 뜻을 이루지 못하고 되돌 아와 말년에는 이 양주에 와서 성을 쌓고 울분을 달랬습니다. 그 러면서도 고구려에 대한 미련을 버리지 못해 고구려를 향해 서신 을 보냈다고 합니다. 바로 고구려 임금에게 서신을 보낸 거지요. 어떤 내용이었느냐? 엉뚱하게도 정벌 원정길에서 보았던 고구려 의 절세미인 아희阿姬라는 여인을 보내라는 것이었습니다. 아희만 보내면 다시 쳐들어가지 않겠다는 내용이었습니다. 그래서 고구려 에서는 그 천하의 절색인 아희라는 처자를 배에 태우고 꽃으로 가 득 채운 후 장강 쪽으로 보냈습니다. 그 배는 결국 장강을 통하여 이 양주까지 왔는데, 수양제가 마중을 나가자 그 고구려의 여인 아희는 뱃전에 서서 이렇게 외쳤다고 합니다. '폭군 수양제야! 네 가 어찌 감히 고구려의 여인을 넘보려 하느냐! 자! 보아라! 고구려 여인의 기개를!' 그러면서 그 아희 처자는 물속으로 몸을 던지고 말았습니다. 그러자 배에 함께 싣고 온 온갖 기화요초도 함께 물에 잠겼는데, 그때부터 이 양주 일대의 강물에서 향기가 나고 물맛이 좋아졌다고 합니다. 그래서 양주 사람들은 그때부터 이 일대에서 나는 쌀과 물로 술을 만들어 생산했는데, 그 술 이름이 바로 곡아미주曲阿美酒입니다."

방 안에 있던 모든 사람이 '아' 하는 탄성을 질렀다. 그 누구보다도 호몽의 어머니가 제일 감동하며 두 손을 마주쳐 큰소리를 냈다.

"어서 빨리 곡아미주를 내오거라."

호몽의 어머니가 노복들에게 명을 내리자 얼마 후 곡아미주가 항아리째 방으로 들어왔다. 그날 밤 모두 곡아미주에 취하여 흥이 한껏 달아올랐고, 신랑과 신부를 향해 혼례를 축복한다는 말을 전하며 잠시나마 전란의 아픔과 괴로움을 잊었다. 밤하늘에서 아름다운 별빛이 찬란히 내리고 있었고, 이름 모를 꽃들의 향기가 집 안에 가득했다.

전란 속으로

　최치원은 고병 대장군과 고운 종사관의 밀명을 수행하기 위해 장안으로 은밀히 숨어 들어갔다. 치원 일행은 남의 눈에 띄지 않게 양민의 옷으로 갈아입었다.

　창검은 모두 수레 밑에 감추고 피난민들처럼 수수한 차림이었다. 치원과 군관만 말을 타고, 나머지는 수레에 탔다. 수레도 피난 가는 사람들의 짐을 실은 것처럼 이런저런 물건을 싣고 나니 마치 백성들의 여느 수레와 다를 바가 없었다.

　장안으로 들어설 때 매캐한 냄새가 훅 끼쳐 오더니 이내 목이 따끔거렸다. 여기저기서 불길이 솟아오르더니 이어 그을음이 높이 치솟으며 앞을 가렸다. 장안대로로 쏟아져 나온 피난 행렬이 길게 늘어서며 제대로 걸을 수가 없었다.

　아이들은 울고 노인들은 힘없이 길가에 누워 있었다. 이미 칼이나 화살을 맞고 쓰러져 숨이 끊긴 사람들이 즐비하게 누워 있는 곳을 피해 코를 막고 서둘러 지나쳐야만 했다.

그때 성문을 빠져나가는 피난 행렬과는 정반대편에서 웬 병사들이 몰려오고 있었다. 그들의 손에는 흔히 볼 수 있는 깃발 하나 들려 있지 않았으며 갑옷을 입거나 계급장을 붙이지 않은 것으로 보아 정식 병사들이 아닌 것만은 분명했다.

그들은 한눈에 보아도 황소 부대의 선발대였다. 모두 흰옷을 입었고 이마에 붉은 천을 두르고 있고, 등 뒤로 장검을 두 개씩 둘러 메고 있었다. 선봉은 모두 말을 탔고 그 뒤를 따르는 보병들도 아주 민첩하게 움직였다. 그들은 황군의 갑옷을 입은 병사들을 추적하고 있었고, 황조의 녹을 먹는 순검들이 없는가를 뒤지고 다녔다.

그러나 장안성 안에 병사나 순검이 남아 있을 리가 없었다. 그들은 툭 터진 제방을 넘어 밀물이 몰려오듯 거침없이 장안성으로 들어오고 있었다. 그때 어디선가 함성이 들려 왔다.

"황소 장군 만세! 황소 폐하 만세!"

연이어 높아지는 함성과 함께 골목 여기저기에서 사람들이 쏟아져 나왔다. 어떤 사람은 북을 들고 어떤 사람은 꽹과리나 양철통 등 종류를 알 수 없는 타악기를 들고 나와 무조건 세게 두드렸다. 황소 장군을 연호하는 소리는 더 높아지고 그 흰옷을 입은 황소의 선발대는 군중을 향해 손을 흔들어 주었다. 흰옷을 입은 황소의 병사들이 분주히 오가며 벽에 격문을 붙이기 시작했다.

세상이 바뀌었다. 광명 세상이 열렸다. 만인은 평등하다.
누가 누구를 지배하던 시대는 이제 끝났다. 백성과 백성이 하나가 되어 황소 장군과 함께 새로운 세상을 만들면 되는 것이다.

자, 높은 황실과 황제의 흔적을 찾아보라. 지금 그들은 어디로 갔는가. 멀고도 먼 서쪽 땅으로 도망가고 말았다. 만 백성을 거리에 버려둔 채 황황히 사라지고 말았다. 그 황망한 피난길에도 황금과 궁녀들을 끼고 도망갔다. 그들은 백성들과는 전혀 관계가 없는 기생충 무리에 지나지 않는다.

성벽 주변에 붙은 격문은 참으로 놀라운 내용을 담고 있었다.

"옳소, 옳소! 새 세상이 열려야지! 암, 그렇고 말고! 올 것이 왔구만!"

거리로 뛰어나온 백성들은 격문을 읽으며 몸을 심하게 떨었다. 그때 누군가 흥분된 목소리로 소리쳤다.

"피난을 왜 가나? 갈 필요 없어! 이제 황소 장군을 모셔야지."

그러자 여기저기서 그 말에 동조하는 목소리가 함성과 함께 섞여 울려 퍼졌다. 치원 일행은 말에서 내려 격문을 계속 읽어 내려갔다.

희종 황제라는 자는 특히 황음하여 부패한 환관들을 중용하고 주색잡기에 빠졌다. 국사를 팽개치고 백성들의 재산을 갈취하여 날이면 날마다 잔치와 연회로 지새고, 길거리에 굶어 쓰러진 아이들과 백성들을 버렸다. 황제가 부패하니 각 번진에서도 절도사와 장군들, 지방 호족들이 백성들을 착취하고 갈취했다.

민생을 도탄에 빠지게 한 것도 모자라 백성의 아들들을 모두 전쟁터에 보내는가 하면 여인들을 청루로 팔아 넘겼다.

어디 그뿐인가! 소금과 철의 판매를 독점하고 자유로운 상거래를 방해했다. 이에 우리 황소 장군께서는 민중들과 함께 이 모든 독점 체제를 깨부수고 새로운 세상을 열기 위해 봉기했다.

보라, 새 세상이 열릴 것이다. 눈물과 한숨이 없는 세상, 강자와 약자가 따로 구분되지 않는 세상, 귀한 자와 천한 자가 따로 자리를 만들어 앉지 않는 세상, 부자와 가난한 자가 증오로 갈라서지 않는 세상, 즉 대동 세계를 이루어 나갈 것이다.

황소 장군 만세, 황소 폐하 만만세!

격문을 다 읽은 치원이 손을 부르르 떨며 가여운 백성들의 함성에 귀를 기울였다. 그때 수레 안에서 이 모든 광경을 지켜보던 호몽이 밖으로 나왔다.

"왜 나오시오? 가만히 앉아 있지 않고."

성난 민심이 두려운 나머지 치원은 호몽을 만류했다. 그러나 호몽은 주저하지 않고 흰옷을 입고 있는 황소의 병사들에게 다가갔다. 이 모습을 치원은 두려운 눈빛으로 바라볼 수밖에 없었다.

"수고들 하십니다. 저도 돕고 싶습니다. 격문을 좀 나누어 주십시오. 저희들이 다니면서 붙이겠습니다."

그들에게 다가간 호몽은 입가에 미소를 가득 담고는 병사들을 향해 격문을 나누어 줄 것을 제안했다. 그러자 한 병사가 기분 좋게 웃으면서 격문 한 뭉치를 건네주었다.

호몽이 무사히 돌아오자 치원은 놀란 가슴을 쓸어내리며 다시 말에 올랐다. 호몽이 탄 수레가 움직이기 시작하자 치원 일행은 서둘러 북문 쪽으로 향했다.

다행스럽게도 황소의 선발대는 북문까지 미치지 못했다. 북문에 이르러 호몽이 날렵한 몸짓으로 수레에서 내리더니 문을 세차게 두드렸다.

"아니! 아가씨가 웬일이십니까?"

얼마 후 문이 빠끔 열리며 건강하게 생긴 장년 하나가 얼굴을 내밀더니 이내 호몽을 알아보고 급히 허리를 구부리며 인사를 했다.

"왕서방 아저씨 아니에요?"

호몽도 반갑게 인사를 건넸다.

왕서방은 인적이 끊긴 골목을 휘휘 둘러보고 조심스럽게 일행을 맞아들였다. 집안은 텅 비어 있었다.

"다들 어디 가신 거예요?"

호몽이 놀란 표정으로 눈을 치켜뜨며 왕서방을 쳐다보았다.

"대인께서는 사흘 전에 전 가솔을 이끌고 남쪽으로 향하셨습니다."

왕서방이 작은 목소리로 알려주었다.

"남쪽 어디요?"

"회남입니다. 장강과 운하가 만나는 회남 말입니다."

"아니, 어떻게?"

"대인께서는 그곳에 큰도련님이 계시다고 하시면서 여행 가시듯이 떠나셨습니다."

왕서방은 머리를 조아리며 호몽에게 그간의 정황을 모두 말해주었다. 그때 왕서방 부인이 시끌벅적한 소리를 듣고 부엌에서 머리를 내밀더니 이내 호몽을 발견하고는 내처 달려나왔다.

"아가씨, 이게 얼마 만이에요? 종남산에 가신 지가 벌써 오래됐잖아요."

왕서방 부인이 호몽의 손을 잡고 눈물을 흘렸다.

"아주머니, 저 혼인했어요. 이분, 생각나지 않으세요?"

호몽이 선언을 하듯 혼례를 치른 사실을 알리고 치원을 소개하자, 그제야 왕서방과 그 부인이 치원을 알아보았다.

"아이고, 그때 그 서방님이시군요? 신라에서 오셔서 우리 집 큰서방님과 함께 장원 급제하셨던 분! 우리 집 잔치에 오셨고 그 후에도 형님과 함께 우리 집에서 한동안 사셨잖아요."

그녀가 치원의 앞으로 다가와 허리를 구부리며 인사를 했다.

"서방님, 축하드립니다. 저희들도 다 이리 되리라 예상하고 있었습니다."

그제야 왕서방도 치원을 알아보고는 머리를 조아리며 인사를 했다.

"아, 이 사람아 뭐해? 일행이 많으신데 빨리 저녁 준비를 해야지. 아가씨 방도 치우고……."

왕서방이 부인에게 핀잔을 주자, 그의 부인이 머리를 긁적이며 총총히 사라졌다. 잠시 후 치원과 호몽은 오랜만에 몸을 씻고 방에 들어가 지친 몸을 뉘였다.

"이제야 온전한 우리 방에서 자유스럽게 머물 수 있는 공간을 갖게 되었군요."

편한 옷으로 갈아입은 호몽이 입가에 미소를 띤 채 아랫목에 누워 있는 치원의 품 안을 파고들었다.

"미안하오. 우리는 언제나 분주함 속에서 지내다 보니 언제나 같이 있어도 떨어져 있는 듯했소. 골짜기를 오르고 구름도 타 봤지만 이렇게 오붓하게 작은 방에 함께 있는 것이 얼마 만인지……. 사실 이런 것이 보통 사람들의 행복일 터인데 말이오."

치원이 호몽을 꼬옥 안아 주었다.

"제가 보통 여자라면 서방님을 더욱 편하게 모셨을 텐데……. 이 전란 중에, 이런 상황에서 겨우 제 방에 모시게 됐군요. 서방님, 우리가 앞으로 인간으로서의 오붓한 행복을 누릴 수 있을까요?"

호몽이 치원의 가슴에 묻었던 고개를 들며 그윽한 눈빛을 보냈다.

"암, 그렇게 돼야지. 우리도 한 쌍의 부부로서 누릴 것을 누리고 행복해질 권리가 있잖소. 그리 될 것이오. 어떤 상황을 맞더라도 난 당신을 잊지 않을 거요. 그리고 당신만을 죽을 때까지 사랑할 것이오."

치원이 호몽을 안고 있던 팔을 풀어 그녀의 등을 쓸어내렸다.

"고마워요. 그거면 돼요. 당신이 절 사랑해 주시면 그것으로 된 거예요."

호몽이 기뻐하며 치원의 배 위로 올라가 납작 엎드렸다. 호몽이 어렸을 때부터 썼고 처녀 때에도 그 아름다움을 가꿨던 바로 이 방에서 두 사람은 모처럼 평화로운 한때를 즐겼다. 이 아담하고 아늑한 방이 두 사람에게 한없는 행복감에 젖어들게 했다. 그때 밖에서 왕서방 부인이 큰소리로 호몽을 불렀다.

"아가씨, 그리고 서방님! 거실에 저녁상이 준비됐습니다. 어서 나오십시오."

두 사람이 숨을 죽이고 누워 대꾸를 안 하자 왕서방 부인은 더 큰소리로 치원과 호몽을 불렀다. 두 사람은 서로 얼굴을 바라보며 배시시 웃었다.

어디선가 함성소리와 함께 쿵쿵거리는 소리가 연이어 들리고 씨끌벅적거리는 소리는 계속되었으나 이내 선상의 매캐한 냄새가 집 안으로 몰려왔다. 하지만 집을 지키는 왕서방 내외와 몇몇 비복들은 오랜만에 보는 호몽을 향해 반가운 표정을 짓고 밥상에 모여 앉아 밥을 먹었고, 군관과 병사들도 모처럼 맛보는 진수성찬에 놀라며 여유롭게 만찬을 즐겼다.

다음 날 일행이 찾아간 곳은 북문을 한참 지나 종로 근처에 있는 서역인들의 거리였다. 머리에 흰 빵떡모자를 쓴 회족回族(무슬림) 사람들이 하루에도 여러 번씩 서역 하늘을 향해 절을 올리며 예배를 보는 청진사淸眞寺 근처에 정말 묘한 모습을 한 건물이 서 있었다. 서역 사람들의 기술로 세워진 뾰족한 집 꼭대기에 십자가가 세워진 그런 집이었다.

치원 일행이 안으로 들어서자 긴 의자가 줄지어 서 있었고 제대 한가운데에서는 촛불이 일렁이고 있었다. 일행이 발소리를 내며 복도를 걸어가자 제대 뒤에서 까만 옷을 입은 키 큰 서역인이 성큼성큼 걸어 나왔다.

"어디서 오셨습니까? 전 이곳에 있는 경교의 수도사 마르코입니다."

그 서역인은 용모와 어울리지 않게 당나라 말을 제법 잘 구사하고 있었다.

"여기서 일하시는 분을 찾습니다. 배찬 대감의 따님이십니다."

호몽이 다가가 서역인을 바라보며 말했다.

"밀리엄! 밀리엄! 손님이 오셨습니다."

마르코는 안쪽을 향해 소리쳤다. 그러자 밀리엄이라고 불린 여자가 금세 달려 나왔다. 검은색 옷을 입고 머리에도 검정 두건을 두른 여인은 눈빛에 힘을 더하며 입술을 반쯤 벌린 채 서 있었다. 아주 조용하고 품위 있는 여인의 모습이었다.

"아, 누구시더라? 장원 급제하셨던 고운 진사의 동생이시죠?"

밀리엄이 말했다.

"네. 기억하시네요. 그런데 지금은 배찬 대감께서 보내셨습니다. 대감은 지금 황제 폐하를 모시고 성도에 계십니다. 그런데 지금 이 황도에 반란의 무리들이 쳐들어왔으며, 반란군들은 자주를 외치면서 외국인들이나 서역 종교를 믿는 사람들을 일차적으로 해치고 있습니다. 어서 피하셔야 합니다."

호몽이 밀리엄에게 배찬의 말을 전했다. 그러자 그녀는 키 큰 서역인과 서역 말로 몇 마디를 나누더니 서로 고개를 끄덕이며 돌아섰다.

"어디로 가야 되는데요?"

밀리엄이 호몽을 쳐다보며 물었다.

"저희가 향하고 있는 회남으로 가셔야 합니다. 대운하 끝에 있는 회남은 안전합니다."

"알겠습니다. 감사합니다."

마르코와 밀리엄이 호몽을 따라나섰다. 우선 호몽이 앞장을 서서 병사 몇 명과 함께 배 타는 곳으로 먼저 떠나기로 했다. 상황이 워낙 급하게 돌아갔기 때문에 서둘러야만 했다.

치원과 군관은 그 길로 말을 달려 고궁으로 향했다. 나라의 문화유산 보물이 보존되어 있는 그 고궁에 반란군이나 무뢰한들이 먼저 몰려가 노략질을 하면 안 되는 터라 그들 역시 서둘러 말을 몰았다.

그러나 치원이 고궁에 이르렀을 때 염려하던 일이 이미 벌어지고 있었다. 약탈을 목적으로 하는 군중이 붉은색 고궁 문을 부수고 있었던 것이다. 쇠창으로 찌르고 돌로 쳐서 거대한 문짝을 부수고는 거친 함성을 지르며 고궁 안으로 달려 들어갔다. 그들은 먼저 보물들이 진열되어 있는 고궁의 전시실 쪽으로 질풍처럼 몰려갔다.

　사태가 긴박하게 돌아가고 있음을 간파한 치원과 군관이 서둘러 말을 몰아 군중을 앞서 갔다. 광란의 군중이 몰려오기 전에 고궁의 전시실을 지켜 내야 한다는 다급한 심정으로 달려갔지만 그 일은 가망이 없어 보였다. 가히 중과부적이었다.

　"멈추시오! 참으시오!"

　커다란 함성과 함께 쇠스랑을 든 젊은이들이 문짝을 후려치려고 할 때 치원이 이를 막았다.

　"비켜! 넌 뭔데? 도망간 황실의 첩자들이냐?"

　성난 젊은이들이 콧바람을 일으키며 씩씩대고 있었다. 그러나 치원은 결코 물러서거나 뜻을 굽히지 않았다.

　"물러들 나시오. 이것은 국보입니다. 사사로이 손을 댈 물건이 아닙니다. 이것은 수천 년 전부터 바로 여러분의 조상님들이 만들고 빚어 온 보물들입니다. 이 보물들은 우리 당대의 것도 아니고 이 나라 후손들이 역사와 함께 간직하고 보존할 것들입니다."

　"다 끝난 마당에 보물은 뭐고, 역사는 뭐야? 먼저 갖고 튀는 놈이 임자지. 보아하니 어느 관청의 벼슬아치 같은데, 다치기 전에 썩

비켜라!"

젊은이들이 치원을 비웃으며 더욱 세차게 달려들었다. 그때 홀연히 먼지를 일으키며 달려오는 세 사람이 있었다. 어찌나 빠른 속도로 달려오는지 말발굽 소리가 바람 소리에 묻혀 광풍처럼 일었다. 얼굴에 복면을 한 세 사람은 군중 사이로 말을 사납게 몰며 겁을 주었다. 건장한 청년들과 손에 무기를 든 사람들은 여지없이 말발굽에 채여 나가떨어졌다.

"이건 또 뭐야?"

다른 사람들이 뒤로 서너 걸음 물러나며 쇠스랑을 높이 쳐들었다.

"이것은 나라의 보물이다. 황실의 것도 아니고 황소의 것도 아니다. 이것은 나라의 것이며 역사의 유물인 것이다. 이 물건에 손을 대는 자는 가만 두지 않겠다."

복면을 두른 사내가 큰소리로 말하며 성난 민심을 잠재우고 있었다. 그러더니 세차게 말을 몰아 다시 한 번 군중 사이를 휘저어 놓더니 어깨에 메고 있던 장도를 꺼내 들었다. 햇빛을 받은 칼날이 번득이며 엄청난 위엄을 과시했다. 그러자 군중들은 쇠스랑을 내려놓고 슬금슬금 물러나기 시작했다.

"나는 무성도사다. 내가 다섯을 세기 전에 여기서 물러나라. 다섯을 센 후에는 모조리 머리를 잘라 주겠다. 하나, 둘, 셋……."

무성도사가 다섯을 세기 시작하였다. 군중은 강호에서 이미 무림 고수로 알려진 무성도사라는 말을 듣자마자 엄청난 속도를 내며 제각각 흩어지기 시작했다.

군중이 모두 뿔뿔이 흩어지자 정신을 차린 치원은 부서져 내린 붉은 문 쪽으로 달려갔다. 그때 도망치는 군중을 노려보던 사내 중 하나가 복면을 벗었다. 그 모습을 바라본 치원은 그 자리에 얼어붙고 말았다.

"아니, 이게 누구야! 소림사에 있어야 할 네가 여긴 어인 일로……."

치원은 벌어진 입을 쉽게 다물지 못했다.

"소림사에만 있으면 뭐해요? 바로 이런 때 써 먹기 위해 무술을 배운 거지요. 오라버니! 제 솜씨 쓸 만하죠?"

그 복면 속의 사람은 사내가 아니라 여인이었다.

바로 몇 해 전에 치원의 곁을 떠나 소림사로 향했던 보리였다. 보리는 의기양양한 모습으로 치원을 향해 칼을 휘두르며 그동안 배운 솜씨를 자랑했다.

그때 보리의 곁에 있던 다른 사내마저 복면을 벗었다.

"최치원 관역순관의 힘으로는 역부족일 거 같아, 내가 보리 낭자를 불렀지."

그는 종남산에 있어야 할 최승우였다. 그리고 나머지 한 사내도 복면을 벗었다. 그는 최치원이 처음 보는 사내였다. 보리가 최치원에게 그 사내를 소개하였다.

"오라버니, 제가 소림사에서 무술을 익힐 때 제 사부노릇을 해준 무성이라는 분이예요. 소림사권법을 완전히 익힌 분이고 창검과 철퇴를 신묘하게 다룰 줄 아는 무인이죠. 앞으로 저는 이분과 함께 이 전쟁을 구경하게 될 거예요."

무성이라는 사내가 말 위에서 치원에게 고개를 숙였다. 잠깐 보는 모습이지만 몸 전체에서 풍겨나는 기운은 참으로 비범해 보이고 눈에서는 광채가 났다. 최승우도 말을 보탰다.

"무성 사부는 정말 훌륭한 분이지. 예로부터 소림사에는 만, 헌, 지, 천이라는 신승들이 있었는데 그 이름이 만공, 헌공, 지공, 천공이라는 선사들이었지. 하지만 이 젊은 무성 사부는 그 권법과 무술의 경지가 만, 헌, 지, 천을 모두 뛰어넘는 아주 비범한 인물이오. 앞으로 최치원 관역순관과 좋은 인연을 맺게 될 것이오."

최치원이 기쁜 얼굴로 화답하였다.

"고맙소, 뜻하지 않은 장소에서 뜻하지 않게 좋은 인연을 만났습니다. 앞으로 이 나라를 위하여 모두의 힘을 보태 나갑시다. 자, 지금은 시간이 없으니 우리 함께 회남으로 갑시다."

치원이 크게 기뻐하며 세 사람을 향해 환하게 웃었다. 그러면서 치원의 시선은 자연스레 보리를 향하고 있었다.

"오라버니, 혼례 치르신 거 알아요. 늦었지만 축하드려요."

보리는 말 위에 앉은 채 치원을 향해 미소를 지었지만 마음속에 가득 담겨 있는 진한 그리움과 쓸쓸한 감정을 쉽게 걷어낼 수가 없었다.

"미처 알리지 못해 미안하구나. 아무튼 이리 다시 만났으니 함께 가서 일을 도모해 보자."

치원이 보리의 시선을 외면한 채 말을 더듬었다.

"전 이 전쟁이 흥미로워요. 난세에 황제가 어떻게 자신의 제국을 지켜 내는가 하는 것을 통찰해 보고도 싶고, 황제에 대항하여 일어난 황소 무리가 어떻게 움직이는가 하는 것도 충분히 관찰하고 싶어요."

보리는 애써 아무렇지도 않다는 듯이 화제를 돌렸다.

"사실 전 일개 소금장수였다가 반군의 수괴가 되고 이제는 이 땅의 황제가 되려고 하는 황소라는 사람에 대해서도 흥미를 느끼고 있어요. 그는 바야흐로 천하를 바꾸려 하고 있지 않습니까? 저는 그런 혁명의 주인공에 대하여 흥미가 있답니다. 아무래도 제 핏속에는 아버지에 이어 개혁과 혁신의 피가 흐르고 있는지도 모르지요."

최승우도 말을 보탰다.

"나도 이 전쟁이 한없이 흥미롭다네. 어느 쪽이 승리할 것인가를 충분히 관찰하고 공부해 둘 가치가 있다고 생각해. 관리가 된 최치원 관역순관은 맡은 바 임무를 성실히 수행하시오. 우리들은 전쟁터 구경을 좀 더 할 터이니."

말이 끝나기가 무섭게 세 사람은 말머리를 돌려 질풍처럼 시야에서 사라졌다. 최치원은 빠르게 사라지는 그 세 사람을 바라보며 묘한 충격을 받았다. 그리고 그 세 사람이 무슨 일인가를 저지를 것 같은 불길한 예감에 사로잡혔다.

격황소서

　고운은 치원에게 자신이 맡아오던 업무 일부를 인계한 이후 전쟁터에서 승전보 소식이 연일 전해오고 내부 업무 처리도 원활히 잘 수행되어 빠른 시일 내에 전쟁을 승리로 끝내기 위한 세부 계획을 마련했다. 고병 대장군이 관장하고 있는 모든 업무의 서류를 재점검하였다. 치원이 해야 할 일은 대장군에게 간단명료하게 보고하는 것이기 때문에 업무의 내용들을 세심하게 검토하여 간결하게 보고서 형식으로 작성하는 일이라고 말했다.

　특히 작전 업무나 정보 업무를 깔끔하고 빈틈없이 재정리하여 신속하게 대장군에게 올리면 되는 것이다. 치원은 일차적으로 고운의 도움을 얻어 그런 일에 대한 방법이나 규칙을 신속하게 익히는데 중점을 두었다.

　그 다음에는 고병 대장군이 겸직하고 있는 방대한 절도사 업무를 파악하는 것도 중요했다. 행정 기관을 통해 보고되는 모든 서류를 일단 점검하고 결제할 수 있도록 중간 점검을 하는 것도 중

자금어대

황궁

요했다. 뿐만 아니라 고병 대장군이 겸하고 있는 소금과 철에 대한
업무를 정리해 주는 일도 치원이 앞으로 담당할 일이었다.

황소의 난이 왜 일어났는가? 바로 소금에 대한 황실의 과세 정
책이 잘못되었고, 상인들의 전매 행위가 지나친 것에 대하여 관료
들이 금품을 받고 묵인함으로 인하여 일어난 일이었다. 그래서 소
금과 철에 대한 유통과정과 가격고시 등의 적절한 조치가 무엇보
다 시급한 상황이었다.

고운이 관장했던 종사관실에는 열 명이 넘는 서기들이 있었다.
그러나 그 서기들은 그냥 서류를 정리하고 읽고 옮기는 일만 할

수 있었을 뿐 간결하게 요약을 하거나 요점을 정리할 수 있는 능력이 없었다.

사실 그러한 권한도 주어지지 않았다. 보고된 주요 서류의 요체를 파악하고 그 서류들에 대한 대응책을 강구하는 것은 오로지 종사관의 몫이었다.

과로에 지쳐 있던 고운이 치원에게 한 가지 제안을 했다. 우선 그 많은 업무 중에서 이중으로 얽혀 있는 군법회의에 관한 법률 문제를 별도로 분리해 내는 것이 효율적이라고 건의했다.

전쟁 시기에는 수많은 백성의 소원 수리나 요구 사항이 있기 마련인데, 그것은 종사관의 판단력에 달려 있을 수밖에 없었다. 이것을 군무에 바쁜 대장군에게 보고할 것인가, 말 것인가를 판단하는 것은 오로지 종사관의 몫이었다.

또, 이런 일보다 훨씬 더 중요한 일도 있다. 죄를 짓고 군 수용소에서 치죄를 기다리고 있는 죄인들에 대한 처리문제다. 탈영병에 관한 문제, 살인자에 관한 문제, 방화자에 대한 문제, 강간자에 대한 문제, 남의 물건을 훔친 절도자에 관한 문제, 귀순자에 관한 문제 등 그 산적한 문제들을 처리하는 사람은 군 법무감이라고 할 수 있는 도통판관의 몫이다.

그래서 일단 고운은 사람의 생사 문제를 처리하는 이 법리 문제를 맡기로 했고 나머지 행정 업무 일체를 치원에게 맡기기로 결정을 했다.

고운으로부터 치원과 이같이 업무분담을 재조정했다는 보고를 받고 고병 대장군은 두말없이 흔쾌히 재가해 주었다.

"좋아! 오늘부터 고운은 모든 법률 업무를 총괄하는 도통판관 都統判官이 된다. 그리고 최치원은 모든 도읍을 수시로 순찰할 수 있는 도통순관都統巡官을 맡음과 동시에 내 곁에서 종사관 업무를 보좌하도록!"

전쟁, 특히 황소와 같은 반란군이 전국을 누비며 난을 일으키는 전쟁은 피아(적군과 아군)를 구분하기가 어렵다. 어제의 도둑이 하루아침에 황군의 군복을 입고 황군 막하에 들어오기도 하고, 오늘의 황군이 도둑이 되어 황소의 깃발 밑으로 들어가기도 한다. 따라서 회남진 안에는 아예 귀순한 도둑들로만 이루어진 도적항군盜賊降軍 집단이 있었다.

그러나 상황이 워낙 급박하게 돌아가는 터라 고병 대장군은 투항한 도둑에 대해서는 과거를 묻지 않고 군복으로 갈아입게 하였다. 황소는 자신을 충천 대장군衝天大將軍이라고 부르며 하남河南, 산동山東, 강서江西, 복건福建, 광동廣東, 광서廣西, 호남湖南, 호북湖北의 성들을 모조리 점령하고 파죽지세로 몰아붙여 도읍을 위협하고 있었다.

그가 이끄는 장졸의 숫자는 자그마치 60만 명이나 되었다. 그는 이미 동도 낙양을 점령하였고, 그의 선발대가 황도 장안을 어지럽히는 중이었다. 황소는 때로는 가혹하게, 그리고 때로는 인심을 베풀면서 당나라 황실의 목줄을 죄고 있었다.

그는 자주를 외치면서 외세를 배격했다. 당시 천하의 중심지인 당나라에는 이국 사람들이 모여들어 각종 상권의 확장과 더불어 종교를 비롯한 자국의 문화 전파에 안달이었는데, 황소는 바로 이러한 흐름을 철저히 차단하고자 했던 것이다. 이는 자신이 보위에 오르기 전에 내전의 소문이 당나라 밖으로 퍼져 나가는 것을 우려했기 때문이다.

그는 광동 지역을 점령하며 제일 먼저 눈에 띄는 외국인들을 처단하기 시작했다. 머리에 흰 모자를 쓰고 다니는 회회교인回回教人(이슬람교도), 목에 십자가를 걸고 다니는 경교인景教人(기독교인), 머리에 까만 모자를 쓰고 다니는 유태인猶太人, 그리고 파사인波斯人(페르시아인·이란계) 등을 보면 닥치는 대로 사살했다. 구덩이에 넣고 한꺼번에 묻어 버리기도 하고, 창칼로 어린아이까지 해치는가 하면 상당수의 신라인들까지 도륙을 내고 있었다. 그 규모가 10만 명에 이르렀다. 이런 상황을 보고받은 고병 대장군은 탄식하며 주먹을 불끈 쥐었다. 이어서 치원에게 명령했다.

"일단 우리 군의 숫자가 반군을 압도해야 돼. 병법에 뭐라고 되어 있나? 상대편의 3배수는 가지고 있어야 공격이 가능하다고 하지 않았나? 지금 황소군은 60만, 그렇다면 우리에게는 적어도 180만 명의 군요원이 필요한 거야. 최치원 도통순관! 우리 군대의 군요원을 하루 빨리 증원시킬 수 있는 방법이 없을까?"

하고 최치원에게 물었다.

우선 반군들이 우리 군막으로 투항하여 들어올 수 있도록 귀순을 위한 격문을 멋지게 써서 황소에게 은밀히 보내 설득함과 동시에 거리 곳곳에 격문을 붙이면 큰 효과를 얻을 수 있을 거라고 최치원이 고병 사령관에게 보고했다.

대장군은 최치원의 보고를 받고 명문의 격문을 써줄 것을 당부했다. 대장군의 명을 받은 치원은 호몽이 기다리는 신혼의 달콤한 꿈도 잊은 채 도덕경과 춘추전과 손자병법은 물론 과거 전쟁에 있었던 역사적인 인물들의 행적 중 싸우지 않고 이기는 제갈공명의 적벽전 등을 소상히 파악하였다.

바르게 살지 않고 나쁘게 살면 하늘·땅·사람 지하에 있는 모든 영혼들도 너를 죽일 것이며 이 세상 사람들 모두가 황소에게 벌을 내린다는 요지로 이 시대는 물론 후세대까지 최고의 격문이 될 수 있도록 심혈을 기울여 격황소서를 작성했다.

서두(제도도통검교태위는 황소에게 고함)

광명 2년 7월 8일 제도도통검교태위 모는 황소에게 고하노니. 무릇 바른 것을 지키고 떳떳함을 행하는 것을 도道라 하고, 위험한 때를 당하여 변통하는 것을 권權이라 한다. 지혜 있는 이는 시기에 순응하는 데서 성공하고, 어리석은 자는 이치를 거스르는 데서 패하는 법이다. 비록 백년의 수명에 죽고 사는 것은 기약하기 어려우나, 모든 일을 마음으로써 그 옳고 그른 것을 스스로 분별할 수 있

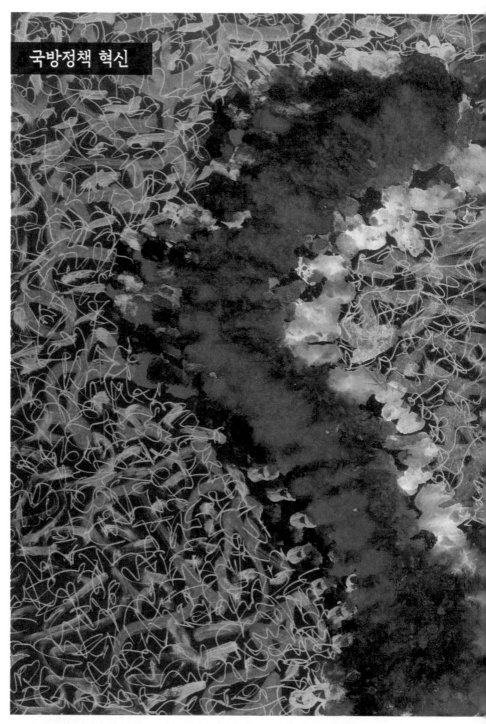

국방정책 혁신

국방정책 혁신의 중요성을 형상화한 이미지. 최치원은 '황소의 난' 당시 '격황소서'라는 명문장으로
민란의 주범인 황소를 제압하는 큰 공을 세워 희종 황제로부터 자금어대를 하사받기도 했다.

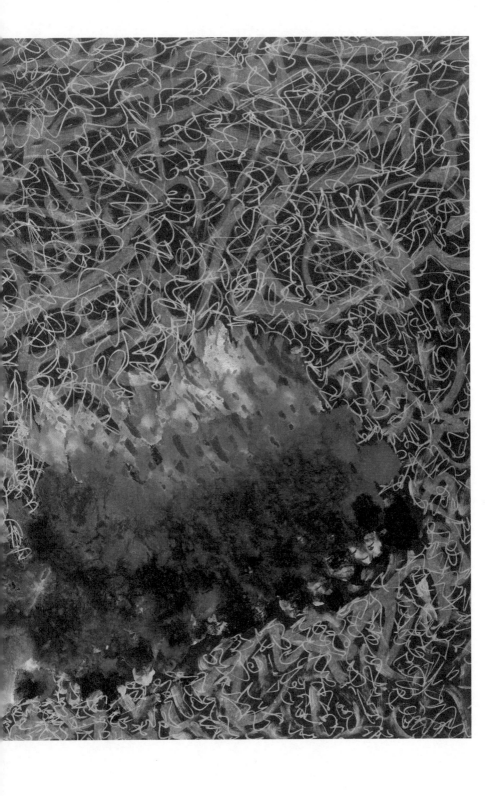

는 것이다.

이제 내가 왕사로서 말하자면 정벌함은 싸우지는 않고, 군정을 넘어 은혜를 베풀고 베어 죽이는 것은 뒤로 한다. 장차 상경을 수복하고 진실로 큰 믿음을 펴려고 함에 공경스럽게 하늘의 뜻을 받들어 간사한 꾀를 쳐부수려고 한다.

너는 본래 먼 시골 구석의 백성으로 갑자기 억센 도적이 되어, 우연히 시세를 타고 감히 떳떳한 기강을 어지럽게 하며, 드디어 불측한 마음을 가지고 신기를 노리며 성궐을 침범하고 궁궐을 더럽혔다. 그러니 이미 네 죄는 하늘에 닿을 만큼 지극하였으니, 반드시 여지없이 패하여 다시 일어나지 못할 것은 분명하다.

애달프다. 당우시대로부터 내려오면서 묘와 호 따위가 복종하지 아니 하였다. 즉, 양심 없는 무리와 충의 없는 것들이란 바로 너희들이 하는 짓이다.

어느 시대인들 없었겠냐? 멀리는 유요와 왕돈이 진나라를 엿보았고, 가까이는 녹산과 주자가 황가를 시끄럽게 하였다. 그들은 모두 손에 막강한 병권을 쥐었고, 또한 몸이 중요한 지위에 있어서 호령만 떨어지면 우레와 번개가 치닫듯 요란하였다. 또 시끄럽게 떠들면 안개와 연기가 자욱하듯 하였지만, 잠깐 동안 못된 짓을 하다가 마침 내 그 씨조차 섬멸을 당하였다.

햇빛이 널리 비침에 어찌 요망한 기운을 마음대로 펴리 오. 하늘 그물이 높게 달려 반드시 흉적을 베일진대, 하 물며 너는 여염집에서 태어나, 농묘 백성들 사이에서 일 어나 분겁으로 좋은 꾀 삼고, 살상으로 급무 삼으니 큰 죄는 탁발할 수 있을 것이요, 소선으로 은신할 수 없느 니라.

천하 모든 사람이 다 너를 죽이려고 생각할 뿐 아니라, 또 한 땅속의 귀신도 벌써 너를 남몰래 베기로 의논하였다.

비록 기세를 빌어 혼을 놀게 하나, 일찍이 선을 망치고 넋 을 빼앗으리라. 무릇 인사를 이름에 스스로 하는 것만 같지 못하니 내 망언하지 않는다.

너는 자세히 듣거라. 요즈음 우리나라에서는 더러운 것 을 용납함은 물론 덕이 깊고 결점을 따지지 않는 은혜가 지중하여 너에게 병권을 주고 또 지방을 맡겼거늘, 오히 려 짐승과 같은 독심을 품고 올빼미와 같은 흉악한 소리 를 거두지 아니하여 움직이면 사람을 물어뜯고 하는 짓 이 개가 주인에게 짖는 격으로, 필경 천자의 덕화를 배반 하고 궁궐을 침략하여 공후들은 험한 길로 달아나게 되 고 어가는 먼 지방으로 행차하시게 되었다.

그런데도 너는 일찌감치 덕의에 돌아올 줄 모르고 오직

흉악한 짓만 늘어가니, 이야말로 천자께서는 너에게 죄를 용서해 준 은혜가 있고, 너는 국가의 은혜를 저버려 죄가 있을 뿐이니, 반드시 머지않아 죽고 말 것인데 어찌 하늘을 무서워하지 않느냐?

하물며 천하 모든 사람이 국가의 은혜를 모르고 황제가 되고자 하는 불충에 대한 죄를 말하고 있는데, 한나라 때부터 황제가 사용하던 궁궐이 어찌 네가 머무를 곳이랴. 생각은 끝내 어찌하려는 것이냐? 너는 듣지 못하였느냐? 도덕경에 이르기를 '회오리바람은 하루아침을 가지 못하고 소낙비는 온종일 갈 수 없다.'고 하였으니, 하늘의 조화도 오히려 오래가지 못하거늘 하물며 사람이 하는 일이랴.

또 듣지 못하였느냐?

춘추전에 이르기를 '하늘이 아직 나쁜 자를 놓아두는 것은 복되게 하려는 것이 아니고 그 죄악이 짙기를 기다려 벌을 내리려는 것이다.'라고 하였는데, 지금 너는 간사함을 감추고 흉악함을 숨겨서 죄악이 쌓이고 앙화가 가득하였음에도 위험한 것을 편안히 여기고 미혹되어 돌이킬 줄 모르니, 이른바 제비가 막 위에다 집을 짓고 막이 타오르는데도 제멋대로 날아드는 것과 같고, 물고기가 솥 속에서 너울거리지만 바로 삶아지는 꼴을 당하는 것과 마찬가지다.

자유인 최치원은 당나라 관리로 재직하면서 한민족 선비의 고집으로 행정실명제를 실시하여
백성과 나라의 이익을 키우는 것을 회화하여 작품화하였음.

우리는 뛰어난 군략을 모으고 여러 군사를 규합하여, 용맹스런 장수는 구름처럼 날아들고 날랜 군사들은 비 쏟아지듯 모여들어, 높이 휘날리는 깃발은 초나라 요새의 바람을 에워싸고 총총히 들어찬 함성은 오강의 물결을 막아 끊었다.

진나라 도태위처럼 적을 쳐부수는데 날래고, 수나라 양소처럼 엄숙함이 신이라 불릴 만하여, 널리 팔방을 돌아보고 거침없이 만 리를 횡행할 수 있으니 마치 치열한 불꽃을 놓아 기러기 털을 태우고, 태산을 높이 들어 새알을 짓누르는 것과 무엇이 다르랴. 금신이 계절을 맡았고, 수백이 우리 군사를 환영하는 이때, 가을바람은 숙살하는 위엄을 도와주고 새벽이슬은 혼잡한 기운을 씻어 주니, 파도는 이미 쉬고 도로는 바로 통하였다. 석두성에 뱃줄을 놓으니 손권이 후군이 되었고, 현산에 돛을 내리니 두예가 앞잡이가 되었다.

앞으로 도성을 수복하기는 늦어도 한 달이면 되겠지만, 살리기를 좋아하고 죽이기를 싫어하는 것은 하늘의 깊으신 덕화요, 법을 늦추고 은혜를 펴려는 것은 국가의 좋은 제도이다.

국가의 도적을 토벌하는 데는 사적인 원한을 생각지 아니해야 하고, 어두운 길을 헤매는 이를 깨우쳐 주는 데서 바른 말이라야 하는 법이다.

그러므로 나의 한 장 글을 날려서 너의 급한 사정을 풀어 주려는 바이니, 미련한 고집을 부리지 말고 일찍이 기회를 보아 자신의 선후책을 세우고 과거의 잘못을 고치도록 하라.

만일 땅을 떼어 받아 나라를 맡고 가업을 계승하여서 몸과 머리가 두 동강이 되는 화를 면하고 뛰어난 공명을 얻기 원한다면 몹쓸 도당들의 말을 믿지 말고 오직 후손에게 영화를 유전해 줄 것만을 유의하라.

이는 아녀자가 알은 체할 바가 아니요, 실로 대장부의 할 일이니 만큼 그 가부를 속히 회보할 것이요, 쓸데없는 의심을 두지 말라.

나의 명령은 하늘을 우러러 받았고, 믿음은 맑은 물을 두어 맹세하였기에, 한 번 말이 떨어지면 반드시 메아리처럼 응할 것이매 은혜가 더 많을 것이요, 원망이 짙게 되지는 않을 것이다.

만일 미쳐서 날뛰는 도당들에 견제되어 취한 잠을 깨지 못하고 마치 당랑이 수레바퀴를 항거하듯이 어리석은 고집만 부리다가는 곰을 치고 표범을 잡는 우리 군사가 한 번 휘둘러 쳐부숨으로써 까마귀 떼처럼 질서 없고 솔개 같이 날뛰던 무리가 사방으로 흩어져 도망칠 것이며, 너의 몸뚱이는 도끼날에 기름이 되고, 뼈다귀는 수레 밑에 가루가 될 것이며, 처자는 잡혀 죽고 권속들은 베임을 당할 것이다.

결말(귀순을 권유)

옛날 동탁처럼 배를 불태울 그때가 되어서는(삼국지 제갈공명의 적벽대전 화공진법을 말함) 사슴처럼 배꼽을 물어뜯는 후회가 있을지니라. 그러면 시기는 이미 늦을 것이니, 너는 모름지기 진퇴를 참작하고 옳고 그른 것을 분별하라.
배반하다가 멸망하기보다 어찌 귀순하여 영화롭게 되는 것이 낫지 않겠느냐?
다만, 너의 소망은 반드시 이루게 될 것이니, 장부의 할 일을 택하여 표범처럼 변하기를 기할 것이요, 못난이의 소견을 고집하여 여우처럼 의심만 품지 마라.

치원은 밤새도록 작성한 격문을 고병 대장군에게 먼저 보여 주었다. 그러자 고병 대장군은 지체할 겨를도 없이 즉시 전령을 보내 황제에게 격문을 올렸다.
한편 격문을 검토한 황제는 매우 만족스러워하며 전쟁에 참여한 병사들의 사기를 올리고 또 민심을 얻기 위해 격문을 여러 곳에 붙일 것을 하명했다. 황제의 하명을 받고 군사들과 백성들이 잘 볼 수 있는 곳에 붙일 요약된 격문을 다시 작성했다.

전비는 묻지 않겠다. 아니, 물을 수도 없을 것이다. 우리 황조에도 어려움이 있었다. 황실은 중심을 잃고 있었고, 각 번진의 절도사와 장군들이 사병을 양성했다. 소금과 철의 전매권을 행사하며 이권을 챙겼다. 이 점을 겸허히 반성하고 있다. 회남 절도사 겸 제도행영병마도통이신 고병 대장군은 여러분을 조건 없이 환영한다. 이미 수많은 장병이 고병 대장군의 막하에 들어와 있다.

그리고 황실의 복원을 위해 기꺼이 앞장서고 있다. 지금 화주和써의 맹장인 진언秦彦 장군은 한때 황소의 우장이었다. 저주滁써의 지도자인 허경許勍 장군도 황소의 참모였다. 서주의 양행밀楊行密, 광주의 이한지李罕之, 필사탁畢師鐸 장군, 성령괴成令瓌 장군 등이 모두 황소의 맹장 출신이다. 이제 대세는 기울었다. 성령괴 장군은 얼마 전 복건성에서 장병 4만 명과 마군 7천 기를 이끌고 귀순하여 지금은 황군의 최선봉에 서 있다.

바로 이것이 황도의 모습이다. 황군은 여러분의 귀순을 기다리고 있다. 귀순하는 군졸들에게는 전비를 묻지 않고, 지금 가지고 있는 계급보다 한 계급씩 높여 승진시켜 주고 후한 상금도 지급할 것이다.

부하들에게 이 격문을 백성들 모두가 잘 볼 수 있는 곳에 붙이도록 했다. 그리고 황소군영 근처 곳곳에도 붙이도록 지시했다.

격문이 곳곳에 붙자, 이를 본 반군들의 심장이 강하게 흔들리며 이내 많은 반군이 마음을 돌렸다. 이제 고병 대장군의 원정군 수가 100만에 육박했으므로 황소군과 전면 전쟁을 해 볼 만하게 되었다.

치원이 밤새 작성한 격문의 내용을 읽어 본 반란군들은 매우 현실적이고 세상 살아가는 데 틀린 것이 아니라고 생각했다. 사람이 살아가면서 지켜야 할 근본이치를 설파한 격문 내용에 깊은 감동을 받아 스스로 마음을 바꾸어 귀순한 것이 가장 큰 이유였다. 고병 대장군은 치원의 문장력 때문에 귀순한 군사 수가 급격히 증가했다는 보고를 받고 싸우지 않고 이길 수 있게 되었다고 매우 기뻐하며 치원을 치하했다.

그때 밖에서 누군가가 군막을 세차게 두드리고 있었다.

"성도 황실에서 온 전령이오!"

문을 열자 전령이 황급하게 군막으로 들어섰다.

"무슨 일인가?"

고병 대장군이 잔뜩 긴장한 표정을 지으며 전령을 쳐다보았다.

"황제 폐하께서 최근의 토황소 격문을 만족스럽게 보시고 격문을 쓴 도통순관 최치원에게 치하를 하고자 하십니다."

전령은 무릎을 꿇은 채 고병 대장군에게 보고를 했다. 그러면서 전령은 전대에서 황금빛 칙령과 하사품을 꺼내 고병 대장군에게 건넸다.

"최치원 종사관! 소원을 이루었네. 황제께서 정5품 이상에게만 하사하시는 자금어대紫金魚袋를 내리셨네. 어서 허리에 차 보게!"

고병 대장군이 기뻐하며 황제의 하사품을 치원에게 건넸다. 치원은 허리를 굽혀 붉은 주머니에 들어 있는 하사품을 꺼냈다. 찬란한 황금빛을 발하는 아름다운 물고기 모양이었다. 치원은 부지불식간에 왼쪽 허리에 차고 있던 보리가 선물한 가야의 물고기를 만져 보았다. 보리가 건네주었던 그 물고기의 모양과 황제가 하사한 물고기 모양은 서로 닮은꼴이었다. 참으로 신기한 일이었다.

그 가야의 물고기에 손을 대고 과거를 보아서 장원 급제하였고, 오늘날에는 또 뜻밖에 훌륭한 격문을 썼다는 공로로 황제로부터 황금 물고기를 하사받은 것이다. 가야의 물고기 모양과 거의 흡사한 그 황금 물고기는 당나라의 정5품을 나타내는 징표였다.

"이 자금어대를 가지고 있는 자는 당 황실의 정5품 품계의 대우를 받을 것이며, 사전에 진언하고 언제나 황제를 배알할 수 있는 권리를 갖는다. 황실 출입을 자유롭게 허락하며 황제 폐하를 알현할 수 있다. 반역죄를 제외한 그 어떠한 범죄로도 이것을 가진 사람은 추포할 수 없으며 그 권위를 훼손할 수 없다. 본 자금어대를 가진 자는 만세의 영예를 누리리라."

고병 대장군 뒤에 서 있던 도통판관 고운이 황제의 칙서를 낭독했다. 황제의 칙서 낭독이 끝나자 뒤따라왔던 고적대가 나팔을 세 번 불어 흥을 돋우었다.

"멀리 궁성에서 오신 전령은 고생하셨소. 자, 오늘 저녁은 정5품 최치원 도통순관을 축하하는 밤이 될 것이오."

고병 대장군이 치원을 바라보며 크게 웃었다. 그날 밤 회남의 군막에서는 오랜만에 풍악 소리가 울려 밤새 그칠 줄을 몰랐다. 연회가 끝나자, 왼쪽 허리에 그 자랑스러운 황제의 자금어대를 찬 치원은 고운과 함께 퇴청하여 모처럼 기쁜 마음을 갖고 집으로 함께 왔다.

이 소식을 전해 들은 호몽은 대문 밖까지 나와 고운과 치원이 기분 좋게 취하여 어깨동무를 하고 들어서는 모습을 보며 매우 흐뭇해했다. 그리고 치원이 허리에 두르고 있는 자금어대를 신기한 듯 바라보았다. 치원은 이내 그것을 풀어 호몽의 허리에 매어 주며 그윽한 눈빛으로 바라보았다.

"호몽아, 그동안 애썼다. 네가 애쓴 덕에 최서방이 기어이 큰 일을 내고 말았구나. 황제로부터 황금 물고기 패를 받다니. 그 패를 차고 황궁에 들어가면 누구도 막지를 못하지. 그 패를 찬 사람은 황제를 친히 뵈올 수가 있단다."

고운이 호몽의 어깨를 두드리며 목청을 높여 웃었다.

"정말이에요, 오라버니?"

호몽은 도저히 믿기지 않는다는 듯 오라버니 고운을 바라보며 몇 번이고 되물었다. 고운이 고개를 끄덕이며 연신 웃어대자 호몽은 어린아이처럼 치원에게 달려들어 그의 목을 꼭 껴안았다. 유난히 빛나는 별들이 이들의 얼굴을 훤히 비추고 있었다.

그 무렵 반군의 수괴인 황소는 당의 수도 장안에 입성하여 당당히 황궁에 들어갔다. 그를 따르던 60만 대군도 장안성과 장안을 에워싸고 있는 위수渭水 평원 일대에 집결하고 최후의 승리를 자축하고 있었다. 황제의 곤룡포를 입은 황소는 용수원 언덕에 우뚝 솟은 대명궁大明宮에서 즉위식을 거행했다.

"이 나라에 새로운 황제가 탄생했도다! 국호를 대제大齊라 할 것이며, 연호를 금통金統이라 할 것이다. 모두 엎드려 예를 올리라!"

환관 검소가 큰소리로 외쳤다. 궁을 빠져 나가지 못했던 당의 대신 십여 명과 천여 명에 이르는 희종 황제의 궁녀들이 허리를 굽혀 예를 올렸다. 이윽고 풍악이 울리고 춤판이 벌어졌다. 거리에서는 축포가 터지고 곡예단이 일제히 광장으로 달려 나와 모두 춤과 노래로 새로운 황제의 등극을 축하했다.

부잣집은 모두 부랑자들의 차지가 되었고, 과거 고관들의 집 역시 황소의 군졸들에게 점령당했다. 반반한 여자들은 모두 황소군의 군졸들에게 끌려가고 약탈자들의 수레들이 골목을 누볐다. 이즈음 회남에서 고병 대장군의 군막으로 전령 하나가 숨을 헐떡거리며 달려왔다.

"고병 대장군은 속히 전열을 가다듬어 황궁을 탈환하시오! 대군을 일으켜 장안을 회복해 주시오."

성도로부터 황망히 달려온 황제의 전령은 고병 대장군에게 급보를 전했다. 황제의 명을 받은 고병 대장군은 서둘러 막료들을 소집해 그들의 의중을 물었다.

"지금은 황소의 기세가 가장 높이 올라간 때입니다. 또 장안 주변에는 자그마치 60만의 반군이 모여 있습니다. 일단 황소의 기를 꺾는 게 가장 시급합니다."

부장들이 의견을 내놓았다.

"어떻게 그 기를 꺾는단 말인가?"

고병의 눈빛이 마치 먹잇감을 발견한 성난 야수처럼 강한 빛을 내쏘고 있었다.

"정공법으로 나가는 것이 좋겠습니다. 도둑은 도둑일 뿐입니다. 지금 장안에서는 일개 소금장수 출신의 도둑이 황제의 곤룡포를 입고 황제를 자칭하고 있습니다. 그자에게 자신의 정체를 돌아보게 해야 합니다. 너는 황제가 아니라 일개 소금장수이며, 지난 7년 동안 살육을 일삼았던 살인자라는 점을 환기시켜 주어야 합니다."

종사관 최치원이 단호하게 말했다.

"옳은 생각이야. 자금어대를 하사받은 충신답구만. 하지만 이미 황소가 궁궐을 점령하였고 수많은 대군으로 겹겹이 둘러싸여 있는 그 구중궁궐에 누가 감히 들어갈 것이며, 그자에게 그런 격문을 어떻게 전해줄 수 있단 말인가?"

고병 대장군이 다시 치원을 물끄러미 쳐다보았다.

"소신에게 특별한 생각이 있습니다. 저에게 그 일을 맡겨 주십시오."

치원의 강한 눈빛이 결연한 의지를 내비치고 있었다. 며칠 후 종남산에서 사람들이 달려왔다. 그들은 장안에 있는 연화각延和閣에서 은밀히 치원을 만났다.

"당의 명운이 걸려 있는 일입니다. 진입할 때는 시해법으로 몸을 숨겨 주시고, 황소가 대명궁에서 연회를 시작하기 직전에 이 글이 대명궁 정문 기둥에 꽂힐 수 있도록 해 주시오.”

치원은 절대로 실수해서는 아니 된다고 일행들에게 간곡히 부탁했다. 모여 있던 사람들이 고개를 끄덕이고는 모두 복면을 한 채 바람처럼 공중으로 떠올랐다. 화살을 든 이는 최승우였다. 마고선녀와 여동빈은 이 일에 기꺼이 참여하여 최승우를 비밀리에 엄호하면서 뒤를 따라갔다.

“황소 폐하! 만수무강하소서. 대제 황국은 영원할 것이며 금통 연호는 백 년을 넘길 것입니다.”

새로이 환관의 우두머리가 된 검소가 큰소리로 외치자, 모두 ‘대제 황제 폐하 만세!’를 연호했다.

“폐하, 오늘 밤 황은을 내려 주실 궁녀를 뽑아 놓았습니다. 희종도 만져 보지 못한 절세미인입니다.”

검소가 야릇한 미소를 띠며 황소의 귀에 대고 소곤거렸다.

“이 난리에 그런 아이가 남아 있더냐?”

“진짜 보옥은 진흙 속에 숨겨져 있는 것입니다.”

“옳거니! 그럼, 어디 한 번 볼까?”

희종도 건드리지 않은 절세미인이라는 말에 황소는 자신의 아랫도리를 주무르며 연신 들뜬 모습이었다. 그런데 풍악이 절정에 달했을 때 갑자기 대명궁 대들보가 미미하게 흔들렸다. 그리고 전각에 걸려 있는 모든 등이 지진이라도 만난 듯 일제히 흔들렸다.

토황소격문

"이 밤중에 무슨 일인고?"

흔들리는 등불을 보고 황소는 현기증을 느끼며 쓰러지려는 순간 옆에 경호를 맡고 있던 검소의 팔을 간신히 붙잡았다.

"폐하, 괘념치 마시옵소서. 이곳에는 가끔 이런 미진이 있습니다."

그때 갑자기 어디선가 하늘에서 번개가 치고 난 후 우르르 쾅 하는 천둥소리가 들렸다. 근위대장이 급히 정문을 열고 대명궁 뜰로 쫓아 나갔다. 그는 건장한 사내 두 명의 몸통만큼이나 큰 정문 기둥 위에서 부르르 떨고 있는 한 개의 화살을 발견했다. 아주 빠른 걸음으로 달려가 화살을 뽑아 들었다. 화살에는 질긴 당지로 접힌 쪽지가 붙어 있었다.

궁 안에서도 천둥소리에 놀라서 무슨 일이 일어난 것이 아니냐고 저마다 떠들며 소란이 일자 연회는 잠시 중단되었다. 긴장한 황소는 내막을 알아보기 위해 대명궁으로 향했던 반군 근위대장이 어서 돌아오기를 기다리며 검소의 팔을 놓지 않은 채 주위를 두리번거렸다.

얼마 후 반군 근위대장이 황급히 달려왔다. 바람을 가르며 달려오는 반군 근위대장을 보자 춤추던 무희들은 멀찍이 물러나 구석으로 향했고 악공들과 가희들도 모두 구석으로 비켜섰다.

"뭐야?"

황소가 눈을 부릅뜨고 묻자, 반군 근위대장은 무릎을 꿇고 한 장의 괴문서를 공손히 황소에게 올렸다.

"등불을 이리 가까이 가져 오라!"

무서움을 벗어나지 못한 황소는 검소의 팔을 놓으며 괴문서를 펼쳐 요약 내용을 눈으로 읽기 시작했다.

> 너는 본시 부지런한 소금장수였다. 홀어미를 집에 두고 먼 장삿길을 떠날 때에는 엎드려 절을 하고 눈물지으며 떠났다. 늙은 어미는 산정까지 따라 올라가 멀리 가는 너를 걱정하며 배웅했노라. 장삿길에서 돌아오던 너는 그 어미를 잊지 못하여 작은 자반이라도 정성스럽게 사서 들고 고갯길을 넘었다.

너의 어미는 너의 그 효성을 언제나 기쁜 마음으로 기다렸다. 그러나 어느 날 어느 때부터인가 너는 도둑으로 변했다. 네 동료들과 산골 마을에 들어가 그 동네 청년들을 몰아내고, 모든 처녀를 범하는 것도 모자라 양민들의 재산을 빼앗았다.

그렇게 시작한 너의 도둑질은 점점 규모가 커져 마침내 소금 거래의 독점권을 훔쳐 내고 지방의 방백들과 절도사를 매수했다. 그리고 그것으로도 성이 차지 않아 끝내는 황제의 명을 거역하며 난을 일으켰다. 눈만 뜨면 사람 죽이는 일을 밥 먹듯이 하고 산 사람을 매장했으며, 울부짖는 사람들을 불에 태워 죽였으며, 생목숨을 끝도 없이 죽였다.

그 원한과 한이 드디어 하늘에 닿았구나. 급기야는 황도를 무너뜨리고 황제의 옥좌까지 범하니, 너는 도둑 중에 도둑이며 살인마 중에 살인마로다. 밤낮으로 여인을 범하니 황음이 극하였고, 내국인과 외국인을 구분하지 않고 죽이며 인륜과 천륜을 짓밟으니 도무지 용서받을 길이 없구나.

여기까지 읽던 황소는 분노가 치밀어 올라 온몸을 부르르 떨었다. 그 모습을 지켜보던 신하들도 황소가 들고 있는 종이만큼이나 몸을 부들부들 떨었다. 잠시 후 황소는 숨을 몰아쉬며 새로운 격문을 계속 읽었다.

불 지르고 겁탈하는 것을 무서워하지 않고, 오직 죽이고 상하게 하는 일을 급선무로 삼았구나. 큰 죄 작은 죄가 산처럼 쌓였으나 속죄할 수 있는 조그마한 착함도 없으니, 이제 천하의 모든 사람이 너를 죽이려고 생각할 뿐 아니라 땅속의 귀신들까지도 은밀히 너를 죽일 것을 의논하고 있구나. 네가 비록 숨은 붙어 있다고는 하지만 넋은 이미 빠졌을 것이다.

以焚劫爲良謀 이분겁위양모 以殺傷爲急務 이살상위급무
有大愆可以擢髮 유대건가이탁발 無小善可以贖身 무소선가이속신
不唯天下之人 불유천하지인 皆思顯戮 개사현육
抑亦地中之鬼 억역지중지귀 己議陰誅 기의음주
縱饒假氣遊魂 종요가기유혼 早合亡神奪魄 조합망신탈백

황소가 여기까지 읽었을 때 대명궁 정문이 스르륵 열리며 일진광풍이 일었다. 모든 등불이 일시에 나가고 두 여인이 흰 옷을 입은 채 들어섰다. 옷자락으로 스윽, 스윽 내는 소리는 귀신이 가까이 오는 느낌을 주고 궁궐의 바닥을 쓸며 걸어온 여인들이 황소 앞에 다다르자 서서히 걸음을 멈추었다.

"너희들은 누구냐? 가까이 오지 말거라!"

황소가 떨리는 목소리로 두 여인에게 호령했다.

"우리를 알아보겠느냐. 내 이름은 팔랑이요, 내 동생 이름은 구랑이니라."

황소 앞에 가까이 선 여인이 말했다.

"난 모른다! 알 턱이 없지 않느냐!"

황소는 뒤로 물러나며 손을 내저었다.

"잘 생각해 보면 알 것이다! 네가 젊었을 적 너는 장강 근처의 회남 마을에 갔었느니. 그때 착한 선비네 집에 들어가 사랑방에서 도박판을 벌였었지. 그 착한 선비는 너에게 모든 돈을 잃고 우리 자매를 너에게 내주었다. 끝내 우리는 너에게 짓밟히고, 그것으로도 모자라 청루에 팔렸으니……."

뒤에 서 있던 여인이 황소에게 다가서며 말했다.

"아, 그만. 그만!"

황소는 마루 위에 코를 박고 크게 울부짖었다.

"저리 가거라! 저리 가!"

그때 반군 근위대장이 급히 달려오자 등불이 다시 밝아졌다.

"폐하! 무엇을 보셨습니까? 저희들은 아무것도 보지 못했습니다. 뭣들 하느냐? 어서 풍악을 울려라!"

반군 근위대장이 황소를 끌어안았다. 황소는 입에 거품을 문 채 실신하여 근위대장의 등에 업혀 나갔다. 사람들이 웅성거리며 서둘러 궁을 빠져나갔다.

"어머……. 황소 황제가 죄 없이 죽은 영혼이나 귀신…… 무엇을 봤나 봐, 그리고 도대체 그 쪽지에는 무엇이 씌어 있었던 거야? 아니, 황소 황제가 드디어 미친 게 아닐까?"

서서히 날이 밝아오자, 그토록 밝게만 보였던 별빛도 사라지더니 이내 요란스럽던 바람 소리마저도 없어졌다.

혼돈의 정점

황소는 곤룡포를 휘날리며 옥좌가 있는 태극전으로 들어섰다. 황금으로 만든 옥좌에 앉아 머리를 조아리고 있는 만조백관을 둘러보았으나 이상하게도 믿음이 가는 중신은 단 한 명도 찾을 길이 없었다. 모두 자신과 함께 소금 장사를 하던 장사치 출신이었으며, 목숨을 연명하기 위해 황실을 배반하고 귀순한 늙은 간신들뿐이었다.

이런 어중이떠중이들을 데리고 전통 있는 당나라의 법통을 새롭게 한다는 것은 스스로 생각해 봐도 연목구어緣木求魚(나무에 올라 물고기를 구한다는 뜻으로, 불가능한 일을 무리해서 굳이 하려 함을 비유적으로 이르는 말)인 듯싶었다.

"마차를 대령하거라."

황소는 답답한 가슴을 쓸어내리며 검소에게 명을 내렸다.

"폐하, 어디로 납시겠습니까?"

검소가 허리를 구부리며 물었다.

"장안에서 제일 넓은 길이 어디냐?"

"그야 주작대로입지요."

"내 그 길을 달려 보리라."

황소가 직접 모는 마차에는 검소와 근위대장만이 타고 있었다. 지금 상황에서 황소가 유일하게 믿을 수 있는 사람은 그들 둘뿐이었다.

황소의 황금마차가 주작대로를 가로질러 제법 속도를 내기 시작했다. 원래 황소는 소금을 가득 실은 마차를 혼자 잘 몰았던 터라 아무리 가파른 고개라도 단숨에 넘는 솜씨를 가지고 있었다.

주작대로와 같이 탁 트인 길은 빙판을 달리는 것만큼이나 신나는 일이었다. 황소는 아주 익숙한 솜씨로 검은 말 네 필 위에 앉아 채찍을 휘날리며 의기양양하게 달렸다.

황제의 어차가 더욱 속도를 높이자 모든 마차와 행인들이 물결처럼 비켜 주었다. 모두 황제의 수레에서 휘날리는 붉고 누런 깃발을 쳐다보며 박수까지 보내 주었다.

황소가 모는 마차가 네거리를 지나더니 다시 남쪽으로 한나절을 내쳐 달렸다. 그때 무언가가 수레바퀴에 부딪히더니 요란한 소리를 내며 튕겨져 나갔다.

"어이쿠, 사람이 죽었구나!"

행인들이 소리를 질렀다. 비명에 이어 주작나무 가로수에 걸쳐진 것은 걸레처럼 더러워진 두 개의 시신이었다.

"아이고, 불쌍해라! 수박장수 아이들 남매잖아?"

또 다른 행인이 소리를 지르자, 곧이어 수박장수 내외가 달려와 시신을 끌어안고 통곡을 하기 시작했다. 달리는 마차 위에서 이 광경을 지켜본 황소는 얼굴을 잔뜩 찌푸렸다.

"어서 시신들을 치워라!"

근위대장이 큰소리로 외쳤다.

"황제가 왜 수레를 몰고 소란이야! 옛날 황제는 점잖게 궁중에만 있었는데! 황제가 손수 수레를 몰고 아이들을 깔아뭉개고 아이고, 이 나라도 이제 끝장이다."

멀리서 사람들이 웅성웅성거리는 소리가 황소의 귓가를 스치더니, 이내 주먹을 쥐고 황소의 수레를 향해 소리를 질러댔다.

"소금 장수 물러나라! 소금 장수 물러나라!"

그들은 억눌렸던 울분을 토해내듯 성난 목소리를 한껏 드높이며 황소의 마차가 사라진 긴 길을 향해 온갖 욕설을 퍼붓기 시작했다. 그러거나 말거나 황소가 탄 마차는 희뿌연 먼지를 일으키며 궁 안으로 재빨리 그 모습을 감췄다.

황소는 다시 궁으로 들어오자마자, 희종 황제가 거느리던 후궁들이 있는 액정궁掖庭宮으로 발걸음을 옮겼다. 액정궁에 들른 황소는 후궁들을 모두 모아놓고 연회를 베풀었다. 풍악이 울려 퍼지고, 무희들이 요란한 남방 춤을 출 때에 그는 후궁들과 함께 옷을 모두 벗고 실오라기 하나 걸치지 않은 맨몸으로 살을 비비며 주지육림을 맘껏 즐겼다.

소금에 절어 거칠 대로 거칠어진 거뭇한 손을 후궁들의 사타구니에 밀어 넣어 사정없이 파고드는가 하면, 후궁들을 차례대로 엎드리게 한 후 힘없이 축 처져 잘 서지도 않는 자신의 아랫도리를 그녀들의 엉덩이에 비벼가며 가까스로 세우려 애를 쓰고 있었다. 그런데 그 난잡함 속에서도 이상하게 한줄기의 글귀가 황소의 귓가를 떠나지 않았다.

이제 천하의 모든 사람이 너를 죽이려고 생각할 뿐 아니라 땅속의 귀신들까지도 은밀히 너를 죽일 것을 의논하고 있구나. 네가 비록 숨은 붙어 있다고는 하지만 넋은 이미 빠졌을 것이다.

겨우 힘을 얻기 시작했던 아랫도리를 흔들며 황소가 미친 듯이 머리를 감싸고 소리를 질렀다. 그 바람에 천기처럼 온 얼굴에 웃음기가 가득하던 후궁들은 놀란 나머지 옷을 챙겨 몸을 가리고는 황급히 자리를 떴다.

"아니야! 아니야! 귀신들이 그럴 턱이 없어! 난 넋이 빠지지 않았어!"

그야말로 황소는 미쳐 날뛰는 한 마리의 짐승으로 변해 가고 있었다.

"폐하, 무엇이 못마땅하십니까? 누가 맘에 들지 않습니까?"

이를 본 검소가 난처해하며 황급히 달려와 황소를 부축했다.

"비켜! 이놈아!"

황소는 얼굴에 독기를 가득 품은 채 검소의 얼굴을 후려쳤다. 멀찍이 나가떨어진 검소가 어안이 벙벙하여 아무 말도 못한 채 황소를 바라볼 뿐이었다.

그때 문 밖에서 다급한 근위대장의 외침이 들렸다.

"황제 폐하! 드릴 말씀이 있나이다."

근위대장의 쩌렁쩌렁한 목소리가 액정궁을 뒤흔들었다.

황소가 비틀거리며 자리에서 일어서자, 그동안 넋을 놓고 있던 검소가 황급히 곤룡포를 그의 어깨 위에 얹어 주었다.

"무엇이냐?"

"회남에 있는 고병 장군의 군대가 위수 평원으로 집결하고 있다 하옵니다."

근위대장이 황소 앞에 무릎을 꿇고 황급히 아뢰었다.

"아, 우리에게는 정병 60만이 있잖아! 무엇이 두려워 호들갑이냐? 그런 일은 각 군사령관이 알아서 대처하도록 해."

황소는 별일 아니라는 듯 근위대장을 향해 얼굴을 찡그리며 소리를 질렀다. 그리고는 다시 들어가 문을 걸어 잠근 후, 도망을 갔던 후궁들을 다시 불러 옷을 벗기고는 못다 한 주지육림의 끈적끈적한 여흥에 빠졌다.

그 시각, 희종 황제가 있는 사천궁에서는 작전 회의가 열리고 있었다. 검은 옷에 검은 장군모를 쓴 돌궐족(몽골 초원에 살았던 투르크계 민족) 출신의 이극용李克用(856~906)이 황제 앞으로 나서며 말했다.

"현재 장안을 원거리에서 포위하고 있는 회남의 고병 대장군은 전진속도가 느립니다. 사태를 반전시킬 결정적인 시간을 놓치고 있는 듯합니다."

이극용의 눈빛에는 비장한 각오가 서려 있었다.

"고병 대장군의 병법은 크게 틀리지 않다고 생각되오. 위수 평야를 넓게 포위하고 황소를 서서히 압박함으로써 장안을 고립시키자는 작전이 아니겠소?"

황제가 고병 대장군의 역성을 들며 짐짓 이극용을 나무랐다.

"지금 황소는 승리감에 취해 있습니다. 그리고 60만이라는 대군을 떼어 놓지 않고 위수 평야에 모두 모아 놓고 있습니다. 이런 때는 장안을 곧바로 덮치는 속전속결이 필요합니다. 소장에게 비책이 있습니다. 소장에게 명령만 내리시면 장안으로 곧장 달려가 황소의 목을 베어 오겠습니다."

자신의 뜻을 절대 굽히지 않는 이극용을 바라보며 희종 황제는 잠시 할 말을 잃고 말았다.

"일단 병권을 고병 대장군에게 주었으니 그의 작전을 지켜봅시다. 너무 서두르지 마시오. 지금 한참 기가 살아 있는 황소를 잘못 건드렸다가는 60만의 대군이 세를 불리고, 그 대군이 움직이면 금방 100만, 200만 명의 대군으로 늘어날 수도 있을 것이오. 일단 관망해 봅시다."

이극용의 기세에 눌린 황제가 짐짓 그를 위로하고 나섰다. 이극용의 말도 틀린 바는 아니나 일단 고병 대장군에게 임무를 부여했으니 일단 그를 믿고 기다려 보는 수밖에 별다른 방책이 없었다.

같은 시기, 회남의 고병 대장군 진영에서는 기이한 일이 벌어지고 있었다. 하천을 가로질러 장마철에 도하 작전을 펼쳐야 하는 병사들이 이상한 일에 매달리고 있었다. 그들은 도하 작전용 나무를 모두 동원하여 전각을 세우고 제단을 짓고 있었다.

"고운! 이게 웬일인가? 이 전시에 한가로이 누각과 제단을 짓다니?"

기이한 광경에 치원은 차마 말을 잇지 못하며 고운을 찾아가 물었다.

"대장군의 명령일세. 단순한 누각이나 제단은 아니고 신선술에 의거해서 신선을 맞이하는 영선루迎仙樓를 짓고 있는 중이네. 우리 대장군께서 선술仙術에 능하다는 것은 알고 있지 않나?"

고운은 안타까운 듯 말하며 치원을 쳐다보았다. 그때 병사들을 지휘하며 누각과 제단을 세우는 일을 총지휘하고 있는 듯한 인물이 나타났다. 그는 관복의 색깔로 보아 상당히 높은 직위에 있는 것만은 분명했다. 그러나 어디서 많이 본 듯한 얼굴이었다.

"아, 이게 누구요? 최치원 현위. 아니지, 지금은 도통순관이시든가? 너무 경황이 없는 전쟁 중이라 인사도 못했군요."

그가 먼저 치원을 알아보고는 반가운 얼굴로 인사를 건넸다. 그제야 치원은 그가 율수현 현위로 있을 때 만났던 구화산의 도사 여용지라는 것을 알 수 있었다. 입고 있는 관복 때문인지 그는 신

수가 훨씬 좋아졌고 몰라보게 변해 있었다. 그때 비슷한 관복을 입은 또 한 명의 사내가 나타났다.

"자, 서로 인사하고 지냅시다. 이쪽은 우리 대장군을 처음부터 모셨던 종사관이었고 지금은 도통판관이 되신 고운 선생이시고, 그 후임으로 오신 최치원 도통순관이십니다. 두 분은 우리 황제가 등극하시던 그해에 함께 나란히 장원 급제를 하신 수재들이십니다. 암, 천하의 수재들이지요."

여용지가 치원과 고운에게 사내를 소개했다.

"저는 과거에 나아가 번번이 떨어진 사람입니다만, 구화산에서 오랫동안 도를 닦았습니다. 이분은 그때 저와 함께 도를 닦던 제갈은諸葛殷 선생입니다. 도술이 아주 높습니다."

제갈은이 먼저 치원과 고운에게 고개를 숙여 인사를 하고, 치원과 고운도 정중히 허리를 굽혔다.

"그런데 어떻게 두 도사 분은 우리 군막에 들어오시게 되었는지요?"

고운이 먼저 나서 여용지를 바라보며 물었다.

"우리야 뭐 군무에 대해서 아는 게 있겠습니까? 그런데 이곳의 부장部將이신 유공초兪公楚 장군이 우리를 대장군에게 소개하셨습니다."

여용지가 머리를 긁적이며 말했다.

"대장군께서는 우리 여용지 도사님에게 산양도지병마사山陽都知兵馬使를 내리셨습니다."

이번에는 제갈은이라는 도사가 나서며 치원과 고운에게 고병 대장군과 여용지의 인연에 대해 밝혔다. 너스레를 떨고 있는 그들을 바라보는 치원은 뭔가 일이 이상하게 진행되고 있다는 것을 느꼈다. 구화산이라고 하는 산속에서 도를 닦고 틈나는 대로 읍내에 나가 약을 팔던 여용지에게 병권을 휘두를 수 있는 병마사 직위를 부여했다는 사실에 대해 심한 낭패감을 느꼈다. 그날 밤, 집으로 돌아온 치원은 고운에게 복잡한 심정을 털어놓았다.

"처남, 이거 예삿일이 아닐세. 내가 저 여용지라는 사람을 현위 시절에 만났는데, 사실상 정체가 불분명한 사람일세."

치원은 여용지를 들먹이며 매우 난처해했다.

"글쎄, 종사관 일을 볼 때 저 사람이 들어왔고 대장군께서 병마사까지 내리시는 걸 보면서 뭐 그럴 만한 자격이 있는 사람인 줄 알고 있었다네. 전술 업무로 워낙 바쁘다 보니까 깊이 생각할 틈이 없었어. 그러나 무슨 부대를 맡아서 특수훈련을 지휘하고 있는 것으로 알고 있었는데, 오늘 보니까 대장군에게 도술을 전수해 주는 교관 역할도 하고, 이런저런 행사를 지휘하는 막강한 지위에 있는 것 같네. 아, 이거 보통 일이 아닌데?"

여용지의 직위에 대해 석연찮기는 고운도 마찬가지였다.

"남자 분들이 하시는 일에 아녀자가 낄 일은 아니지만, 도술에 관한 얘기를 하고 있으니 나도 흥미를 느끼게 되는군요. 고병 대장군께서 도술에 관심이 있는 거예요?"

가만히 앉아 대화를 엿듣던 호몽이 두 사람 사이에 끼어들었다.

"아, 있다 뿐이겠어? 그분은 전투에 나가기 전에도 기도를 드리고, 전술을 구상하는 단계에서도 항상 도술을 생각하시는 분이야."

고운이 못마땅하다는 듯이 퉁명스럽게 대답했다.

"주로 전술에 쓰이는 도술은 어떤 거예요?"

호몽이 두 눈을 껌벅이며 물었다.

"책에 보면 당나라를 건국하신 고조께서는 아들 이세민李世民 장군과 전쟁터에 나갈 때 이정李靖 장군의 도움을 많이 받았는데, 바로 그 이정 장군이 도술을 써서 돌궐 군대를 이겼다고 돼 있소."

이번에는 치원이 나서 호몽의 궁금증을 해결해 주었다.

"이정 장군이 썼다고 하는 도술은 어떤 걸까요?"

도술에 관한 호몽의 궁금증은 끝이 없었다.

"이정 장군이 주문을 외우면 항상 현녀가 나타났다고 하오. 말하자면 그 현녀는 이정 장군에게 도술을 가르쳐 주는 선생인 셈인데, 그 현녀는 고허법孤虛法이라는 묘한 전법을 가르쳐 주어 이정 장군이 백전백승할 수 있었다는 거요."

치원이 나서 당시 도술에 관한 이야기를 소상히 설명했다.

"맞아, 맞아. 어느 때인지 대장군께서 나에게도 고허법이 무언 줄 아느냐고 넌지시 물어본 적이 있었지. 내가 종사관으로 있을 때인데 언젠가는 치원이 자네에게도 그 고허법에 대해서 물어볼 때가 있을 거야."

대장군이 고허법에 대해 물었다. 고운의 말을 들은 치원은 혼란스럽기만 했다.

"당신은 고허법에 대해서 아는 바가 있소?"

치원이 호몽을 바라보며 물었다.

"글쎄요. 공부를 많이 하신 오라버니나 당신이 모르는데 내가 어찌 알겠어요? 다만, 내가 군인이라면 병법에 의해서 떳떳이 나가 싸우고, 정말 모르는 것은 옛날 제갈공명처럼 하늘을 향해 단을 쌓고 경건하게 북두칠성님께 물어보겠어요. 종남산의 종리권선사께서도 일찍이 구천 현녀九天玄女가 신묘한 병법을 가지고 있었다는 말씀은 하셨지만, 제게 가르쳐 주신 일은 없어요. 제가 군인이 아니니까 병법은 가르쳐 주지 않으셨겠죠. 하지만 지금 대장군께서 장안성을 탈환해야 하는 가장 큰 숙제를 가지고 있으면서 병사들을 시켜 영선루를 짓고 누각을 지으며 선술에 빠져 있는 것은 전쟁터에서 정도가 아닌 것 같아요. 장군 지위에 있는 군인은 일단 병법을 스스로 익히고 깊이 연구하여 최선을 다해 싸운 후, 앞으로 일어날 상황 변화를 면밀히 검토하여 싸우지 않고 이길 수 있는 병법을 항상 연구하고 재정비해야 된다고 생각합니다. 그 나머지 일은 하늘에 구하는 것이 옳지 않겠어요?"

호몽의 말에 치원이나 고운은 더 이상 할 말을 찾지 못했다. 두 사람은 호몽이 차려주는 저녁을 오랫만에 맛있게 먹고 술잔을 기울이면서 도사 여용지와 제갈은에 대한 걱정을 늘어놓았다.

새벽녘이 되어 일찍이 눈을 뜬 고병 대장군은 전쟁터에 나가기 전에 몸을 깨끗이 씻고 북두칠성을 향해 예를 올렸다. 그리고 여용지와 제갈은이 지어 주는 알약을 물과 함께 먹었다. 또한 전장에 나가서는 그날의 일진을 살피고 바람이 부는 방향을 정확히 파악한 후에 적들이 입은 갑옷의 색깔을 살피고는 깃발을 바라보며 주문을 외웠다.

그뿐만이 아니었다. 여용지와 제갈은이 건네주는 쪽지를 받아 본 후에 돌격 명령을 내리고, 전투를 끝낸 뒤에는 다시 몸을 씻고 금단약金丹藥을 먹었다. 주로 수은과 황금, 그리고 단사丹砂가 들어가는 선약이었다. 그때 황소군은 고병의 군대에 쫓겨 운하 지역과 중원을 포기하고 위수 평원 쪽으로 몰리기 시작했다. 고병 대장군은 부장들을 돌아보며 득의만면하게 웃었다.

"어떻소? 내 병법이…… 적의 목을 이렇게 서서히 조이는 것이오. 나는 절대로 서두르지 않겠소. 여름날 메기나 미꾸라지들이 장마가 그치고 한곳으로 오글오글 몰리면 기다렸다가 망태기에 담으면 그만인 거지. 자, 때가 되면 장안으로 진군하면 될 것이야!"

고병 대장군의 얼굴에는 승전의 기쁨이 끊이지 않았다. 이 모습을 가까이에서 지켜보고 있던 치원과 고운은 앞으로 일어날 전쟁 상황에 대하여 불안한 마음을 감출 수가 없었다.

치원은 고병 대장군의 전술을 우려한 나머지 또 다른 전략을 즉시 세워야겠다고 생각하고 실용실리實用實利를 실천할 수 있는 또 다른 전략서를 작성했다.

존경하는 이극용 장군님, 소신은 황소에게 고하는 격문

을 황제에게 보고 드리면서 비상시국 시에 대처할 수 있는 또 다른 전략서를 보고한 바 있습니다. 황제로부터 소신이 작성한 별도의 전략서를 달라고 하여 면밀히 검토하신 후 장군님께서 전술개시 시점에 각별히 유의할 세 가지의 새로운 전략서를 소신이 가장 믿고 있는 송이 장군에게 보내오니 전술 시 반드시 시행하시면 좋겠습니다.

첫째

황소가 거처하고 있는 숙소 및 군사들 거처 주변에 소량의 폭탄을 밀봉하여 여러 곳에 부착하여 둔 후 전술개시 때 불화살로 폭탄을 맞혀 폭파시킴으로써 불이 나게 하면 황소 군사들은 갈팡질팡하여 전의를 상실하고 제대로 싸우지 못하게 될 것입니다.

둘째

불이 난 틈을 이용하여 장군님의 정예 부하 장수들이 황소군 철기병을 격퇴시키고 황궁을 탈환하면 됩니다.

셋째

첩보병들의 소문에 의하면 황소 장군은 소신의 격문을 읽어 본 이후부터는 귀신에 홀린 사람처럼 행동하고 횡설수설하고 있으므로 싸움을 지휘할 수 없을 것이라고 보고받았습니다. 그러므로 황궁에서 이상함이 느껴지면 황소 장군은 곧바로 도망칠 것이 명백해 빠른 시일 내 전략서에 의한 전술을 개시하여 주시기 부탁드리옵니다. 또한 이러한 내용을 왕탁 장군님에게도 은밀히 전달하였습니다.

도통순관 최치원 올림

옛날 촉나라 땅인 성도의 이궁에서 답답한 나날을 보내고 있는 황제는 고병 대장군이 승전보를 하루빨리 보내 주기를 기다렸다. 황궁에서 이곳으로 몽진해 온 이후 불안한 마음 때문에 시간 보내기가 지겨웠고, 황제 스스로가 본궁이 있는 장안성을 황소에게 내준 수치감에서 헤어날 수가 없었다.

장안의 궁성 서북쪽에는 황제의 정원인 금원禁苑이 드넓게 펼쳐져 있었다. 황제는 오솔길만 해도 십 리가 넘는 그 금원이 그리웠다. 그 금원이 비좁다고 느껴질 때는 언제든지 장안의 동남쪽 모퉁이에 있는 넓은 이원異苑 쪽으로 달려가기도 했다.

이원은 오솔길의 길이가 오십 리도 넘었다. 황제는 전각들도 그리웠다. 황금으로 아로새겨진 옥좌가 있는 태극전과 대신들을 접견하던 양의전兩儀殿이 눈에 아른거렸다. 그리고 무엇보다도 천 명이 넘는 후궁들과 궁녀들이 넘쳐나던 액정궁이 그리웠다.

온갖 보물과 곡식이 가득했던 황궁의 전용 창고인 태창太倉도 보고 싶어 도저히 견딜 수가 없었다. 그때 검은 갑옷을 입은 이극용 장군이 조정 집무실로 들어왔다.

황제는 이극용 장군을 바라보며 막연한 두려움을 느꼈다. 그는 한족이 아니라 당나라 사람들이 북쪽 오랑캐라고 부르던 돌궐족 출신이었다. 돌궐족 중에서도 사막에서 오래 지내던 사타족沙陀族의 족장이었던 터라 그 기세가 만만치 않았다.

입에서는 늘 양고기 냄새가 나고 길을 갈 때에도 결코 걷지 않고 언제나 유목민처럼 말을 타고 다녔다. 그는 애꾸처럼 한쪽 눈이 거의 보이지 않는 외눈박이였다. 그래서 조정의 중신들은 그가 들어오면 '애꾸눈 장군이 들어왔군.' 하면서 비웃었다.

그러나 그는 바람처럼 날쌔고 질주하는 호랑이만큼이나 용맹스러웠다. 그를 따르는 4만의 군대는 검은 갑옷을 입고 있었다. 그래서 사람들은 그 군대를 '검은 갈까마귀 군대黑鴉軍(흑아군)'라고 부르면서 두려워했다.

"황제 폐하, 도통순관 최치원께서 비상사태가 발생할 때 반드시 사용하라고 올린 전략서를 저에게 하명하시고 장안 진격 명령을 즉시 내려 주십시오. 단숨에 장안성을 회복하고 황제 폐하를 하루 속히 장안으로 모시겠나이다."

이극용 장군은 두 눈에 힘을 잔뜩 주고는 황제를 위협하듯 우렁찬 목소리로 아뢰었다.

"정말 그리 하실 수 있겠소? 황소의 군대가 자그마치 60만 대군이라고 하는데 4만의 군대로 이길 수 있겠소."

이극용 장군의 기세에 눌린 황제는 한 발 물러서며 그의 눈치를 살필 수밖에 없었다.

"황제폐하, 60만이고, 100만이고 저에게는 그 숫자가 그리 중요하지 않습니다. 저와 제 부하들이 한번 붙어 보느냐, 그렇지 않느냐가 중요할 뿐입니다. 소장에게 장안을 탈환할 수 있는 기회를 주시옵소서."

이처럼 단호한 태도를 보이는 그가 황제도 믿음직스러웠다. 희종 황제는 곧바로 성도 일대를 지키고 있던 왕탁王鐸 장군을 조정 집무실로 불러들였다.

"왕탁 장군, 이극용 장군이 황도를 탈환하겠다고 짐에게 졸라대는데 어떻게 생각하오?"

황제는 불안한 마음을 숨기며 조심스럽게 물어보았다.

"그리 하시지요. 현재 회남에서 전군을 지휘하고 있는 고병 제도행영병마도통은 우선 우리 황궁에서 너무 멀리 떨어져 있고, 황제 폐하께서 여러 번 진격 명령을 내렸지만 좌고우면하고 있지 아니 합니까? 너무 신중한 나머지 헛되이 시간을 낭비하고 있다고 생각합니다."

왕탁 장군은 주저 없이 이극용 장군의 선택을 따르도록 황제를 설득했다. 그 곁에서 사타 출신의 외눈박이 장군인 이극용이 씨익 웃고 있었다.

"이극용 장군, 장안을 즉시 탈환해 주시오!"

황제는 이극용 장군을 바라보며 더는 망설이지 않고 진격 명령을 내렸다.

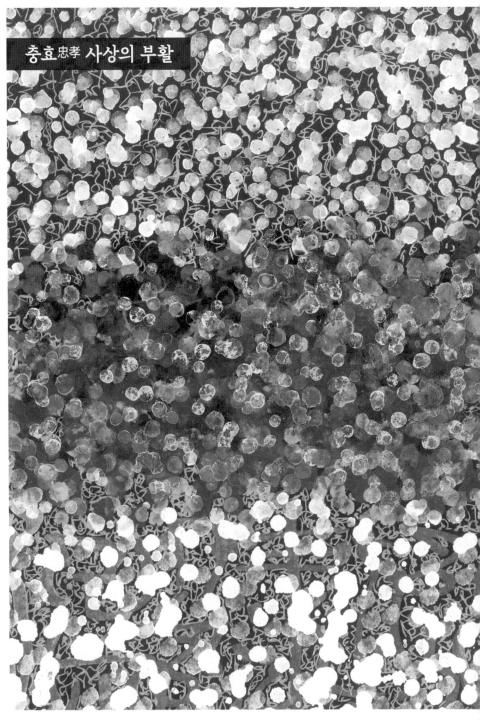

충효忠孝 사상의 부활

충효忠孝 사상 부활의 중요성을 형상화한 이미지. 최치원은 부친 견일이 편찮다는 소식을 듣고 곧장 귀국을 결심한다. 12세 때 당나라로 유학 가 16년 만에 금의환향하는 그에게 당 황제는 사신 자격을 부여했다.

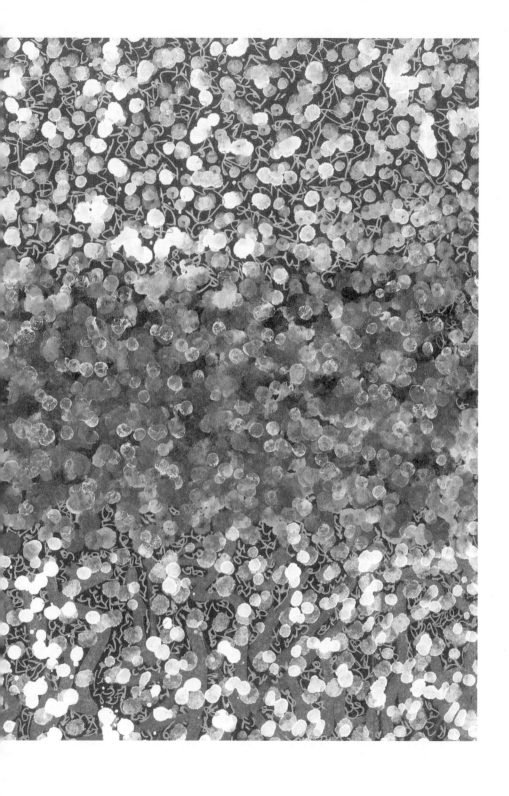

황소, 물러나다

위수 평야의 황소군은 승리감에 도취되어 날이면 날마다 술에 취해 양민들을 괴롭히고, 젊은 부녀자들을 겁탈하는 등 온갖 악행을 저지르고 있었다. 그때 돌궐족 출신의 애꾸눈 이극용 장군이 이끄는 검은 갈까마귀 부대 기마병들이 번개처럼 달려 평야를 가로지르고 있었다.

검은 갈까마귀 부대가 바람보다도 빠른 속도로 무섭게 질주함에 따라 말굽에서 일어나는 흙먼지로 하늘이 뿌옇게 물들었고 그 먼지는 마치 큰 물결이 흘러가듯 소용돌이쳤다. 이를 본 황소군은 도무지 손을 쓸 수가 없는 속수무책의 지경에 이르렀다. 황소군 장수들이 나름대로 전열을 갖추어 대항해 봤지만, 기세등등한 이들 사타군이 용맹스럽게 휘두르는 창과 칼 앞에서는 무용지물이었다.

햇빛을 향해 칼을 번쩍 들면 한꺼번에 일곱이나 여덟 명의 목이 공중으로 날아갔다. 장검을 휘두르면 열 명도 넘는 황소의 병사들이 나가떨어졌다. 황소의 철기병들이 언덕 위에서 방패로 진을 치고 거대한 고목으로 진격로를 막은 후 쇠로 만든 수레로 방어를 계속해 봤지만 모두 헛일이었다.

이극용의 검은 갈까마귀 부대는 검은 바탕에 하얀 갈까마귀를 아로새긴 깃발을 휘날리며 쏜살같이 달려들어 철기병들의 방어진을 뚫었다. 결국 장안성의 문이 열리고, 이극용 부대가 장안성을 가로지르는 남북 열한 개와 동서 열네 개의 도로를 질풍처럼 달려 갔다. 장안성에 있던 수십만의 사람들이 모두 길에 나와 그 이상하게 생긴 검은 옷의 병사들을 구경하느라 넋을 놓고 있었다.

"캬아……. 어떻게 저렇게 빨리 달릴 수가 있냐? 같은 말을 타고 달리는데도 꼭 천리마를 타고 곡예를 부리는 것 같잖아! 야, 죽인다, 죽여!"

심지어는 황도를 지키고 있던 황소의 정예군들까지 넋을 놓고 그 검은 갈까마귀 부대의 병사들이 말을 달리는 모습을 감상하고 있었다. 사실상 오합지졸에 가까운 황소의 병사들은 이극용 부대의 위용에 압도되어 무기를 모두 감춘 채 이곳저곳으로 숨기에 바빴다.

황소를 황제로 모시고 있던 중신들도 허둥지둥하며 도망치기 시작했고, 근위대장과 환관들이 급히 황소를 동궁으로 피신시켰다. 이극용의 병사들은 포로로 잡은 황소의 장졸들을 특이하게 다루었다. 들고 있던 쇠갈고리를 이용해 아주 익숙한 솜씨로 졸병들의 눈알을 모두 파냈다.

그리고 포로로 잡힌 황소군의 군관은 한쪽 눈알만 파냈다. 순식간에 눈을 잃은 병사들은 비명을 지르며 자신의 눈을 찾느라 여념이 없었으며, 방향을 제대로 잡지 못했다. 결국 한쪽 눈알을 간신히 간직한 군관들로 하여금 병사들을 인솔하게 하였다.

"야 이놈들아, 너희 부대로 찾아가거라! 거기 외눈박이 군관들! 제대로 인솔해서 너희 부대를 찾아가야 돼!"

한 장수가 이들을 놀려대며 큰소리로 웃었다. 그리고는 모든 막사에 불을 지르고 초연히 사라졌다. 장안 도읍은 매캐한 연기에 휩싸이고 온통 검은 연기로 뒤덮였다. 눈을 잃은 채 그 지옥과도 같은 거리를 지나는 황소의 병사들이 좌우로 헤매며 비명을 질러댔다. 참으로 기이한 광경에 놀란 사람들이 공포에 떨고 있었다.

이들이 주작대로의 네거리에 이르자, 뒤에서 묵묵히 지켜보던 한 장수가 소리쳤다.

"너희들의 황제인 황소에게 전하거라. 오늘은 이렇게 우리가 몸을 푸는 것으로 그치겠다. 우리 기마부대들이 마음껏 달리고 장안의 모습을 봐 두는 것으로 그치겠다. 사흘 안으로 장안을 비우거라. 선량한 백성들은 움직이지 않아도 좋다. 다만 소금 장수였던 도둑놈 황소는 황제의 곤룡포와 황제관을 벗어 놓고 얌전히 물러나거라. 또 한 가지, 황소 밑에서 부화뇌동하던 장군들은 듣거라. 너희들 중에서 누구든 목숨이 아깝거든 귀순해라. 귀순하면 장군직과 봉토를 보장해 주겠다."

한쪽 눈이 작아 애꾸처럼 보이는 장수가 말을 끝내자, 갈까마귀 부대는 뿌연 먼지를 남겨 놓고 성문 밖으로 사라졌다.

황소는 최치원의 격황소서를 받아 본 이후 계속 횡설수설하며 제정신이 아니었다.

마음속에서 자나깨나 잊혀지지 아니한 것은 도덕경에서 말한 '회오리바람은 하루아침을 가지 못하고 소낙비는 온종일을 갈 수 없다'는 것과 춘추전에서 말한 '하늘이 아직 나쁜 자를 놓아 주는 것은 복되게 하려는 것이 아니고 그 죄악이 더 커지기를 기다려 벌을 내리려는 것이다.'라는 글귀다.

그리고 쌍녀자매가 귀신이 되어서 자기를 죽이려고 한다는 것을 자꾸 연상하게 되어 노심초사하고 있던 중 주은 장군이 보고하는 갈까마귀부대라는 말을 듣는 순간 하늘이 무너져 내리는 것 같았다.

드디어 최치원이 말한 것들이 실행되는구나 판단하고 그날 밤 황궁 안에 있는 모든 보물을 챙겨 북동쪽을 향하여 도망가듯이 황급히 황궁을 떠났다.

그가 원래 소금 장수를 시작했던 산동반도 쪽이었다. 그러나 그 때 황소가 제일 믿고 중요한 일을 맡겼던 부관인 주온朱溫 장군은 황궁에 남아 있다가 황궁의 문루 위에 백기를 내다 걸었다.

그는 일찍이 희종 황제의 충신인 왕중영 장군과 서로 내통하고 있었다. 이제 황제의 도시 장안이 회복되는 것은 시간 문제였다.

당나라 중화中和(희종의 새로운 연호) 2년, 서기 882년의 새해가 밝았다. 회남의 고병 대장군 군막에서는 큰 행사가 열리고 있었다.

그동안 고병 대장군이 공들여 지은 누각과 하늘의 선녀들을 모신다는 영선루를 완공하였기 때문에 새해를 맞아 제를 올릴 준비를 하느라 여념이 없었다.

고병 대장군이 제주가 되고, 그 제를 전체적으로 주관하는 일은 여용지와 제갈은이 맡았다. 선녀처럼 소복 차림을 한 동녀들도 수십 명이나 동원되었다. 장엄한 예악에 맞춰 제각에 술을 올리고 절을 하였다. 그리고 동녀들이 춤을 추었다.

여용지와 제갈은은 정체불명의 주문을 외우며 고병 대장군에게 술과 환약을 올렸다. 대장군은 엄숙한 표정으로 그들이 건네주는 술과 함께 선약을 먹었다. 이내 대장군의 걸음걸이가 비틀거리기 시작했다. 이날 행사에는 회남 지역의 군사령관들과 고관들이 모두 초청되었다.

고운과 최치원도 그날만은 가족들을 모두 불렀다. 장안의 북문 상회를 버리고 회남에 와 있는 고운과 호몽의 부모, 배찬의 딸이자 경교의 수녀로 있는 밀리엄과 마르코 수도사도 참석해 이 행사를 지켜보았다.

마지막으로 붉은 도복을 입은 여인이 작두와 외줄을 타더니 급기야 누각의 꼭대기까지 사뿐히 올라가는 묘기를 보여 주었다. 모여 있던 사람들이 이 기이한 광경에 푹 빠져 입을 다물지 못하면서도 찬사를 아끼지 않았다.

"애야, 저런 건 도술을 닦으면 누구나 할 수 있는 것이냐?"

호몽 곁에 있던 고 대인이 마냥 신기해하며 물었다.

"저런 것은 진짜 도술이 아니에요. 눈속임이죠. 누구나 연마를 하면 저 정도는 다할 수 있어요."

호몽이 어머니를 바라보며 눈을 찡긋했다.

"대도를 향해야 할 장군이 잡신에 의지하는 것은 바른 도를 닦는다고 할 수 없지 않을까요? 대장군이 선약을 먹고 주문을 외운다는 것은 좀 이상하군요."

경교를 믿는 밀리엄 수녀는 조금 불안한 표정을 지었다. 치원이 이러한 광경을 지켜보고 있다가 죄송스럽다는 표정을 지으면서 고병 사령관에게 직언을 하였다.

"병권을 책임지고 있으면서 치안에 정신이 없으시온데 불로장생하기 위해 선도수행에 심취하시는 모습은 부하 직원들에게 원성을 들을 수 있고 신선이 되는 수련을 다 마친 뒤라면 언제쯤에야 인간을 이롭게 구제할 수 있겠습니까? 이국이민에 전력을 다해야 된다는 직언을 보고 드리면서 도에 대하여 참다운 선이란 범속에서 소탈하여 고결한 성품을 잊어버리지 않고 처음 결심한 뜻을 항상 유지하는 사람이 되어야 함을 말씀드립니다."

치원이 계속 이야기를 이어갔다.

"또 선인은 항상 앞날을 예견하기 위해서는 옛 역사의 사례를 살펴보면 해답을 얻을 수 있다고 했습니다. 초나라 항우 대장군을 전쟁에서 이기고 한나라 유방 왕조를 새로 만드는데 가장 큰 공을 세운 사람은 한신 제후였습니다. 제후에 봉해진 한신 장군을 백성들이 칭송하고 있음을 알아차린 장량 승상이 유방 황제에게 한신 제후를 제거하지 아니하면 황권 유지가 어려워질 수 있다고 간언하였습니다. 유방 황제가 장량 승상에게 한신 제후를 어떻게 처리해야 되느냐고 묻자 장량 승상은 한신 제후를 은밀하게 황실로 혼자 오라고 하여 역적을 모의했다고 하여 죽여버리면 된다고 하였습니다. 한신 제후가 황실로부터 입궐하라는 명을 받고 황실로 가려고 하자 한신 제후의 최고 측근 장수 한 사람이 어떤 이유도 없이 제후님 한 사람만을 은밀히 황실로 오라고 부른 것은 반드시 제후님을 죽이기 위해 부른 것이니 몸이 아프다는 핑계를 대고 황실에 가지 말라고 직언하였지만 한신 제후는 유방이 황제가 되기 전 전쟁터에서 생사고락을 같이하면서 승리한 전공을 절대 저버리지 않겠다고 수차례 약속한 신의를 계속 지킬 것으로 굳게 믿고 혼자 황실로 들어갔습니다. 유방 황제와 장량 승상이 사전에 짜고 한신 제후가 새로운 나라를 건설하기 위해 백성들을 잘 살게 하고 있다는 거짓 누명을 뒤집어 씌워서 죽인 사례를 고병 총사령관님께서도 알고 계실 것입니다.

한나라를 세우는데 유방의 장자방 역할을 한 장량 승상이 한신 제후를 제거시킨 다음 황실로부터 최고의 부귀영화를 누렸지만 자기도 유방 황제 가족들로부터 언제 의심을 살지 모른다는 생각이 항상 마음속에 존재하고 있었습니다. 자기 노후 인생을 새롭게 설계하기 위해 몸이 아프다는 것을 핑계로 승상직을 그만두었습니다. 인생의 마지막 생활을 황실로부터 아주 멀리 떨어지고 일반인 출입이 거의 불가능한 산 좋고 물 좋은 깊은 산골(현재 중국의

장가계 : 천문산 주변)에서 선도를 배우기 위해 승상직을 그만두겠다는 뜻을 황제에게 고하였습니다. 장량이 선도를 배우겠다고 한 것을 진심으로 받아들이고 허락했습니다. 사직을 허락한 황제는 장량에게 자기 목숨을 연명하기 위한 선도는 참다운 선의 경지에 도달할 수 없으니 이를 유념하고 정진하라고 말했습니다."

치원은 장량이 개인의 이익추구와 목숨유지에 선도를 이용한 것은 군자가 취해야 할 도리를 벗어난 것이라고 하였다. 이처럼 사람은 언제나 순간순간 때를 중요시하여야 되고 때를 놓치면 세상 살아가는데 많은 고난이 닥쳐올 수밖에 없다고 했다.

고병 대장군님께서는 지금이야말로 선공후사 이국이민을 위해 즉각 출병을 해야 할 시기라고 간언하였다. 그때 군막 바깥에서 요란한 말발굽 소리가 들리더니 이내 전령 일행이 말에서 내려 급히 뛰어왔다. 전령은 숨을 헐떡이며 급보를 전하였다.

"대장군님! 황소의 주력부대는 장안에서 패퇴하고 산동 쪽으로 도주하고 있습니다만 황소부대 중에서 가장 기동력이 강하고 최후까지 항복을 거부했던 적고적이 회남지역으로 진격해 오고 있습니다."

고병 대장군이 물었다.

"도대체 적고적이 어떤 부대이냐? 우두머리는 누구인가?"

전령이 대답하였다.

"적고적은 붉은 바지를 입고 있다 하여 세상 사람들이 붙인 별칭이옵고, 적고적들은 모두 붉은 바지를 입고 붉은 깃발을 든 채 질풍처럼 달려 삽시간에 관군을 덮치는 신출귀몰한 부대입니다. 지금까지 싸움터에서 한 번도 패한 일이 없습니다. 그래서 관군들이 제일 무서워하는 황소군대의 정예부대가 바로 적고적입니다. 바로 이 적고적 부대가 장안 근처에 있지 않고 장강 근처에 있었기 때문에 이극용 장군이 이끄는 갈까마귀 부대에 장안이 무너지고 황소도 도망가게 된 것입니다. 그런데 적고적의 우두머리는 여자라고 하옵니다. 그리고 부장은 장창과 철퇴를 잘 쓰며 권법이 뛰어난 소림사 출신의 무장이라고 하옵니다." 하고 전령이 최치원과 고운 종사관에게 보고하였다.

적고적 장수 부장과 우두머리가 쓰는 권법이 소림사 출신이라는 말에 치원은 눈을 감고 한참 동안 생각하였다. 소림사 출신의 무술고수라면 도인급에 속하는 인물이라는 것을 깨닫고 이들을 생포하여 우리 편으로 만들어 사람과 세상을 이롭게 하는데 도움이 될 수 있는 자로 이용해야 되겠다고 마음먹었다.

적장을 생포하기 위해서 그날 밤 전쟁을 취소시키고 새벽하늘의 별자리를 살펴보니 오방 중에서 서방 쪽으로 떨어지는 별 하나를 보고 즉시 부하장수를 불렀다.

"만곡계곡의 서쪽 지형은 어떠한가?"

부하장수는 대답하였다.

"서쪽 지형은 이곳 만곡계곡 중에서도 계곡이 가장 협소하고 험난한 곳이면서 장강 하류 근처에 있습니다."

최치원은 다음 날 전쟁이 시작되면 생포할 병력을 이곳에 매복

시켜 생포하겠다는 사냥수법 전술보고서를 직접 작성하였다. 사냥수법이라는 전술보고서는 맹수를 잡을 때 쓰는 투망사용법이었다. 최치원은 고병 대장군에게 전술 계획을 보고하였다.

"대장군님! 마지막으로 사냥수법 전술 계획 보고를 드리고자 합니다."

"그게 무엇인가? 사냥수법이라니."

"바로 맹수를 사로잡는데 쓰는 방법입니다. 맹수들을 계곡으로 유인하여 거대한 투망을 씌우는 방법입니다. 만곡계곡 중에서도 서쪽 계곡이 가장 협소하고 험난한 곳인데 이곳으로 적고적을 유인하여 투망을 사용하여 생포하는 것입니다."

투망사용법을 고병 대장군에게 치원이 직접 설명하자 고병 대장군은 무릎을 탁치며 아주 좋은 계략이라고 말하면서 곧바로 부장들을 불러 전투준비를 하라고 명하였다.

다음 날 장강과 운하가 만나는 만곡계곡에서 고병 대장군의 부대와 적고적이 조우하게 되었다. 전령이 얘기한 대로 적고적의 전력은 보통이 아니었다. 회남군의 보병부대가 아무리 열심히 달려가 싸움을 해도 적고적의 여두목과 부장을 이겨낼 수가 없었다. 모두 가랑잎처럼 흩어지고 부상을 당한 채 들판에 버려져 있는 수숫대처럼 쓸모없게 되어버렸다.

마지막으로 기병이 달려갔지만 적고적들은 계곡 사이에 불을 붙이고 화공법으로 나왔다. 이때 사냥수법 전술을 쓰기 위해 놀란 말들이 사방으로 흩어져 후퇴를 하는 것처럼 적고적들을 유인하여 적고적 부대를 만곡계곡의 하류로 끌어들였다.

지리에 익숙하지 못한 적고적들이 좁은 협곡으로 완전히 들어섰을 때 협곡 끝에서 계곡 아래로 거대한 투망이 떨어졌다. 적고적의 여두목과 번개 같은 부장도 투망 속에서 꼼짝 없이 생포되었다. 치원의 사냥수법 전술이 적중한 것이다.

생포되어 온 적고적의 규모는 대략 보병이 2천 명쯤 되고 기병은 2백 명쯤이었다. 회남진의 막사에서는 승리를 알리는 나팔소리가 요란하였다. 포로들을 모두 임시막사에 가두었다. 그리고 간단히 먹을 것을 제공해 주었다.

고병 대장군은 높은 막사에 앉은 채 심문을 시작하였다. 말을 잘 타고 창검과 철퇴를 신출귀몰하게 휘두른다는 부장이 먼저 끌려나왔다. 무릎을 꿇린 부장의 투구를 벗기고 심문을 시작하였다.

"너의 출신은 어디냐? 나이는? 그리고 이름은?"

부장은 우렁찬 목소리로 당당히 대답하였다.

"나는 일찍이 다섯 살 적에 민란을 만났고 우리 친인척은 그 민란 속에서 모두 풍비박산이 되어버렸다. 작은아버지는 관군에 의해 살해되었고 작은어머니와 사촌 누이들은 바로 관군에 의해 능욕당하고 처참하게 살해되었다. 그래서 나는 어린 나이에 복수를 다짐하고 소림사에 들어가 십오 년간 소림사권법을 익히고 병장기를 익혔다. 그리고 이번에 황소장군이 민란을 일으키자 내가 당했던 이십일 년 전의 복수를 하기 위해 분연히 일어나 적고적 부대를 만들고 신라에서 온 맹장을 모셔 지금까지 싸웠다. 구질구질하게 목숨을 구걸하지 않겠다. 어서 목을 쳐라."

고병 대장군이 고운을 돌아보며 말했다.

"고운, 어떻게 생각하나? 비록 적장이지만 목숨 따위에 연연하지 아니하고 의기가 있지 않은가?"

고운이 답하였다.

"그렇습니다. 적장이기는 하나 기백과 익힌 무술이 죽이기에는 너무나 아깝습니다. 아무쪼록 귀순을 시켜 황군의 장군으로 만드는 것이 좋겠습니다."

곁에 있던 최치원은 아득한 생각이 머리를 스치고 지나갔다. 그 부장은 어디선가 본 듯한 얼굴이었고 일찍이 전쟁을 시작할 때 장안 고궁의 보물창고 근처에서 만났었던 기억이 살아났기 때문이었다. '설마…….' 치원은 불안감에 몸을 떨었다.

얼마 후 적고적의 여두목이 심문대 위로 끌려 나왔다. 자살을 방지하기 위해 그녀의 입에는 재갈이 물려 있었고 적장의 예우를 위해 투구도 씌워져 있었고 그녀가 착용하고 있었던 복면도 그대로였다. 고병 대장군이 명령하였다.

"결박을 풀어주거라. 그리고 재갈과 투구를 벗겨주어라."

투구를 벗기자 그녀의 어깨 위로 삼단 같은 머릿결이 풀려져 내려왔다. 그리고 그녀가 숙였던 얼굴을 들었을 때 주위에 둘러 서 있던 모든 고병 대장군의 부장들과 병사들이 여인의 미모에 탄복하였다.

"아, 보리가……."

치원은 보리의 모습에 눈시울이 붉어졌다.

"아, 그처럼 악랄했던 적고적의 우두머리가 저렇게 아름다운 여인이었단 말인가?"

고병 대장군도 할 말을 잊고 있었다. 여인은 긴 말을 하지 않았다.

"고병 대장군, 긴 말을 하지 않겠습니다. 나는 황소반란군의 선봉장인 적고적 부대의 보리 장군입니다. 어서 군율에 의해 목을 치시오."

그때 최치원이 앞으로 나서며 고병 대장군의 심문대 앞에 무릎을 꿇고 아뢰었다.

"대장군님! 저 여인은 제가 신라에서 데려온 여인입니다. 어렸을 적 서당에서 공부를 할 때 함께 공부했던 제 훈장의 여식이옵니다. 저 여인의 신병처리 문제를 일단 저에게 맡겨 주십시오."

고병 대장군은 잠시 눈을 감고 있다가 결연히 말하였다.

"최치원 도통순관, 내 그대를 믿어보리다."

고병 대장군이 최치원에게 말했다. 말을 끝내자마자 전령이 달려오면서 큰소리로 외쳤다.

"고병 대장군은 황명을 받으시오!"

붉은 옷을 입은 황제의 전령이 큰소리로 말했다. 그러자 모든 행사는 중지되고 고병 대장군이 전령 앞으로 나아갔다.

"금일부로 고병 대장군의 제도행영병마도통의 직위를 체직遞職(벼슬을 해임함)하고, 그 후임에 왕탁 장군을 명하노라."

전령은 간결하고도 빠르게 황명을 전달했다. 그 순간 고병 대장군의 붉게 물든 얼굴이 붉으락푸르락 변하더니, 이내 주먹을 꼭 감아쥔 손이 심하게 떨리고 있었다.

"체직 이유가 뭐요?"

잠시 평정심을 회복한 고병 대장군이 전령을 향해 말했다.

"황제께서 여러 차례 조속히 장안 회복을 위한 출병을 명하였으나 불응하셨기 때문이라고 전해주라 했습니다."

전령은 고병을 똑바로 노려보며 황제의 명을 전했다.

"그럼, 내 보직은 뭐요?"

고병도 전령을 향해 강렬한 눈빛을 보내며 말했다.

"회남 절도사와 회남 지역 군령은 유지하라고 명하였습니다."

전령의 말을 들은 고병은 한숨을 내쉬며 고개를 들어 멍하니 한참동안 하늘만 쳐다보았다.

"전령은 내일 출발하실 거요?"

고운이 고병의 눈치를 보며 전령에게 물었다.

"재워 주시면 일박하고 가겠습니다."

고운이 말했다.

"내일 아침, 내가 황제께 올리는 글을 좀 가져가시오."

그날 밤 고운과 치원은 집에 가지 않았다. 밤을 새우며 상소문을 썼다. 고운이 쓰고 치원은 처연한 마음으로 곁에서 그 모습을 지켜보았다.

황제 폐하, 멀리 촉나라의 땅에까지 몽진을 하시어 옥체가 많이 상하셨을 줄 아옵니다. 그러나 지금은 전시이옵니다. 그것도 패역무도한 황소 무리가 전의를 다시 갖추기 위해 황도에서 잠시 물러나서 다음 일을 준비하려고 하는 중요한 시점에 와 있다고 생각해야 됩니다.

황군이 이렇게 승기를 잡고 일어서게 된 배후에는 그동안 강남은 물론, 장강과 운하 지역의 전세를 계속 장악하고 있으면서 격문 등으로 오랫동안 황소를 압박해 온 고병 대장군의 충정과 노고 때문에 황소가 물러갔다고 봅니다.

사타의 이극용 장군과 같이 충격 요법으로 잠시 적진을 혼란하게 한 것도 훌륭한 전법이겠으나, 적을 원거리에서 겹겹이 에워싸고 죄 없는 백성들이나 아녀자들이 다치지 않도록 서서히 진군해 가는 고병 제도행영병마도통의 전술과 전략은 백 번 옳았다고 봅니다.

황제폐하께서도 아시다시피 장수는 깊은 강을 건너며 말을 갈아타지 않고, 전쟁의 중요한 시점에서 명장은 부하 부장을 바꾸지 않는 것입니다. 대과 없이 승리를 목전에 두고 있는 고병 대장군의 병권을 회수하시며 체직하시는 것은 고병 대장군을 보좌하는 신하로서 납득하기 어렵사옵니다.

한족이 아닌 돌궐 출신의 이극용 장군이나, 황소군에 있다가 목숨을 구하기 위하여 귀순한 성령괴나 최근 귀순한 주온 등을 중용하는 일도 심사숙고하시옵고 또한 경계해야 할 일입니다.

한번 배신한 자는 또 다른 배신을 하지 않는다는 보장이 없기 때문입니다. 장군직에 오르지 못한 일개 필생이 감히 황제 폐하께 이런 충언을 올리는 것은 앞날에 닥쳐올 나라의 운명이 중차대한 지경에 이르렀다고 예측되기 때문이옵니다.

아무쪼록 밝으신 혜안으로 국가의 먼 이익을 도모하시어 사리에 밝고 학문이 깊으며, 병법 또한 깊은 경지에 이르러 있는 고병 대장군의 체직만은 한 번 더 고려하여 주시옵기를 눈물로 간청하옵나이다.

황제 폐하 등극 원년에 장원 급제하였던 도통판관 고운, 죽음을 각오하고 감히 아뢰옵나이다.

참으로 놀라운 일이었다. 한 번도 격한 말을 하지 않을 뿐만 아니라 남의 눈에 띄는 행동조차 하지 않던 고운이 감히 황제에게 죽음을 아끼지 아니하고 이런 청원을 하는 것을 치원은 처음 보았다. 날이 밝자 황제의 전령은 고운의 상소문을 들고 홀연히 떠났다. 그날 이후로 고병 대장군은 여용지와 제갈은을 내보내고 군막에 앉아 근신하며 깊은 상념에 잠겼다.

어느덧 시간이 흘러 여름의 막바지에 이르렀다. 그때 물길을 헤치고 온 신라의 사신 김인규金仁圭 일행이 고병의 군막에 나타났다. 사신 일행에는 뜻밖에도 치원의 사촌인 서원이 함께 있었다. 치원이 이들을 반갑게 맞이했다.

"어쩐 일입니까? 전란 끝이라 이렇게 많은 공물貢物(황제에게 바치는 물건)을 가지고 오기도 어려웠을 텐데……."

사촌과의 눈인사를 주고받은 치원이 김인규를 바라보며 물었다.

"정말 어려웠소이다. 우선 소백산 넘기가 어려웠고, 서해안 일대를 빠져나오기도 어려웠소이다. 어찌나 도둑떼가 많은지, 금군을 거느리고 왔지만 정말 어려웠습니다. 그래도 운하는 안전하더군요."

김인규가 이마에 흐르는 땀방울을 닦아내며 미소를 지었다.

"아, 운하야 우리 회남 군구에서 잘 지키고 있지 않습니까? 그런데 황제가 계신 성도까지는 어찌 가시려고 합니까?"

모처럼 신라 사람을 만난 치원은 매우 흐뭇해하며 얼굴에는 웃음이 끊이지 않았다.

"그래서 치원 도통순관을 찾아온 게 아닙니까? 고병 대장군께 말씀드려 호송 병력 좀 붙여 주십시오."

김인규는 멋쩍은 듯 고개를 떨어뜨리며 기어 들어가는 목소리로 말했다.

"알았소이다. 우선 고병 대장군께 인사를 올립시다."

치원이 신라 사신들을 이끌고 고병 대장군에게 보고드리자 장군은 이들을 반갑게 맞이해 주었다. 신라의 사정을 자세히 물어본

자유인 최치원이 신라로 귀국하여 선진 문화를 고국에 끈기 있게 실현하겠다는 패기를
회화하여 작품화하였음.

후에는 어려운 가운데 많은 공물을 챙겨서 먼 길을 무릅쓰고 온 사신들을 높게 치하했다. 그 자리에서 김인규는 대장군에게 신라 비단 다섯 필과 금비녀 한 쌍을 올렸다. 그날 밤 치원은 사촌 아우인 서원으로부터 놀라운 말을 들었다.

"큰아버님이 자리보전을 하고 누우셨습니다."

"뭐? 언제부터?"

"지난 여름부터예요. 처음에는 기침을 자주 하시며 자꾸 춥다고 하셔서서 학질(말라리아)이려니 했는데, 석 달이 가도록 낫지 않고 지금은 아주 탈진해 누우셨어요. 큰어머님께서 이번 기회에 형님께서 귀국을 하셨으면 합니다."

"아이고, 그 정도인가?"

서원이 애석한 표정을 지으며 말하자 치원은 마음이 심란해지기 시작했다. 잠시 할 말을 잃은 채 멍하니 있던 치원은 아버지가 누워 계신 동쪽을 향해 절을 올리고 이내 엎드려 울었다.

"아버님, 이 불효자식을 용서하소서. 이번 기회에 소자 돌아가 효도하겠나이다."

가슴을 도려내는 슬픔으로 인해 치원의 눈물은 쉽게 잦아들지 않았다. 얼마 후 겨우 마음을 가다듬은 치원이 이 사실을 호몽과 고운에게 알렸다.

"대장군께 귀국 의사를 밝히고 황제께도 글을 올리게."

고운이 치원을 위로했다. 치원은 그 길로 고운과 함께 고병 대장군을 찾아가 간곡히 청을 했다.

"이제 내 운도 다한 듯하오. 화불단행禍不單行이라더니, 내 오른 팔과 같은 종사관이 내 곁을 떠나게 되다니……."

고병 대장군은 깊은 탄식을 하며 씁쓸해했다. 그런 고병의 눈가에 눈물이 맺히고 있었다. 고병은 차마 눈물을 보이기가 민망한 나머지 서둘러 돌아앉아 손등으로 눈물을 닦았다.

"종사관, 신라 사신 김인규와 함께 황제께 다녀오시오. 일단 황제께서 귀국을 윤허하시면 그 후의 일은 나에게 맡기시오."

마음을 진정시킨 고병 대장군이 차분하게 말을 이었다. 그리고 고병 대장군은 신라 사신을 위해 병력도 넉넉히 내주었다. 이극용의 부대가 장안을 완전히 회복한 후라 성도로 가는 길은 전혀 문제가 없었지만, 만일의 사태를 대비하기 위해 그렇게 한 것이다.

갓 스무 살을 넘긴 희종 황제는 피난지인 성도에서도 기분 좋은 나날을 보내고 있었다. 매일같이 기름진 음식을 먹어 혈색이 좋고 원기 왕성했으며, 그 왕성한 원기를 궁에서 차출해 데리고 온 궁녀들과 밤낮없이 즐기는데 모두 쏟아부었다.

"경, 오랜만이오! 내가 막 등극하던 해에 경이 빈공과에 장원 급제하셨고, 지금은 고운 경의 처남이 되었지요? 아무튼 두 사람이 나란히 장원 급제하고 곡강지에서 밤새워 곡강유음을 즐겼는데……."

황제는 얼굴에 화색을 띠우고 치원을 만난 자리에서 몇 년 전에 있었던 일을 회상하며 기분 좋게 말했다.

"성은이 망극하옵니다."

치원은 황제 폐하에게 신라사신으로부터 아버지가 병환으로 위독하다는 것을 전해들은 것을 고하였다.

"아무튼 고국의 부친께서 편치 않으시다니 고국으로 한번 가보셔야지요. 가만 있자, 경이 우리 당에 오신 지가 얼마나 됐습니까?"

황제는 다소 아쉽다는 듯이 치원을 무연히 바라보았다.

"제가 열두 살에 와서 열여덟 살에 장원 급제하고, 지금 스물여덟 살이옵니다. 만 16년이 되었습니다."

치원은 고개를 숙이며 아뢰었다.

"부모님께서 얼마나 경을 보고 싶어 하시겠소. 16년의 기나긴 세월이라니……. 또 미인이신 부인을 부모님들께 보여 드려야 하지 않겠소? 귀국하시오."

황제는 눈을 지그시 감고 고개를 끄덕였다.

"망극하옵니다."

"본국에 가서서 왕을 뵈올 때 경의 입지가 떳떳하도록 내 사신의 자격을 주리다. 신라 왕실에 관한 대소사를 경에게 맡기겠소. 무슨 일이 있으면 그 허리에 차고 있는 황금 물고기 자금어대를 활용하시오. 내가 언제든지 경의 목소리를 들어 주리다. 경이 신라에서 허락하는 일은 나도 허락할 것이고, 그대가 신라에서 허용하지 않는 일은 나도 결코 허용하지 않을 것이오."

황제는 치원에 대한 강한 믿음을 내비쳤다.

"황제 폐하! 망극하옵니다!"

자신에 대한 황제의 신뢰가 이리도 두텁다는 것을 알아차린 치원은 끓어오르는 감격을 주체할 수가 없었다. 치원은 자리에서 일어나 읍하고 크게 엎드렸다.

"장원 급제한 경에게 짐이 어사화를 내릴 때 난 고작 열 두살 때입니다. 어사화를 꽂고 내 앞에 서 있던 경이 꼭 형님 같았어요. 참 10년이라는 세월이 빠르군요."

희종 황제는 치원의 손을 잡아 일으키며 따뜻하게 말했다.

"다만 소신이 황국을 떠나면서 황제 폐하께 딱 한 가지 청이 있사옵나이다."

"말해 보시오. 우리 당나라에서 16년간이나 봉사를 하고 얼마 전 황소의 난 때에는 그 유명한 격황소서까지 지어서 결국 그자가 참람하게 차지하고 있던 용상에서 굴러 떨어지고 제정신이 아닌 상태에서 자기 본거지로 도망치게 하지 않았소. 그런 공을 세운 그대가 짐의 그늘을 벗어나며 마지막으로 소원하는 것이 있다면 내가 들어주어야 하지 않겠소."

치원은 다시 허리를 숙이며 떨리는 목소리로 아뢰었다.

"황제 폐하, 현재 고병 대장군의 막사에는 마지막까지 발악하다가 잡혀 온 황소부대의 적고적이라고 하는 별동부대의 우두머리와 부장을 생포하였습니다. 그 우두머리는 여자이온데 신라에서 건너 온 여인이옵니다. 저와 어렸을 적에 서당에서 함께 공부했던 여자 죽마고우이기도 합니다. 그 여인과 그녀의 밑에 있는 부장을 저와 함께 신라로 돌아갈 수 있도록 함께 풀어 주시옵소서."

황제는 잠시 눈을 감고 생각에 잠겼다. 그리고 짧게 말하였다.

"마지막까지 항전했던 반란군의 별동대장을 풀어 달라……."

치원이 다시 아뢰었다.

"폐하, 지금 장안은 이미 회복되었습니다. 그리고 머지않아 황제 폐하께서는 장안으로 돌아가시게 될 것입니다. 어차피 그렇게 되시면 민심을 수습하시기 위하여 수많은 죄수들을 풀어주시게 될 것입니다. 그 은전을 조금만 먼저 혜량해 주십사 하는 청이옵니다."

황제는 미소를 지으며 답하였다.

"딴은 그렇군. 내가 장안으로 돌아가면 어차피 잡혀 있는 적의 괴수들을 대사면해 주어야 할 것이고 또 민심수습 차원에서 세금도 감면해 주어야 할 터이니. 회남 관구에 잡혀 있는 그 여장군과 부장을 풀어주는 것이 무슨 문제가 되겠소. 그리고 최치원 도통순관이 신라로 돌아가며 함께 데려간다면 뒤탈도 없을 테니 문제될 것이 없겠군."

황제는 내관을 불러 보리와 부장을 풀어 주라고 하는 문서를 작성하고 황제의 어보를 찍어주었다. 황제는 치원과 마주 앉아 차를 한 모금 마시고 나서 문갑에서 무엇인가를 꺼냈다.

"이건 고운 판관이 간곡한 심정으로 작성하여 짐에게 올린 상소문인데 내 잘 읽어 보았소. 잘 알았다고 전해 주시오. 내가 보고 받기로는 고병 대장군이 도술이 아니고 사술에 너무 깊이 빠져 있고 그 주변에는 정도를 가지 아니하고 사술을 좋아하는 좋지 않은 인물들이 있다고 들었소."

뭔가 석연찮은 듯 황제의 표정에 그늘이 드리우고 있음을 간파한 치원은 고병 장군에 대한 이러한 오해를 불식시키기 위해서 황제에게 고하였다.

"대장군께서는 현재 그자들을 다 물리치고 절도사와 장군의 직분에만 열중하고 계십니다."

치원이 나서 황제의 오해를 풀어 주었다.

"암, 그래야지요. 아무튼 난 요즘 장안으로 돌아갈 생각을 하면 매우 기분이 좋소. 이게 다 황소의 간을 떨어뜨리게 한 경의 격황소서 덕분이라 생각하오."

그제야 황제도 고병 대장군에 대해 안심을 했다.

"황공하옵니다. 저야 뭐……. 무엇보다 이극용 장군의 용맹 때문이지요."

황제는 이극용이라는 이름을 듣자 얼핏 표정이 일그러졌다. 치원은 그것을 두려움의 징조로 여겼다. 황제는 서둘러 문서관에 명하여 치원을 당 황실을 대신하는 사신에 임명한다는 임명장을 써 주었다. 그리고 이별의 정표로 매화가 그려져 있는 부채 하나와 치원의 부인인 호몽에게 줄 옥비녀를 하사했다.

"내 경에게 한 가지 청이 있소."

치원이 황제에게 마지막 하직 인사를 올리려고 하자, 황제는 팔을 들어 잠시 기다려 줄 것을 명했다.

"이번에는 짐이 경에게 한 가지 하명을 하겠소."

"폐하, 하명하시옵소서."

치원이 다시 바닥에 엎드렸다.

"피루즈 왕자를 들라 하라."

황제는 환관에게 큰소리로 명했다. 하명이 떨어지자마자 옆방에서 대기하고 있었던 듯 서역인 하나가 성큼성큼 황제 앞으로 다가왔다.

"피루즈 왕자, 최치원 도통순관에게 인사하시오."

황제가 서역인에게 치원을 소개하자, 피루즈 왕자라고 불린 그 서역인은 치원을 향해 공손히 인사했다.

"이분은 오랫동안 우리 당에 와 여러 대에 걸쳐 피난 생활을 해 온 파사왕의 후손이오. 선대가 이곳에 정착하여 생활해 온 지가 아마 300년도 넘었을 것이오. 아주 오래전에 파사도독부(지금의 이란, 페르시아)가 아랍 사람들에게 압박을 받게 되자, 선대부터 안전한 우리 당나라로 피난을 왔었지요. 대부분 우리 당나라 공주들과 결혼을 했고, 이 땅에서 아주 안전하게 살아왔어요. 그런데 경이 아시다시피, 이 사람의 덕이 높지 못하여 결국 난을 만났고, 이런 외국의 빈객들을 모실 형편이 못되잖소. 그래서 내가 왕자에게 물었소. 왜나라나 신라에 가실 의향은 없는지……. 그랬더니 왜나라는 너무 멀고 신라로 보내 달라고 했어요. 피루즈 왕자는 신라가 아주 부유하고 황금으로 가득 찬 나라라고 알고 있어요."

황제의 서역인에 대한 설명이 장황하게 이어지자 치원은 그저 묵묵히 앉아 고개를 끄덕일 뿐이었다.

"신라는 그렇게 부유하지도 않고 황금으로 가득 찬 나라도 아닙니다. 물론 왕실에서는 황금으로 만들어진 왕관을 쓰고, 또 황금으로 만들어진 요대를 두르고 있긴 합니다만 다 왕실의 얘기고 일반 서민들은 어렵게 살기도 하지요. 하지만 우선 인심이 후하고 사람들끼리 서로서로 위하고 자신들의 행복을 위해서 옛날부터 내려오던 가무를 즐기고 학문을 숭상합니다. 피루즈 왕자께서 우리 신라에 가시겠다면 제가 기꺼이 안내를 맡겠고, 지금 재위하고 계신 헌강왕께 잘 아뢰어 편히 지내실 수 있도록 노력해 보겠습니다."

치원이 자신의 말을 흔쾌히 받아들이자 황제는 매우 기뻐했다.

"제가 듣기로 신라 여인들은 아주 뛰어난 미인들이라고 하였습니다. 그게 사실입니까?"

그토록 가고 싶던 신라로 간다는 생각을 하자, 피루즈 왕자는 무척이나 기쁜 나머지 처음 만난 치원에게 농을 건네며 너스레를 떨었다.

"예, 그 점은 제가 장담할 수 있습니다. 신라 여인들은 살결이 곱고 눈매도 아름답지요. 무엇보다도 상냥하고 부드럽답니다."

그의 아주 쾌활하고 낙천적인 성격을 보고는 치원도 마음속으로 흐뭇함을 느꼈다.

"아니, 그렇다면 우리 당의 여인들은 신라 여인만 못하다는 얘기가 되는데?"

황제가 짐짓 뾰로통한 얼굴로 치원에게 눈을 흘기며 크게 웃었다.

"폐하, 그런 뜻은 아니옵고 다만 우리 신라 여인들이 상냥하다는 점을 강조하고 싶었을 뿐입니다."

치원은 얼굴을 붉히며 서둘러 말을 거두어 들였다.

"일이야 어찌 되었든, 이 피루즈 왕자는 아직 미혼이오. 가능하면 신라의 왕실 여인과 인연이 맺어지기를 바라오."

황제가 파안대소하며 바라보자, 피루즈 왕자는 얼굴을 붉히면서도 내심 즐거운 마음이었다. 황제와의 다과회가 마무리되자 치원은 피루즈 왕자와 함께 황궁을 나왔다. 피루즈 왕자 뒤에는 원래부터 데리고 있던 두 명의 몸종이 잰걸음으로 따르고 있었다.

신라인 최치원의 귀국은 하늘과 땅조차 놀랄 만한 대대적인 사건이었다. 대장군 고병의 종사관이며 도통순관인 최치원은 직위나 품계로 본다면 고관대작이라고 할 수는 없으나 그는 당나라에서 아주 특별하게 인정받고 있는 인물이었다.

바다 건너 신라에서 열두 살 때 건너와 열여덟 살에 절친한 친구 고운과 함께 장원 급제를 한 일은 천하가 다 아는 사실이었다. 더구나 그는 한때 천하의 병권을 쥐고 있던 대장군 고병의 종사관이었으며, 당나라 황제가 인정해 주고 아끼는 최고의 문사인 고운의 처남이며, 당대의 문사들이 만나서 서로서로 시 한 수를 주고받고자 하는 문장가이며 명필이고 대시인이었다.

어디 그뿐인가. 그의 부인인 호몽은 고구려 후예로서 절세미인이며, 중원 땅에서는 가장 당당한 부를 자랑하는 명문 가문인 북문상회의 여식女息이었다. 치원이 신라로 돌아간다는 소문이 퍼지자, 대운하 일대의 모든 장수가 이별을 아쉬워하며 여러 예물을 보내왔다. 가까운 성의 절도사들도 비단과 호피와 같은 훌륭한 예물을 보내 주었다.

더구나 황제가 자금어대를 하사했고, 이번에는 신라 사신으로 봉하여 귀국시킨다는 사실을 모두 알고 있었던 터라 분주히 움직여 치원에게 석별의 정을 나누고자 예물을 전했던 것이다.

치원과 평소에 시를 주고받으며 우정을 돈독히 쌓아 왔던 문인들과 문사들도 모두 찾아왔다. 그들은 저마다 비단에 자신의 시를 쓰고 그림을 그려 기념품으로 들고 왔다. 그중에는 운하 지역에 사는 진사 양섭오만과 강동 제일의 시인으로 이미 문명을 떨치던 나은도 있었다.

나은은 치원보다 스물네 살이나 나이가 많아 이미 백발을 흩날리고 있었다. 치원은 이미 지천명의 나이가 되어서도 과거에 합격하지 못한 나은의 손을 잡고 안타까워했다.

"형님은 이미 강동 제일의 시인입니다. 그까짓 진사가 뭐 그리 대단합니까? 진사에 대한 미련은 버리세요. 형님은 이미 강동을 넘어 천하제일의 시인이라는 것을 이 당나라에서 모르는 이가 또 있습니까? 문명으로 만족하십시오."

치원은 떨리는 목소리로 나은을 위로하며 안쓰러운 마음을 드러내지 않으려고 애를 썼다.

"글쎄 말이외다. 아직도 내가 수양이 덜된 것 같소. 고국 서라벌에 돌아가서도 당나라 땅에 있는 나은을 잊지 마시오."

이때 나은이 붓을 들어 시를 쓰기 시작하였다. 자견自遣(마음대로라는 뜻)이라는 제목이었다.

득의하면 노래하고 실의하면 쉬노라
근심 많고 한 많아도 유유자적하노라
오늘 아침 술 있으면 오늘 아침 취하고
내일 근심 생기면 내일 걱정하리라

得卽高歌失卽休 득즉고가실즉휴 多愁多恨亦悠悠 다수다한역유유
今朝有酒今朝醉 금조유주금조취 明日愁來明日愁 명일수래명일수

시를 받은 치원은 나은을 위해 신라에서 가져 온 대붓 한 자루를 선물하고 신라산 연적 하나도 전해주었다. 그리고 선비 양섭오만에게는 시 한 수를 써 주었다. 모래밭沙汀이라는 제목이었다.

멀리서 보면 마치 눈발이 날리는 듯하고
바탕이 약하여 언제나 제 몸을 가누지 못하네
모이고 흩어짐은 조수 물결에 맡기고
높아지고 낮아짐은 바닷바람에 의지하네
연기가 비단 폭에 자욱할 때는 사람 자취 끊어지고
햇빛이 서릿발에 비칠 때는 학이 앉아 쉬어 가네

떠나는 심정 섭섭하여 읊조리는 이 밤에
또다시 달마저 밝으니 이를 어이하리

遠看還似雪花飛 원간환사설화비　弱質由來不身持 약질유래불신지
聚散只憑潮浪簸 취산지빙조랑파　高低況被海風吹 고저황피해풍취
煙籠靜練人行絶 연롱정연인행절　日射凝霜鶴步遲 일사응상학보지
別恨滿懷吟到夜 별한만회음도야　那堪又値月圓時 나감우치월원시

양섭오만은 손수 지어 온 비단옷 한 벌을 치원에게 전해주며 눈
물을 흘렸다. 나은은 바닷바람에 백발을 휘날리며 허허롭게 웃었
다. 치원도 나은을 바라보며 쓸쓸히 웃었다. 이렇게 최치원이 귀국
을 서두르고 있을 때 십 년 가까이나 장안을 흔들었던 황소의 난
도 종말을 고하고 있었다.

황소는 산동성 태산을 넘어 낭호곡狼虎谷이라고 하는 계곡까지
도망을 갔다.

최치원은 황소를 제거하기 위해 보리와 무성도사에게 암살 지령
을 은밀히 전했다. 보리와 무성도사는 자신들의 죽은 목숨을 살려
준 은혜에 보답하고자 황소를 찾아가 아무도 모르게 살해한 후 아
무런 흔적도 남기지 아니했다.

멀리서 대기하고 있던 부하장수를 시켜 황소가 살해됐다는 사
실을 도통순관 최치원에게 급히 알려주라고 말하고는 어디론가 황

급히 사라졌다. 황소는 이처럼 한때 자기 부하 장군이었던 보리와 무성도사로부터 비참한 최후를 맞이했다.

최치원은 황소가 비참한 최후를 맞았다는 소식을 보리와 무성도사의 부하장수로부터 전해들었다. 치원은 고병 대장군을 대신해 그 사실을 황제에게 고하는 것이 마지막 임무라고 생각했다. 관복을 정제한 후 치원은 엎드려 글을 써 내려갔다.

신 회남 절도사 고병은 아뢰옵나이다.

신이 무녕 절도사 시부의 첩보를 보니 역적 황소와 상양이 부대를 나누어 동북 경계에 있었는데, 행영도장 이사열과 진경유 등이 내무현 북쪽에서 흉악한 무리를 크게 섬멸하고, 이틀 뒤에는 적장인 위복야와 임원을 드디어 격파하였나이다.

그리하여 황소의 머리와 그의 부하인 도장 이유정과 전구 등을 모조리 효수한 다음, 황소의 머리만 함에 담아서 행재에 보냈다는 내용이 있사옵니다. 이는 추호의 거짓도 없는 사실이며, 이로써 흉악한 황소의 난은 이 땅에서 사라졌음을 기쁜 마음으로 아뢰옵니다.

글을 다 쓴 치원은 붓을 내려놓고는 곧바로 고병 대장군을 찾아가 자신의 마지막 글을 보여 주었다.

"그대는 나를 위해 끝까지 수고를 아끼지 않는구려. 그 마지막 글이 황제께 승리를 알리는 글이라 생각하니, 이 사람도 무척 기분이 좋소. 겨울에는 서해의 바닷길이 험하다고 하는데, 아무쪼록 무사히 귀국하기를 바라오."

치원이 건네주는 마지막 글을 받아든 고병 대장군도 착잡한 심정이기는 마찬가지였다. 누구보다 자신의 속마음을 헤아리고 수족처럼 의지했던 터라 신체의 일부분이 떨어져 나가는 심정이었다.

고병 대장군은 치원에게 일곱 달치에 해당하는 녹봉을 넉넉히 지불해 주었고, 그의 사촌 동생인 서원에게도 노잣돈으로 200관貫이라는 거금을 따로 챙겨 주었다.

"아버님께서 해소천식으로 고생을 하신다니 진중의에게 말해 따로 약을 지었소. 정성껏 달여 올리시오. 황제께서 서역 왕자를 부탁하였고, 또 경교를 전파하는 서역 사람과 배찬 대감의 따님까지 모시고 간다니까 각별히 조심하시오."

고병 대장군은 치원을 보내며 작은 것까지 부족하지 않게 관심을 기울였다. 특히나 아버지를 위한 약을 따로 준비했다는 말에 치원은 울컥하며 눈물을 쏟아냈다.

"사내대장부가 그만한 일로 눈물을 보여서야 되겠소. 종사관! 이것이 뭔지 아시오?"

고병 대장군이 약주머니처럼 생긴 커다란 주머니 하나를 들어 보였다. 그 약주머니 끝에는 하얀 은방울 두 개도 달려 있었다.

"대장군, 이것이 무엇입니까?"

치원이 흐르는 눈물을 닦으며 묻자 대장군은 피식피식 싱겁게 웃었다.

"이것은 풍랑을 다스려 주고 뱃멀미를 진정시켜 주는 약대자藥袋子라고 하지. 다른 말로는 청낭靑囊이라고도 하는데 종사관은 물론이고 부인과 왕자 일행, 그리고 배찬 대감의 따님께서 멀미를 하지 않았으면 좋겠어. 이것을 뱃전에 달아 두시오."

치원이 감격하여 그 청낭을 받아들었다.

"종사관, 종사관은 무관이 아니라 내 이 선물을 할까 말까 망설이긴 했는데 그래도 서라벌에 돌아가 나를 보듯 생각해 달라는 의미에서 건네주기로 하였소."

치원이 의아한 표정으로 쳐다보자 대장군은 빙긋 웃으며 시종에게 눈짓을 했다. 젊은 시종이 큰 검을 두 손으로 받쳐 들고 나왔다. 대장군은 그 검을 높이 들었다.

"이것은 대단한 보검이야. 그동안 다른 사람에게는 보여 준 일이 없었지. 이 칼이 그 유명한 용천검龍泉劍일세. 전해 오는 말에 의하면 옛날 진나라 때 뇌환雷煥이라는 장군이 풍성현에서 바로 이 용천龍泉과 태아太阿라는 두 보검을 발굴하였는데, 친구 장화張華라는 장군에게 태아검을 건네주고 자신은 이 용천검을 간직했다는 거야. 두 장군은 죽을 때까지 친하게 지냈는데, 두 장군이 세상을 떠나고 나자 이 보검들이 눈물을 흘리며 그만 연평진延平津이라는 연못으로 들어갔다고 하더군."

용천검을 바라보는 대장군의 눈빛은 그 어느 때보다도 비장했다.

"그래서 어찌 되었습니까?"

치원이 용천검의 전설에 대해 깊은 의문을 품었다.

"그 두 개의 보검은 연평진으로 들어가 두 마리의 용이 되어 다시 사이좋게 지냈는데, 후대의 용장이 그 두 마리의 용을 건져내어 오늘날까지 손에서 손으로 전해 왔다는 거야."

치원은 두 눈을 부릅뜬 채 그 검을 바라보고는 쉽게 입을 다물지 못했다.

"사실은 얼마 전에 종사관이 황소에게 격문을 보내고 황소가 그 격문을 본 후 놀란 나머지 대궐에서 빠져나가 도망갈 때 그 부장이 이 보검만은 몰래 간직했다는 거야. 그러니까 황소가 천하를 얻고 황궁에 들어갔을 때 누군가 이 용천검을 황소에게 바쳤다는 얘기지. 어쨌든 우여곡절 끝에 이 보검이 나한테 들어왔네. 이제 바다 건너 머나먼 고국땅으로 종사관을 보내게 되니 나는 꼭 어린 아우를 잃는 것만 같네. 그래서 내 이 안타까움을 달래기 위해 이 보검을 종사관에게 주고자 하네. 어서 받게나."

대장군은 부르르 떠는 그 용천검을 다시 한 번 쳐다보고는 치원에게 건넸다.

"대장군, 그건 안 됩니다. 대장군께서 그렇게 애지중지하시던 보물을 제게 주시다니요? 제가 어찌 감히 받겠습니까? 어서 거두어 주십시오."

치원이 황급히 꿇어앉은 채 손사래를 치며 큰소리로 거절했다. 그러나 고병 대장군은 꿇어앉은 치원을 일으켜 세우며 그 손에 용천검을 쥐어 주었다. 그리고 치원을 두 팔로 힘껏 끌어안았다.

산둥 반도까지 배웅을 나온 고운은 배가 출발하기 직전에 비단에 써넣은 시 한 수를 돛대 위에 걸린 청낭 밑에 정성껏 붙여 주었다.

내 들으니 바다 위에 세 마리 금자라 있어서
금자라 머리 위에 아스라하니 높은 산들 이고 있다네
산 위에는 주궁珠宮 패궐貝闕 황금의 전각
산 아래에는 천리만리 우람한 파도들
그 옆에 한 점으로 찍힌 계림鷄林이 푸르르니
자라산 빼어난 정기로 기남아奇男兒가 태어났네
열두 살에 배 타고 바다를 건너와서
문장으로 중국을 뒤흔들고
열여덟에 문단文壇을 마음껏 횡행해
화살 한 방으로 과거 목표 쏘아 맞추었네

我聞海上三金鼇 아문해상삼금별　金鼇頭戴山高高 금별두대산고고
山之上兮 산지상혜　珠官貝闕黃金殿 주관패궐황금전
山之下兮 산지하혜　千里萬里之洪濤 천리만리지홍도
傍邊一點鷄林碧 방변일점계림벽　鼇山孕秀生奇特 별산잉수생기특
十二乘船渡海來 십이승선도해래　文章感動中華國 문장감동중화국
十八橫行戰詞苑 십팔횡행전사원　一箭射破金門策 일전사파금문책

귀한 여식女息 호몽을 보내는 북문상회에서는 딸의 출국을 알리

는 기념품으로 비단 수건에 최치원이 지은 범해라는 시를 아로새겨 관청과 귀빈들에게 돌렸다.

그 비단 수건에는 당나라와 해동의 신라 간에 영원히 자유롭고 평화스럽게 외교 관계를 유지해야 된다는 희망의 꿈을 전해 주기 위해서 과거 한나라 사신과 진나라 사람들이 동쪽의 나라(해동국)를 찾아갔다는 사례를 말하면서 한나라 황조의 경우 이웃 해동국에서는 해와 달 하늘과 땅 사람이 모두 하나라고 일찍이 주장하는 현자들이 많아 그곳 백성들을 이롭게 하는 홍익인간 사상이 존재하고 있다는 사실이 옛날부터 전해오고 있음을 안 황제가 그곳에 가서 홍익인간 사상을 알아오라고 사신을 해동국에 보냈고 진나라 진시황제도 불로초(일명 황칠 또는 황금 옻나무를 말함)를 구하기 위해 사람들을 해동국으로 보냈다는 것이 생각이 나서 나라와 나라 간에 백성들이 서로 교류하면서 입고 먹고 마시고 숨쉬는 공기(長風)와 허공에 떠 있는 해와 달은 똑같이 보고 있으므로 해와 달을 볼 때마다 그대를 생각할 것이라고 처남 고운에게 말하였다.

돛 달아 바다에 배 띄우니
긴 바람 만 리를 나아가네
뗏목 탔던 한나라 사신 생각나고
불사약 찾던 진나라 사람들도 생각나네

해와 달은 허공 밖에 있고

하늘과 땅은 태극 가운데 있네

봉래산이 지척에 보이니

나 또한 신선을 찾겠네

掛席浮滄海 괘석부창해 長風萬里通 장풍만리통

乘楼思漢使 승사사한사 採藥憶秦童 채약억진동

日月無何外 일월무하외 乾坤太極中 건곤태극중

蓬萊看咫尺 봉래간지척 吾且訪仙翁 오차방선옹

치원이 쓴 '범해泛海(바다에 배 띄우다)'라는 시문을 받아 든 고운은
눈을 지그시 감았다.

"봉래산은 금강산이라고 부르기도 하는 자네 나라의 영산靈山이 아닌가? 또한 진시황제가 해동국(경남 산청군 금서면 특리 왕산)에 불로초(황칠 또는 황금빛 옻나무를 말함)가 있다는 것을 알고 그 약초를 구해 오라고 신하들을 보낸 곳이 아닌가? 고국에 돌아가면 산 좋아하는 우리 호몽을 데리고 꼭 둘러보게. 그리고 뭐, 그 산에서 신선을 찾겠다고? 허허, 이 사람아. 바로 자네가 신선이 아닌가! 나는 자네가 이미 신선의 경지에 이르렀다고 보네. 또한 자네가 앞으로 꿈꾸고 있는 세상인 평화롭고 자유롭게 살아갈 수 있는 태평성대 세상을 신선들이 사는 세상으로 비유한 것이 아닌가?"

처남 고운은 치원의 시가 적힌 비단 수건을 꼭 움켜쥔 채 농을 건네며 애써 웃음을 보였다.

"지나친 말씀이네. 사실 도술로 말하면 호몽이 나보다 몇 수는 위요. 앞으로 저 사람이 나를 지켜줄 것이오."

치원이 처남 고운의 손을 잡으며 너스레를 떨었다. 곁에 있던 호몽이 치원의 팔을 툭 치며 눈을 흘겼다.

"그러고 보니, 네가 얌전한 서생 최치원 서방님의 호위무사로구나? 일평생 살아가는 동안 잘 모셔야 한다."

두 내외의 다정한 모습을 보니 고운은 그제야 서운한 마음이 조금은 진정되었다.

"아이 참, 오라버니도……. 염려 마세요. 이이는 내가 오래도록 지킬 거예요."

호몽이 치원의 팔짱을 끼면서 호탕하게 웃자, 그 자리에 있던 사람들 모두 흐뭇해하며 두 사람의 행복을 기원했다.

이윽고 배가 출항하자, 그리도 쾌활하던 호몽이 멀어지는 가족들을 바라보며 눈가에 이슬을 머금었다. 그 모습을 지켜보던 치원이 다가가 아무 말 없이 호몽을 가슴에 품었다.

〈제3권으로 계속〉